SV

Die Originalausgabe erschien 2014 unter dem Titel
Mis Documentos bei Anagrama, Barcelona.

Die Übersetzung aus dem Spanischen wurde durch Litprom e.V.
mit Mitteln des Auswärtigen Amts unterstützt.

Erste Auflage 2017
© der deutschen Ausgabe Suhrkamp Verlag Berlin 2017
© 2014 Alejandro Zambra
Satz: Greiner & Reichel, Köln
Druck: Pustet, Regensburg
Printed in Germany
ISBN 978-3-518-42595-4

Alejandro Zambra
Ferngespräch

Aus dem Spanischen von
Susanne Lange

Suhrkamp Verlag

I

EIGENE DOKUMENTE

für Natalia García

Einen Computer habe ich zum ersten Mal um 1980 gesehen, mit vier oder fünf Jahren, aber es ist eine verschwommene Erinnerung, womöglich vermische ich sie mit späteren Besuchen im Büro meines Vaters in der Calle Agustinas. Ich erinnere mich an meinen Vater, die unvermeidliche Zigarette in der Rechten, die schwarzen Augen auf meine gerichtet, wie er mir die Funktionsweise dieser riesigen Maschinen erklärt. Er erwartete Verblüffung, und ich täuschte Interesse vor, ging aber bei der nächstbesten Gelegenheit zum Spielen zu Loreto, einer Sekretärin mit langem Haar und schmalen Lippen, die sich meinen Namen nicht merken konnte.

Loretos elektrische Schreibmaschine war für mich dagegen ein Wunderwerk mit ihrem winzigen Bildschirm, auf dem sich die Wörter stauten, bis eine blitzschnelle Garbe sie aufs Papier nagelte. Der Mechanismus mochte dem eines Computers ähneln, aber dieser Gedanke kam mir nicht. Jedenfalls gefiel mir die Maschine besser, eine herkömmliche Olivetti in Schwarz, die ich gut kannte, weil zu Hause genau so eine stand. Meine Mutter hatte Programmieren studiert, war aber bald von den Computern abgekommen und bei dieser bescheideneren Technologie geblieben, die immer noch aktuell war, der Computer würde erst viel später zur Massenware werden.

Meine Mutter benützte die Schreibmaschine nicht für bezahlte Arbeiten, sie tippte die Lieder, Erzählungen und Gedichte meiner Großmutter ab, die ständig an Wettbewerben teilnahm oder an einem Projekt feilte, das sie endlich aus der Anonymität reißen sollte. Ich erinnere mich, wie meine Mutter am Esstisch saß, behutsam das Durchschlagpapier einspannte und Fehler sorgfältig mit Tipp-Ex korrigierte. Sie schrieb sehr schnell, mit allen Fingern, ohne auf die Tasten zu sehen.

Vielleicht kann ich es so ausdrücken: Mein Vater war ein Computer, meine Mutter eine Schreibmaschine.

2

Schnell lernte ich, meinen Namen zu tippen, ahmte auf der Tastatur aber lieber die Trommelwirbel der Märsche nach. Zur Militärkapelle zu gehören war für uns die höchste aller Auszeichnungen. Jeder wollte hinein, ich auch. Vormittags hörten wir in der Schule das ferne Dröhnen der Trommeln und Pfeifen, das Schnauben von Trompete und Posaune, die wundersam klaren Noten von Triangel und Glockenspiel. Die Kapelle probte zwei, drei Mal die Woche. Beeindruckt sah ich ihnen nach, wie sie in Richtung einer Koppel verschwanden, die an die Schule grenzte. Imponierend war vor allem der Tambourmajor, der nur bei wichtigen Anlässen zum Einsatz kam, weil er ein Ehemaliger der Schule war. Er führte den Tambourstab mit bewundernswertem Geschick, obwohl er einäugig war – er besaß ein Glasauge, und die Legende besagte, er habe es bei einem bösen Schlenker mit dem Stab verloren.

Im Dezember pilgerten wir immer zur Votivkirche. Von der Schule aus war es ein endloser Fußmarsch, zwei Stunden lang, allen voran die Kapelle, dann wir in absteigender Ordnung, vom Zusatzjahr der Oberstufe (wir waren ein technisches Gymnasium) bis zur ersten Klasse. Die Leute winkten aus den Fenstern, Frauen schenkten uns Orangen, damit wir nicht schlappmachten. Meine Mutter tauchte in Abständen am Wegrand auf. Sie parkte, suchte mich am Ende des Zugs, kehrte zum Auto zurück, hörte Musik, rauchte eine Zigarette, fuhr wieder ein Stück, um uns weiter vorne abzupassen und mich von neuem zu grüßen mit ihrem langen, glänzenden hellbraunen Haar, die schönste Mutter der Klasse, kein Zweifel, was mich eher in Bedrängnis brachte, denn einige Mitschüler stichelten, sie sei eine viel zu hübsche Mutter für einen so hässlichen Kerl wie mich.

Auch Dante kam, um mir zu winken, grölte dabei meinen Namen und blamierte mich vor den Klassenkameraden, die sich über ihn lustig machten und über mich auch. Dante war ein autistischer Junge, viel älter als ich, fünfzehn oder sechzehn vielleicht. Er war sehr groß, ein Meter neunzig, und wog über hundert Kilo, was er eine Zeitlang überall an den Mann bringen musste, und zwar immer exakt: »Hallo, ich wiege 103 Kilo.«

Dante streifte den ganzen Tag im Ort umher und versuchte, jedem einzelnen der Kinder die richtigen Eltern, Geschwister und Freunde zuzuordnen, was in einer Welt, in der Schweigen und Misstrauen vorherrschten, bestimmt nicht einfach war. Er verfolgte seine Gesprächspartner, die dann schneller ausschritten, aber er beschleunigte auch, bis er sie überholt hatte, ging rückwärts weiter und wiegte streng den Kopf, wenn er etwas begriff. Er lebte allein bei einer Tante, die Eltern hatten ihn anscheinend im Stich gelassen, aber davon sprach er nie; wenn man ihn nach seinen Eltern fragte, machte er ein verblüfftes Gesicht.

3

Abgesehen von den Märschen in der Schule hörte ich auch nachmittags zu Hause kriegerische Klänge, denn wir wohnten hinter dem Santiago-Bueras-Stadion, wo die Kinder anderer Schulen probten und ständig, vielleicht monatlich, die Militärkapellen gegeneinander antraten. So hörte ich tagaus, tagein Märsche, gewissermaßen die Musik meiner Kindheit. Aber nur zum Teil, denn die Musik hatte in meiner Familie schon immer eine wichtige Rolle gespielt.

Meine Großmutter war in ihrer Jugend Opernsängerin gewesen und sah es als ihre größte Enttäuschung an, dass sie nicht hatte weitersingen können, da beim Erdbeben von 1939, sie war damals einundzwanzig gewesen, ein Riss durch ihr Leben gegangen war. Ich weiß nicht, wie oft sie uns erzählte, wie sie Erde geschluckt und, wieder bei Bewusstsein, ihre Stadt Chillán Viejo zerstört vorgefunden hatte. Die Liste der Toten schloss ihren Vater, ihre Mutter und zwei ihrer drei Geschwister mit ein. Das dritte hatte sie aus den Trümmern befreit.

Meine Eltern erzählten uns niemals Geschichten, sie jedoch schon. Ihre fröhlichen Geschichten gingen böse aus, denn die Figuren starben unweigerlich beim Erdbeben. Aber sie erzählte uns auch tieftraurige Geschichten, die gut ausgingen und für sie Literatur waren. Manchmal weinte meine Großmutter am Ende, und meine Schwester und ich schliefen über ihren Schluchzern ein oder schliefen eben nicht, und manchmal amüsierte sie selbst in den dramatischsten Momenten der Geschichte irgendein Detail, und sie brach in ein ansteckendes Lachen aus, und auch dann schliefen wir nicht.

Die Sätze meiner Großmutter hatten von jeher einen doppelten Boden oder eine schlagfertige Pointe, die sie selbst vorzeitig feierte. Sie sagte »Herr Hintern« statt »hinterher«, und wenn jemand fand, es sei kalt, entgegnete sie »vor allem ist es nicht warm«. Sie sagte auch »man muss die Kämpfe kämpfen, wie sie fallen«, und sie gab oft zurück »weder noch, wie der Fisch sagte« oder »wie der Fisch sagte« oder bloß »Fisch«, die Kurzversion des folgenden Satzes: »Weder noch, wie der Fisch sagte, als man ihn fragte, ob er lieber in den Ofen oder in die Pfanne wolle.«

4

Die Messe wurde in der Turnhalle einer Nonnenschule abgehalten, der Mater Purissima, aber immer war von der Pfarrkirche, die gerade errichtet wurde, die Rede wie von einem Traum. So lange ließen sie sich Zeit damit, dass ich bei ihrer Fertigstellung nicht mehr an Gott glaubte.

Zunächst ging ich mit meinen Eltern hin, später dann allein, weil sie zur Messe einer anderen Nonnenschule, der Ursulinerinnen, wechselten, die näher war und nur vierzig Minuten dauerte, denn der Pfarrer dort – ein winziger, kahl geschorener Mann mit einem Motorroller – spulte die Predigt mit sympathischer Geringschätzung ab, ja machte oft die Geste des Und-so-fort. Ich mochte ihn, zog aber den Pfarrer der Mater Purissima vor, einen Mann mit verwickeltem, unbezähmbarem Bart von makellosem Weiß, der sprach, als wollte er uns herausfordern, aufstacheln, mit dieser energischen und trügerischen Liebenswürdigkeit der Pfarrer und mit zahlreichen dramatischen Pausen. Ich kannte natürlich auch die Pfarrer meiner Schule wie Pater Limonta, den Direktor, einen äußerst athletischen Italiener – er war in seiner Jugend angeblich Turner gewesen –, der mit seinem Schlüsselbund Kopfnüsse verteilte, damit wir stramm in einer Reihe standen, ansonsten aber umgänglich, fast väterlich war. Seine Predigten fand ich jedoch ärgerlich und unangemessen, vielleicht war er zu pädagogisch, zu wenig ernst.

Mir gefiel die Sprache der Messe, aber ich verstand sie nicht richtig. Wenn der Pfarrer sagte »gehe hin und sieh, ob's wohl stehe«, hörte ich »Gehen Unsinn obwohl Stehen« und zerbrach mir den Kopf über diesen paradoxen Stillstand. Den Satz »ich bin nicht wert, dass du unter mein Dach gehest« sagte ich einmal zu meiner Großmutter, als ich ihr die Tür öffnete, und später zu meinem Vater, der mir sogleich mit einem sanften, strengen Lächeln entgegnete: »Danke, aber dieses Dach ist meines.«

In der Mater Purissima gab es einen Kirchenchor für sechs Stimmen und zwei Gitarren, der eine führende Rolle spielte, weil sogar die »danket dem Herrn« und die »großer Gott, wir loben dich«, selbst die »Herr, wir bitten dich, erhöre uns« gesungen wurden. Mein Ehrgeiz war es, in diesen Chor aufgenommen zu werden. Ich war noch nicht einmal acht, spielte aber schon relativ gut eine kleine Gitarre bei uns im Haus, schlug die Saiten mit Rhythmusgefühl, beherrschte Arpeggios, und obwohl mich beim Barré-Griff ein nervöses Zittern überkam, erreichte ich doch einen fast runden Ton, nur eine Spur unsauber. Sagen wir, ich hielt mich für gut oder für gut genug, eines Morgens nach der Messe, die Gitarre in der Hand, den Chor anzusprechen. Sie musterten mich abschätzig, wahrscheinlich war ich ihnen zu klein, oder sie waren eine verschworene Mafia, aber weder wiesen sie mich ab noch nahmen sie mich auf. »Erst müssen wir etwas von dir hören«, sagte mir verächtlich eine dunkelblonde Frau mit Ringen unter den Augen, die eine riesige Gitarre spielte. Wie wäre es jetzt gleich, schlug ich vor, ich hatte ein paar Lieder eingeübt, darunter das Vaterunser zur Melodie von »The Sound of Silence«, aber sie wollte nicht. »Nächsten Monat«, sagte sie.

5

Meine Mutter hatte in ihrer Jugend begeistert die Beatles gehört, daneben eine bunte Mischung chilenischer Volksmusik, war dann zu den Hits von Adamo, Sandro, Raphael und José Luis Rodríguez abgedriftet, die musikalische Kost, die man Anfang der Achtziger serviert bekam. Sie hatte nicht mehr nach Neuem – nach für sie Neuem – gesucht, bis sie auf die Platte des Konzerts stieß, das Paul Simon und Art Garfunkel im Central Park wieder vereint hatte. Von da an nahm ihr Leben eine andere Richtung. Beängstigend schnell füllte sich das Haus mit Platten, die schwer zu bekommen waren, und sie griff wieder zu ihren Englischlektionen, vielleicht nur, um die Texte zu verstehen.

Ich sehe sie vor mir, wie sie dem BBC-Kurs lauschte – aberdutzende Kassetten in einem Schuber – oder dem anderen Kurs im Regal, *The Three Way Method to English*: zwei Schachteln, eine rot, die andere grün, jede von ihnen mit einem Heft, einem Buch und drei Langspielplatten. Ich setzte mich neben sie und hörte zerstreut den Stimmen zu. Einige Fragmente habe ich noch in Erinnerung, etwa wenn der Mann sagte »These are my eyes« und die Frau antwortete »Those are your eyes«. Der Höhepunkt war, wenn die männliche Stimme fragte »Is this the pencil?« und die Frau antwortete »No, this is not the pencil, but the pen« und der Mann dann fragte »Is this the pen?« und sie antwortete »No, this is not the pen, but the pencil«.

Fast scheint mir, dass jedes Mal, wenn ich nach Hause kam, im Wohnzimmer ein Song von Simon & Garfunkel lief oder von Paul Simon solo. Als 1986 *Graceland* herauskam, war meine Mutter zweifellos Simons glühendste Anhängerin in Chile, wusste über das Leben des Sängers Bescheid, etwa über seine gescheiterte Ehe mit Carrie Fisher oder seinen Cameo-Auftritt im *Stadtneurotiker*. Mein Vater wunderte sich, dass seine Frau auf einmal so fanatisch dieser Musik anhing, die ihm, der damals ausschließlich argentinischen Zamba hörte, nicht gefiel. »Ich brauche ein Zimmer für mich allein«, hörte ich meine Mutter eines Abends unter Tränen nach einem Streit sagen, der entbrannt war, weil sie Poster und Fotos im ehelichen Schlafzimmer aufgehängt hatte, zur wenig erstaunlichen Empörung meines Vaters, der sich am Ende dennoch mit dem Aufgebot fremder Männer über dem Ehebett abfinden musste.

6

Im Frühling, ja bis in den Sommer hinein gingen wir an den Wochenenden mit Onkel, Tante und Cousins auf den Cerro 15, um Drachen steigen zu lassen. Alles lief höchst fachmännisch ab. Mein Vater spannte die Schnur nun schon nicht mehr zwischen den Bäumen auf, um sie mit zerstoßenem Glas zu präparieren, sondern hatte sich eine Art Trommelrad mit Motor besorgt und präparierte sie zu Hause mittels eines komplizierten Mechanismus. Er baute auch seine eigenen Drachen. Bestimmt löste er damals die kompliziertesten Computerprobleme, aber das Bild meines arbeitenden Vaters bringe ich nur mit diesen Abenden zusammen, an denen er sich bemühte, den perfekten Drachen herzustellen.

Ich ließ nicht ungern Drachen steigen, tat es aber lieber mit unpräparierter Schnur, denn ich konnte einfach nicht lenken, ohne mir dabei die Fingerkuppen zu ruinieren, so schwielig sie vom Gitarrenspiel sein mochten. Aber es musste unbedingt eine präparierte Schnur sein, darum ging es: den Drachen fest am Himmel platzieren und sich dem Gegner stellen. Während mein Cousin Rodrigo immer kräftig sägte und jeden Nachmittag Dutzende von Drachen zu Boden schickte, konnte ich meinen nur mühsam in der Luft halten und verlor ständig die Kontrolle. Zwar versuchte ich es, doch bald schon setzte niemand mehr Hoffnungen in mich.

Wir hatten immer eine Kiste mit vielen herrlichen Drachen dabei, die Fabrikate meines Vaters und andere, die er bei einem Freund kaufte, der sich darauf spezialisiert hatte. Ich postierte mich immer möglichst weit weg von meiner Familie. Anstatt den Drachen steigen zu lassen, trug ich ihn samt Spule manchmal nur und legte mich zwei Stunden ins Gras, rauchte meine ersten Zigaretten und verfolgte die launischen Bahnen der gekappten Drachen am Himmel. »Was willst du für den Drachen«, fragte mich eines Nachmittags jemand. Es war Mauricio, der Ministrant. Ich verkaufte ihn und verkaufte bald noch andere an seinen Bruder und die Freunde seines Bruders.

Mauricio war so sommersprossig, dass es schon zum Lachen war, aber ohne sein weißes Chorhemd hatte ich ihn kaum erkannt. In meiner dumpfen Ahnungslosigkeit hatte ich die Ministranten für blutjunge Priester gehalten, die in Klausur lebten, oder etwas dergleichen. Er klärte meinen Irrtum auf und sagte, er werde lieber Akolyth als Ministrant genannt. Er lud mich ein, bei der Messe zu helfen, der andere Akolyth werde aufhören. Er fragte, ob ich schon die Erstkommunion empfangen habe, und ich weiß nicht, warum ich bejahte, denn es stimmte ganz und gar nicht, ich bereitete mich in der Schule gerade erst darauf vor. Mir war und ist noch immer nicht klar, ob das Voraussetzung für den Messdienst ist, aber für den Fall der Fälle, wie so oft in meinem Leben, log ich instinktiv. Ich sagte, ich wolle es mir überlegen, sei mir aber nicht sicher. Als ich zu Vater und Onkeln zurückkehrte, hatten sie mein Geschäft mit den Drachen entdeckt, doch keiner schimpfte mit mir.

Ich wartete noch immer, dass ich bei der Frau mit den Augenringen vorspielen durfte, aber jedes Mal, wenn ich danach fragte, wich sie aus. Um sie zu beeindrucken, das weiß ich noch, sagte ich, das Vaterunser sei in der englischen Fassung besser. »Die kann unmöglich besser sein als das Wort unseres Herrn Jesus Christus«, entgegnete sie. Aber die Neugier musste sie gepackt haben, denn im Gehen fragte sie, ob ich wisse, wovon der englische Text handele. »Von den Klängen des Schweigens«, sagte ich felsenfest überzeugt.

Des Wartens müde, ging ich ein, zwei Wochen nach der Begegnung auf dem Cerro 15 mit Mauricio zum Pfarrer, ich wolle Akolyth werden. Der Pfarrer musterte mich misstrauisch von Kopf bis Fuß, bevor er einwilligte. Ich war glücklich. Zwar würde ich nicht in der Messe singen, aber eine noch wichtigere Rolle übernehmen, würde zwar nicht die weißen Hosen der Militärkapelle tragen, aber dafür das weiße Chorhemd mit der steifen Kordel als Gürtel. Die Kleidung wollte mir Mauricio leihen, zu Hause erzählte ich nicht einmal, dass ich Ministrant sein würde, ich weiß nicht warum, vielleicht wollte ich einfach nicht, dass sie mich sehen kamen.

Als ich das erste Mal bei der Messe half, warf ich anfangs Seitenblicke voll wilder Genugtuung in die Ecke, in der sich die blonde Frau befand, die meinen Triumph aber nicht bemerken wollte. Nur mit Mühe konnte ich mich auf die Rituale konzentrieren, die ich doch achtete und an die ich glaubte, denn im Rampenlicht war mir fast jedes Gefühl, jedes Echo, jeder Nachgeschmack von etwas Unverfälschtem abhandengekommen. Es gab glorreiche Minuten, als wir die Glöckchen läuteten oder dem Pfarrer beim Friedensgruß sekundierten. Doch gleich darauf folgte der schlimmste Moment, als der Pfarrer Mauricio das Abendmahl reichte und ich an der Reihe war – eigentlich hatte ich ihm sagen wollen, ich könne nicht zum Abendmahl, weil ich so lange nicht zur Beichte gegangen sei, hatte es aber vor der Messe vergessen, und nun war es zu spät. Ich versuchte, all das in eine für die Gläubigen hoffentlich unmerkliche Gebärde zu fassen, doch es gelang mir nicht, der Pfarrer stopfte mir die Hostie in den Mund, die mir schmeckte wie aller Welt: fade. Aber in dem Moment war mir der Geschmack egal, ich hatte das Gefühl, auf der Stelle sterben zu müssen, mit einem Blitz gestraft oder dergleichen. Nachher ging ich mit Mauricio und wollte ihm meine Sünde beichten, aber er war froh und beglückwünschte mich ein ums andere Mal zu meinem Mitwirken bei der Messe.

Wir erreichten sein Haus, nicht weit weg von der Mater Purissima. Mauricios älterer Bruder lud mich zum Mittagessen ein, sie waren alleine. Wir aßen Charquicán-Eintopf und hörten Pablo Milanés, von dem ich das Lied »Años« kannte, das ich lustig fand, und ebenso »El breve espacio en que no estás«, das ich sehr mochte. Mit einem Doppeldeck-Recorder hatten sie jedes Lied drei Mal hintereinander auf eine 90er-Kassette aufgenommen, vielleicht auch auf eine 120er (»die sind so gut, dass man sie sofort noch einmal hören möchte«, erklärte mir Mauricio).

Die Brüder sangen beim Essen schauderhaft mit, grölten schamlos, sogar mit vollem Mund, und das gefiel mir. Wenn jemand in Gegenwart meiner Großmutter falsch sang, sagte sie wie für sich, aber laut genug, dass alle sie hören konnten, Sätze wie »ich merke schon, dass wir nicht in der Oper sind« oder »da ist aber jemand mit dem falschen Ton aufgestanden« oder »der Sopran singt wohl mit dem Schnurrbart«. Aber meine Großmutter war nicht da, um die Brüder zu bremsen, die ungehindert und ungeniert drauflos sangen, in tief empfundenem Einverständnis. Man merkte, dass sie diese Lieder unendlich oft gesungen hatten, dass diese Musik ihnen ungeheuer wichtig war.

Während wir unser Cassata-Eis löffelten, stutzte ich beim Text von »Acto de fe« – »ich glaube an dich / glaube immer weiter / je mehr da fühlt und leidet«. Die letzte Zeile verblüffte mich. Es war ein Liebeslied, endete jedoch mit dem Wort *revolución*. Die Brüder sangen aus voller Brust: »Ich glaube an dich / Revolution.«

Obwohl ich ein Kind war, das Freude an den Wörtern hatte, hörte ich damals mit acht, oder vielleicht war ich schon neun geworden, zum ersten Mal das Wort *Revolution*. Ich fragte Mauricio, ob das ein Name sei, denn ich dachte, so heiße womöglich die geliebte Frau, Revolución González, Revolución Arratia. Sie lachten und sahen mich nachsichtig an. »Das ist kein Name«, erklärte mir Mauricios Bruder. »Weißt du wirklich nicht, was das Wort Revolution bedeutet?« Ich sagte, nein. »Dann bist du ein reiner Idiot.«

Es war als Scherz gemeint, so viel begriff ich, vielleicht um des Klanges willen. Anschließend gab mir Mauricios Bruder eine Nachhilfestunde in chilenischer und lateinamerikanischer Geschichte, die ich liebend gern wortwörtlich wiedergeben würde, aber es blieb davon nur das unbehagliche, abgrundtiefe Gefühl der Unwissenheit zurück. Ich wusste nichts von der Welt, rein gar nichts. Der Bruder ging aus, Mauricio und ich sahen in seinem Zimmer fern, schliefen ein oder dösten vor uns hin. Wir fingen an, einander zu befummeln, überall zu berühren, ohne uns zu küssen. Während der Jahre, die unsere Freundschaft dauerte, taten wir es nie wieder, erwähnten es auch nie.

9

Ich kam nach Hause, als es gerade dunkel geworden war. Ganz gegen meine Gewohnheit betete ich diese Nacht lange, ich brauchte Gottes Hilfe. An einem einzigen Tag hatte ich zwei gewaltige Sünden angehäuft, obwohl mir das erschlichene Abendmahl schwerer im Magen lag als die Spielereien mit Mauricio.

Meine Großmutter sah mich vor der Christusfigur im Wohnzimmer knien und konnte sich das Lachen nicht verkneifen. Ich fragte, worüber sie lache, und sie sagte, ich solle es nicht übertreiben, ein Vaterunser reiche. Meine Großmutter ging nie in die Kirche, sie sagte, die Pfarrer führten ihre Augen zu gern spazieren, aber sie glaube an Gott. »Gebete aufsagen ist nicht nötig«, erklärte sie mir an dem Abend, »es reicht, wenn man sich vor dem Schlafengehen ganz frei mit Jesus unterhält.« Ich fand das seltsam und beängstigend.

Obwohl ich auf eine katholische Schule ging, verband ich das religiöse Empfinden nicht mit dem, was dort praktiziert wurde. Es widerstrebte mir, wenn wir in der Schule zur Messe gehen mussten, ebenso diese öden Stunden in der Kirche neben dem Hauptgebäude, in denen man uns mit blödsinnigen Fragebögen auf die Erstkommunion vorbereitete, als lernten wir Verkehrsregeln auswendig. Aber schuldbeladen, wie ich war, beschloss ich am nächsten Vormittag mitten in der Pause, dass ich, obwohl ich die Erstkommunion noch nicht empfangen hatte, zur Beichte gehen oder wenigstens mit einem Priester über meine Sünden sprechen musste, und ich machte mich zum Büro von Pfarrer Limonta auf, der in ein Rechnungsbuch vertieft war, vielleicht gerade ein paar Zahlen schönte. Als er aufblickte, sah er mich mit martialischer Strenge an, und ich erstarrte stumm – ich weiß schon, weshalb du kommst, sagte er, und zitternd stellte ich mir vor, dass der Pfarrer irgendeine Eilverbindung zu Gott hatte. Mir wurde fast schwarz vor Augen, schwindlig. »Es geht nicht«, sagte Limonta endlich, »alle Kinder wollen das Gleiche, du bist noch zu klein für die Kapelle.« Erleichtert lief ich zum Unterricht zurück.

Am selben Tag, glaube ich, besuchten die Klassenlehrerin und ein Pfarrer, an dessen Namen ich mich nicht erinnere, mit uns ein Heim für geistig zurückgebliebene Kinder. Der Ausflug sollte uns vor Augen führen, wie gut wir dran waren, und um der Dramatik willen war er sogar streng durchinszeniert: Die Kinder traten nacheinander auf, damit die Lehrerin ihnen ihre Zuneigung zeigen konnte, die nicht körperlich war, keine Umarmung, nicht einmal eine Berührung – »wir lieben dich, Jonathan«, sagte die Frau, während ein Kind mit verzogenem Mund, verdrehten Augen und Rotzfäden etwas Unverständliches murmelte. Ein Auftritt war schauriger als der andere, und am Ende kam Lucy, eine vierzigjährige Frau, die im Körper eines kleinen Mädchens gefangen war und nur den Kopf wandte, als der Pfarrer ein Glöckchen erklingen ließ. Ich weiß noch, dass mir Dante in den Sinn kam, der verglichen damit normal war, auch wenn man ihn im Ort den Mongolen nannte.

Bis dahin hatte sich meine Vorstellung vom Leid auf Dante und die Kinder der Telethon-Spendengala beschränkt, eine unerschöpfliche Quelle der Ängste und Albträume. Jahr für Jahr sah ich mir mit meiner Schwester die Sendung an, bis wir vor Müdigkeit umsanken, wie fast alle Kinder, und wochenlang stellten wir uns vor, keine Arme oder Beine zu haben.

10

»Nicht der Rede wert«, sagte meine Großmutter nach dem Erdbeben von 1985 und umarmte mich. Die Schule fing ein paar Monate später an, und man verlegte uns in ein Klassenzimmer, das man in aller Schnelle hinter der Turnhalle eingerichtet hatte; dort blieben wir das ganze Jahr über.

Auch der Lehrer war neu. Als Erstes sagte er uns seinen Namen, Juan Luis Morales Rojas, und leise wiederholte er ihn in neutralem Tonfall, zwei, drei, zwanzig Mal – jetzt ihr, verlangte er, alle wiederholen: Juan Luis Morales Rojas, Juan Luis Morales Rojas, Juan Luis Morales Rojas, und wir wiederholten seinen Namen, lauter und lauter, spielten mit den Grenzen des Erlaubten oder versuchten zu begreifen, ob es eine Grenze gab, und bald schon schrien und hüpften wir, während er die Hände wie ein Dirigent oder ein Sänger schwang, der gern das Publikum den Text mitsingen hört. »Jetzt weiß ich, dass ihr meinen Namen nie vergessen werdet«, war sein einziger Kommentar, als wir es müde waren, zu schreien und zu lachen. Ich erinnere mich an keinen glücklicheren Moment in all den Jahren, die ich auf diese Schule ging.

Wochen später, vielleicht auch am selben Tag, erklärte uns Juan Luis Morales Rojas, was Wahlen waren und was der Präsident, der Vizepräsident, der Minister oder Schatzmeister für Aufgaben hatten. In einer der ersten Schülersprechstunden sollten wir eine Liste unserer Probleme zusammenstellen, und zunächst fiel uns nichts ein, aber dann erwähnte jemand, dass wir Viertklässler nicht in die Militärkapelle aufgenommen wurden. Die Idee kam auf, die Namen derer aufzuschreiben, die in der Kapelle mitspielen wollten, damit man mit Pfarrer Limonta darüber sprechen konnte. Ich wollte schon die Hand heben, zögerte aber einen Moment; nein, ich spürte es ganz deutlich, ich wollte nicht mehr zur Kapelle gehören.

11

Einige Zeit später lernte meine Mutter eine Frau kennen, die ihr versicherte, sie habe mich bei der Messe helfen sehen. »Das ist unmöglich«, entgegnete sie. Aber ein anderer erzählte ihr das Gleiche, und sie fragte mich erneut danach. Ich stritt es ab, allerdings hätte auch ich einen Ministranten gesehen, der mir erstaunlich gleiche. »Ich habe ein sehr gewöhnliches Gesicht«, sagte ich.

Als ich endlich bei Pfarrer Limonta beichtete, dachte ich nicht einmal daran, zu erwähnen, dass ich das Abendmahl bereits empfangen hatte, ebenso wenig mein erotisches Erlebnis mit Mauricio. Ich beging in meiner Schule die Erstkommunion – die inzwischen nur noch eine Dreißigst- oder Vierzigstkommunion war – und konnte endlich mit vollem Recht das Abendmahl empfangen. Meine Eltern waren dabei, beschenkten mich, und mir scheint, dass ich damals die Last meines Doppellebens spürte. Ich half weiter bei der Messe, ohne dass sie davon wussten, in der Mater Purissima, vielleicht bis zum Winter 1985, bis der Pfarrer uns nach einer angespannten, hektischen Messe streng ins Gebet nahm: wir würden ihn ablenken, unsere Stimmen seien zu schrill, wir hätten keinen Rhythmus. Seine Bemerkungen schmeckten mir gar nicht, vielleicht weil mich die fatale Einsicht befiel, dass der Pfarrer schauspielerte, dass nicht alles Erleuchtung war oder wie auch immer man diesen heiligen Zustand nennen wollte, diese geistliche Dimension. Ich beschloss aufzuhören, und vom selben Moment an war ich nicht mehr katholisch. Vermutlich erlosch damals in mir auch jegliches religiöses Empfinden. Jedenfalls beschäftigten mich niemals diese rationalen Gedankenspiele über die Existenz Gottes, denn gleich darauf, das mochte der Grund sein, richtete sich mein Glauben – naiv, intensiv und vollkommen – auf die Literatur.

Nach dem Attentat auf Pinochet im September 1986 fing Dante an, die Leute im Ort zu fragen, ob sie links oder rechts seien. Manche waren unangenehm berührt, andere lachten und beschleunigten ihren Schritt, einige wiederum fragten, was er unter links oder rechts verstehe. Aber uns Kinder fragte er nicht, nur die Erwachsenen.

Ich war weiterhin mit Mauricio befreundet und hörte bei ihm zu Hause Milanés, vor allem aber Silvio Rodríguez, Violeta Parra, Inti Illimani oder Quilapayún, und erhielt von ihm und seinem Bruder Nachhilfe in Sachen Revolution und Arbeit für die Gemeinschaft. Durch sie hörte ich zum ersten Mal von den Opfern der Diktatur, von den Verhafteten und Verschwundenen, den Morden, der Folter. Ich hörte verblüfft zu, mal empörte ich mich, mal verlor ich mich in einer gewissen Skepsis, doch immer mit dem gleichen Gefühl von Ungenügen und Unwissenheit, von Unzulänglichkeit und Entfremdung.

Ich versuchte, Meinungen zu vertreten, erst auf gut Glück und probeweise, fast wie Leonard Zelig. Ich wollte mich nur einfügen, dazugehören, und wenn sie links waren, konnte auch ich links sein, wie ich zu Hause rechts sein konnte, obwohl meine Eltern nicht wirklich rechts waren, vielmehr war zu Hause nie von Politik die Rede, außer wenn meine Mutter sich rückblickend darüber beklagte, wie schwer es gewesen war, unter Allende Milch für meine Schwester zu bekommen.

Ich begriff, dass man ohne weiteres dazugehören konnte, indem man schwieg. Ich verstand oder begann zu verstehen, dass die Nachrichten die Wirklichkeit verschleierten und ich Teil einer konformistischen Mehrheit war, unschädlich gemacht vom Fernsehen. Meine Vorstellung vom Leid war jetzt das Bild eines Kindes, das fürchtet, seine Eltern könnten umgebracht werden, oder das mit nichts als einer Handvoll Schwarzweißfotos von ihnen aufwachsen muss. Obwohl ich alles tat, um mich von meinen Eltern zu distanzieren, war ihr Verlust das Verheerendste, was ich mir vorstellen konnte.

13

»Wichtig ist nicht die Erinnerung/an die erste Kommunion/sondern an die letzte«, heißt es in einem Gedicht von Claudio Giaconi. Ich komme zum Ende.

14

Anfang 1987 besuchte der Papst Chile, und meine religiöse Begeisterung kehrte zurück, doch nicht für lange. Ende desselben Jahres, ein paar Tage nach meinem zwölften Geburtstag, erfuhr ich, dass ich die Schule wechseln würde. Mit der Gitarre hatte ich keinen Erfolg gehabt, aber dennoch meinen musikalischen Triumph erlebt, als ich das Schulfestival gewann, indem ich »El baile de los que sobran« von Los Prisioneros sang. Der Junge auf dem zweiten Platz hatte mit melodischer, perfekter Stimme »Detenedla ya« von Emmanuel gesungen. Ich begreife nicht, wie ich gewinnen konnte. Ich kam gerade in den Stimmbruch, hatte Mühe, den Ton zu treffen. Und ich wusste nicht, was ich da sang. Ich wusste nicht, was ich sang.

März 1988 fing ich am Instituto Nacional an. Dann kamen zugleich die Demokratie und die Pubertät. Die Pubertät war wirklich. Die Demokratie nicht.

1994 begann ich, an der Universidad de Chile Literatur zu studieren. Zu Hause gab es einen funkelnagelneuen schwarzen Computer. Ich benutzte ihn manchmal für meine Arbeiten oder schrieb Gedichte, die ich ausdruckte, die Dateien jedoch löschte, ich wollte keine Spuren hinterlassen.

Ende 1997 wohnte ich in einer Pension gegenüber dem Nationalstadion und hatte mich mit meinem Vater überworfen. Ich nahm sein Geld nicht an, dafür jedoch ein gebrauchtes Notebook, das er mir hartnäckig schenken wollte. Doch auch wenn er weniger hartnäckig gewesen wäre, hätte ich es angenommen. Kein Wunder, dass meine Lieblingsplatte *Ok Computer* hieß. Beim Schreiben hörte ich abertausend Mal »No surprises«, schrieb über alles Erdenkliche, nur nicht über meine Familie, denn damals spielte ich, keine Familie zu haben. Keine Familie, kein Zuhause, keine Vergangenheit. Manchmal hörte ich Simon & Garfunkels »I am a rock«, und auch das hatte seinen Sinn, denn ebendas lebte und dachte ich, ehrlich und ernst: »I have my books / and my poetry to protect me.«

1999 gab das Notebook, das mir mein Vater geschenkt hatte, ein schwarzes IBM mit einem kleinen roten Ball im Zentrum der Tastatur, der als Maus diente (die Informatiker nannten ihn »Klitoris«), endgültig seinen Geist auf. Ich erwarb in vielen Ratenzahlungen einen riesigen

Olidata. Inzwischen wohnte ich in der Vicuña Mackenna 58 im Souterrain eines großen alten Hauses. Nachts arbeitete ich als Telefonist, nachmittags schrieb ich und sah mir durchs Fenster die Beine und Schuhe der Passanten an. Da ich in diesem Winter weder Ofen noch Wärmflaschen hatte, umklammerte ich während mancher Nächte beim Schlafen das Computergehäuse.

2005 wurde das Präparieren der Drachenschnur verboten, es hatte eine Reihe von Unfällen gegeben, und ein Motorradfahrer war vor einigen Jahren zu Tode gekommen. Aber damals hatte sich mein Vater bereits aufs Fliegenfischen gestürzt.

Im August 2008 starb meine Großmutter. Vor ein paar Tagen sind meine Mutter und ich ihre Erzählungen durchgegangen, die sie inzwischen in den Computer getippt hatte, in der Schrift Comic Sans MS, Schriftgrad 12, doppelter Zeilenabstand. Den Beginn von »Ninette« kenne ich auswendig: »Diese Geschichte handelt von einer Familie mit vornehmem Stammbaum, die von Tag zu Tag stolzer wurde, bis auf das Mädchen, die einzige Tochter, die war lieb und gut.«

Heute ist der 5. Juli 2013. Meine Mutter hat keine Poster mehr im ehelichen Schlafzimmer, interessiert sich aber immer noch für Paul Simon. Heute Morgen haben wir am Telefon über ihn gesprochen, wie wohl sein Leben inzwischen aussehen mag, ob er mit Edie Brickell glücklich ist. Ich sagte, ich sei überzeugt davon, denn auch ich wäre glücklich mit Edie Brickell.

Jetzt ist es Nacht, immer ist es Nacht am Ende eines Textes. Ich lese noch einmal, ändere Sätze, korrigiere Namen. Versuche, mich besser zu erinnern: genauer und besser. Ich schneide aus und füge ein, vergrößere den Schriftgrad, ändere den Font, den Zeilenabstand. Eigentlich will ich diese Datei schließen und für immer im Ordner Eigene Dokumente speichern. Aber ich werde und will sie veröffentlichen, auch wenn sie noch nicht abgeschlossen ist, es niemals sein kann.

Mein Vater war ein Computer, meine Mutter eine Schreibmaschine.

Ich war ein leeres Heft, und jetzt bin ich ein Buch.

II

CAMILO

Ich bin der Camilo!, rief er mir vom Zaun aus zu und öffnete die Arme, als würden wir uns kennen, der Patensohn deines Papas. Er kam mir hochgradig verdächtig vor, geradezu eine Karikatur der Gefahr, ich war schon zu groß, um mich so übertölpeln zu lassen. Dazu die dunkle Brille an einem bewölkten Tag, als wäre er ein Blinder. Und diese Jeansjacke mit schwarzen Aufnähern von Rockbands. Mein Vater ist nicht da, entgegnete ich, schloss die Tür ohne ein Wort des Abschieds und erzählte nichts davon, vergaß es.

Aber es stimmte, mein Vater war eng mit Camilos Vater befreundet gewesen, dem großen Camilo. Beide hatten sie in Rencas Fußballmannschaft gespielt. Es gibt Fotos von der Taufe, mit weinendem Kind und Freunden, die feierlich in die Kamera blicken. Während einiger Jahre lief alles gut, mein Vater war ein gewissenhafter Pate, kümmerte sich um den Jungen, aber dann kam es zum Streit, und ein paar Monate nach dem Putsch wurde der große Camilo verhaftet und ging anschließend ins Exil nach Paris – eigentlich hatten Tante July und der kleine Camilo nachkommen sollen, doch sie wollte nicht, und das war das Ende der Ehe. So wuchs der kleine Camilo ohne Vater auf, vermisste und erwartete ihn und sparte, um ihn besuchen zu können. Und eines Tages, er war gerade achtzehn geworden, beschloss er, wenn er schon den Vater nicht sehen konnte, wenigstens den Patenonkel zu finden.

All das erfuhr ich, als Camilo das erste Mal zum Kaffee zu uns kam, vielleicht auch nur nach und nach. Da will ich schön ordentlich erzählen und bringe alles durcheinander. Aber ich weiß noch, wie bewegt mein Vater an dem Nachmittag war, als er sah, dass der Patensohn dem ehemaligen Freund aufs Haar glich – wie aus dem Gesicht geschnitten, sagte er, nicht unbedingt ein Kompliment, denn es war ein sehr gewöhnliches Gesicht, an das man sich schwerlich erinnerte, und obwohl Camilo mit Hilfe einiger Produkte versuchte, sich nach der Mode zu frisieren, stellte sich sein starres Haar meist quer.

Trotz des anfänglichen Misstrauens begriff ich sofort, dass Camilo einer der unterhaltsamsten Menschen war, die man sich nur vorstellen konnte. Schnell wurde er zu einer wohltuenden, schützenden Kraft in meinem Leben, zu einer Art Lichtgestalt, einem echten großen Bruder. Genau das dachte ich, als er nach Frankreich aufbrach, um seinen Lebenstraum zu erfüllen: Da fährt ein Bruder fort. Das war im Januar 1991, das zumindest weiß ich genau.

*

Camilo faszinierte nicht nur mich. Meine ältere Schwester war hoffnungslos verliebt in ihn, und meine jüngere Schwester, die sich kaum zwei Sekunden lang auf etwas konzentrieren konnte, sah ihn bei seinen Besuchen unverwandt an und freute sich über jeden seiner Einfälle. Ganz zu schweigen von meiner Mutter, mit der er scherzte, sich aber auch ernsthaft unterhielt, denn damals machte Camilo – den eigenen Worten nach – eine religiöse Krise durch, und obwohl meine Mutter beileibe keine Frömmlerin war, konnte sie kaum begreifen, dass jemand nicht an Gott glaubte, und hörte ihm sprachlos zu.

Für meinen Vater wiederum war Camilo, wie mir scheint, weniger ein Patensohn, sondern ein Begleiter geworden, ein Freund, er ließ sich sogar von ihm duzen. Bis spätnachts saßen sie im Wohnzimmer und redeten über alles Erdenkliche, bloß nicht über die Existenz Gottes, denn Zweifel daran ließ mein Vater nicht zu, und auch nicht über Fußball, denn Camilo war das erste männliche Wesen meiner Bekanntschaft, das nichts für Fußball übrig hatte. Es war unglaublich lustig, exotisch für mich, dem der Fußball alles bedeutete: Camilo verstand nicht einmal die Regeln. Ein Klassiker war die Geschichte von der einzigen Partie, die er in seinem Leben gespielt hatte, mit fünf Jahren, in einer Turnhalle in San Miguel. Da er bis dahin vom Fußball nur die Zusammenfassungen der Tore im Fernsehen kannte, rannte er an dem Nachmittag bloß hin und her und feierte nie geschossene Tore, winkte freudig ins Publikum und kümmerte sich nicht im Geringsten um den Ball.

*

Für mich spielte in der Beziehung zu meinem Vater der Fußball dagegen eine entscheidende Rolle. Gemeinsam sahen oder hörten wir die Partien, gingen manchmal ins

Stadion, und jeden Sonntag begleitete ich ihn mittags zu einem Platz in La Farfana – er war Torwart und wirklich gut, ich sehe noch vor mir, wie er durch die Luft schwebte, mit beiden Händen den Ball packte und ihn an die Brust zog. Doch ich wurde den Gedanken nicht los, dass seine Mitspieler ihn hassten, denn er war die Art Torwart, der ständig Anweisungen geben muss, die Abwehr herumkommandiert, ja sogar das Mittelfeld, und zwar aus vollem Hals. Zurück, Mann, zurück, annehmen, her zu mir, abgeben, zurück, Mann. Wie oft habe ich solche Befehle aus dem Mund meines Vaters gehört, im Ton höchster Erregung. Wenn er mich einmal anschrie, dann waren es niemals so gellende Schreie wie die, die seine Mitspieler genervt über sich ergehen ließen, so kam es mir zumindest vor, denn es konnte keine Freude sein, mit diesem ewigen Gezeter von hinten zu spielen. Aber man respektierte meinen Vater. Und wie gesagt, er war wirklich gut. Ich setzte mich mit einer Bilz-Brause oder einem Chocolito-Eis hinters Tor, und ab und an sah er blitzschnell zu mir, um sich zu vergewissern, dass ich noch da war, manchmal fragte er mich auch, ohne sich umzudrehen, was sich vorne tat, denn das war das große Problem meines Vaters im Tor, ja eben darum hatte er nicht Profifußballer werden können: Er war so kurzsichtig, dass er nur bis zur Mittellinie sah. Seine Reflexe aber waren erstaunlich, auch sein unerschrockener Einsatz, den er mit zwei Brüchen an der rechten Hand und einem an der linken bezahlte.

In der Halbzeit stellte ich mich gern ins Tor, und immer kam es mir gewaltig vor; wieder und wieder musste ich mich fragen, wie es möglich war, dass jemand zum Beispiel einen Elfmeter hielt. Und mein Vater hielt Elfmeter, aber ja. Jeden dritten, vierten. Nie warf er sich frühzeitig hin, sondern wartete, und beim geringsten Fehler des Gegners hielt er ihn.

*

Ich erinnere mich an einen Ausflug aufs Land, als Camilo entdeckte, dass ich zwischen den Lichtmasten blinzelte. Das tue ich noch immer, sogar wenn ich selbst am Steuer sitze, ich kann nicht anders. Kaum bin ich auf der Landstraße, versuche ich, genau auf halber Strecke zwischen zwei Masten zu blinzeln. Damals saßen wir mit meinen Schwestern zusammengepfercht hinten in der Chevette, und Camilo merkte, dass ich mich angespannt konzentrierte, fing an, gleichzeitig mit mir zu blinzeln, und lächelte mir zu. Er machte mich nervös, denn ich wollte keinen Fehler begehen, ich hatte die glühende Überzeugung, dass ich zwischen den Masten blinzeln musste, nur so würden wir in Sicherheit sein.

Heute kümmern sie mich nicht mehr, aber als Kind beängstigten mich meine Eigenheiten so sehr, dass mir die einfachsten Beschäftigungen unerträglich wurden. Vermutlich waren es halbe oder komplette Zwangsstörungen. Wie viele Kinder mied ich sorgfältig die Fugen zwischen den Pflastersteinen, und wenn ich aus Versehen auf eine trat, verfiel ich in unsägliche Verzweiflung. Ich verkroch mich in mein Inneres, ein Gefühl von Verhängnis überkam mich, doch ich hielt es für zu lächerlich, darüber zu reden. Ich hatte auch den Tick, ein körperliches Gleichgewicht wahren zu müssen – wenn mir ein Bein wehtat, schlug ich zum Ausgleich aufs andere, oder ich bewegte die rechte Schulter im Takt meiner Herzschläge, als wünschte ich mir zwei Herzen –, dazu kamen die Vorliebe für bestimmte Zahlen und Farben und ein paar wirklich schräge Angewohnheiten wie zum Beispiel, neun Mal hintereinander die steile Treppe vom Schwimmbad zur Plaza de Maipú zu nehmen, an sich gar nicht so merkwürdig, da es hätte ein Spiel sein können, aber so sollte es gerade nicht aussehen, eifrig verstellte ich mich, hielt nach der letzten Stufe inne, schüttelte den Kopf, als wäre mir eingefallen, dass ich etwas vergessen hatte, und erst dann drehte ich um.

All das erwähne ich, weil Camilo immer auf meiner Seite stand. Als er damals in der Chevette begriff, dass ich nervös war, strich er mir übers Haar und sagte etwas, woran ich mich nicht mehr erinnere, aber bestimmt war es ein unglaublich warmherziger, mitfühlender, behutsamer Satz. Als ich ihm später allmählich von meinen Überspanntheiten erzählte, sagte er, wir seien alle verschieden, die seltsamen Dinge, die ich täte, seien vielleicht ganz normal. Oder auch nicht, aber das liefe aufs Gleiche hinaus, denn normale Leute seien widerwärtig.

*

Ganze Seiten könnte ich über die Bedeutung schreiben, die Camilo in meinem Leben hatte. Ich erinnere mich etwa, dass er nach einer mühsamen Diskussion voll raffinierter Argumente die Erlaubnis für mich erkämpfte, zum ersten Mal auf ein Konzert zu gehen (wir hörten zusammen Aparato Raro in der Don-Orione-Schule in Cerrillos), und er war auch der Erste, der meine Gedichte las.

Ich schrieb von klein auf Gedichte, was natürlich ein

unaussprechliches Geheimnis war. Keine guten, auch wenn ich vom Gegenteil überzeugt war, und nachdem Camilo sie gelesen hatte, behandelte er mich voller Achtung, erklärte mir jedoch, dass sich Gedichte heutzutage nicht mehr reimten. Das überraschte mich, denn ich hatte geglaubt, ein Gedicht sei etwas ewig Gleiches, Althergebrachtes, Unveränderliches. Das war eine große Neuigkeit für mich, denn manchmal fiel mir das Reimen entsetzlich schwer, da ich ahnte, dass ich nicht die erstbesten Kombinationen wählen durfte. Dennoch misstraute ich Camilos Worten, weil ich bis dahin noch nie ein ungereimtes Gedicht gelesen hatte.

Ich fragte ihm, was der Unterschied zwischen einem Gedicht und einer Erzählung sei. Wir lagen am Pool in der Sonne, in voller Photosynthese, wie er sagte. Er schenkte mir einen pädagogischen Blick und sagte, ein Gedicht sei das genaue Gegenteil einer Erzählung – Erzählungen sind langweilig, Lyrik ist Wahnsinn, Lyrik ist wild, Lyrik ist ein Sturzbach extremer Gefühle, sagte er, oder etwas in der Art. Hier ist es schwer, nicht ins Erfinden zu verfallen, sich nicht vom Flair der Erinnerung mitreißen zu lassen. Diese Wörter benutzte er: Wahnsinn, wild, Gefühle. *Sturzbach* nicht. *Extrem* schon, glaube ich.

Zurück zu Hause, nahm er mein Heft und fing an, Gedichte zu schreiben. In ungefähr einer halben Stunde hatte er zehn, zwölf lange Texte fertig und las sie mir vor. Ich verstand kein Wort und fragte, ob die Leute sie verstünden. Er sagte, womöglich nicht, aber darauf komme es nicht an. Ich fragte, ob er ein Buch veröffentlichen wolle. Er sagte, ja, das werde er gewiss, aber darauf komme es nicht an. Ich fragte, worauf es ankomme.

So lautete seine Antwort oder was ich davon verstand: Es kommt darauf an, Gefühle auszudrücken, sich als leidenschaftlicher, interessanter Mensch zu zeigen, etwas fragil vielleicht, als jemand, der vor nichts Angst hat und seine weibliche Seite akzeptiert. Das war ganz gewiss das erste Mal, dass ich den Ausdruck *weibliche Seite* hörte.

Später dann, ich weiß nicht, wie viel später, fragte er mich, ob mir die Männer oder die Frauen gefielen. Ich erschrak, denn es gab Männer, die mir gefielen, Camilo selbst zum Beispiel, auch wenn ich sicher war, dass mir die Frauen besser gefielen, weitaus besser. Mir gefallen die Mädels, sagte ich, sehr sogar, die finde ich scharf. Okay, sagte er ernst, und fügte hinzu, wenn mir die Männer gefielen, sei das kein Problem, das könne ebenso vorkommen.

*

Ich erinnere mich, wie Camilo an dem Nachmittag damals auf der Condell-Brücke stand und rauchte. Ich begriff, dass es keine gewöhnliche Zigarette war, doch was genau es war, wusste ich nicht. Die sind zu stark für ein Kind, sagte er entschuldigend, als ich auch eine wollte, denn damals rauchte ich schon ab und an. 1986 muss das gewesen sein oder Anfang 1987, ich war damals zehn, elf. Das weiß ich, weil ich damals weder Santiagos Zentrum noch Providencia gut kannte und weil wir anschließend *True Stories* von den Talking Heads kaufen gingen, damals noch ein neues Album.

Wir müssen dein Problem lösen, hatte er mir am Morgen gesagt, als wir zur Haltestelle gingen. Welches, fragte ich, denn mir schien, dass ich viele Probleme hatte, nicht nur eines. Deine Schüchternheit, entgegnete er, Frauen mögen die Schüchternen nicht. Natürlich war ich damals schüchtern, und ich rede von echter, wahrhaftiger Schüchternheit, nicht wie heute, da alle Welt schüchtern ist, ein Witz. Wenn jemand nicht grüßt, muss die Schüchternheit herhalten, sie ist der Grund, wenn jemand eine Frau umgebracht hat, und wenn er das ganze Land betrogen, als Abgeordneter kandidiert oder klammheimlich den letzten Rest Nutella im Glas gegessen hat: schüchtern. Ich meine etwas anderes: Stottern, Unsicherheit, Selbstzweifel, um nicht wieder von meinen Ticks anzufangen.

Ich helfe dir, sagte Camilo, gebe dir Unterricht, aber keine Angst, du musst nichts tun, begleite mich bloß und weiche mir nicht von der Seite, egal, was ich tue. Ich nickte, mit leichtem Schwindelgefühl. Während der einstündigen Fahrt erzählte er Witze, fast alle kannte ich schon, aber jetzt trug er sie lauthals vor, fast schreiend. Ich begriff, dass die Lektion darin bestand, dass ich ebenso laut lachte, was mir entsetzliche Mühe bereitete, aber ich versuchte es. Doch als wir aus dem Bus ausstiegen, sagte er, das sei nicht die Lektion gewesen.

Dann gingen wir auf die Brücke und blieben in der Mitte stehen. Camilo rauchte schweigend, ich blickte ins trübe, schnelle Wasser, das etwas üppiger floss als üblich, konzentrierte mich auf die Strömung und wusste plötzlich nicht, wie mir geschah: Ich starrte so unverwandt, war so in den Anblick versunken, dass mir war, als stünde das Wasser still und wir befänden uns auf einem Schiff, obwohl ich noch nie auf einem Schiff gewesen war. So verharrte ich eine ganze Weile, vielleicht fünfzehn, zwanzig Minuten. Wir sind auf einem Schiff, sagte ich zu Camilo, und erklärte ihm meine Entdeckung. Die Erklärung fiel mir schwer, er verstand mich nicht, aber dann sah er es auch und machte seinem tiefen, wachsenden Erstaunen mit einem Ausruf Luft, ziemlich high. Wir blickten weiter in den Strom, während er sagte, *unglaublich, unglaublich, unglaublich.*

Als wir dann Richtung Providencia gingen, fasste er mich an der Schulter und sagte feierlich: Ich habe dich schon immer gemocht, mag dich sehr, aber jetzt respektiere ich dich auch. Als wir eine Ecke erreichten, vielleicht die Carlos Antúnez, nickte er mir verstohlen und abrupt zu, was so viel wie *jetzt* bedeuten sollte, warf sich auf den Boden, hielt sich den Bauch und brach in schrilles, lautes Lachen aus. Sofort bildete sich ein Kreis um uns, und ich wäre gern weit weg gewesen, begriff aber, dass dies die Lektion war. Als er zu lachen aufhörte, verlangten fünf Militärpolizisten eine Erklärung. Camilo nahm sich die Zeit, mir anerkennend zuzunicken, ich war bei ihm geblieben, hatte sogar ein wenig mitgelacht, als wäre ich der schüchterne Freund des Lachenden, doch nicht schüchtern genug, um mich zu schämen. Ich sah mir die unerschütterlichen, strengen Mienen der Bullen an, als ihnen Camilo eine völlig wirre Erklärung vorsetzte, in der von mir die Rede war, von meiner Schüchternheit und warum ich diese Lektion nötig gehabt hätte, um, wie er sagte, erwachsen zu werden. Er hatte die öffentliche Ordnung gestört, noch dazu während der Diktatur, doch Camilo überzeugte die Polizisten, und wir konnten mit dem seltsamen Versprechen gehen, nie mehr in der Öffentlichkeit zu lachen.

Mann, bin ich high, sagte er danach zu mir oder vielleicht zu sich selbst, ein wenig besorgt. Wir gingen in eine Einkaufspassage, um die Platte zu kaufen. Der Plattenladen war ganz anders als die, die ich kannte, alles kam mir luxuriös oder exklusiv vor. Als uns der Verkäufer *True Stories* reichte, übersetzte Camilo für mich den Anfang von »Love for sale«, auch wenn er ziemlich ins Blaue riet, denn er konnte kein Englisch. Ich nahm das Album, sah mir das weiß-rote Cover an und machte nun die gleiche verstohlene Kopfbewegung: *jetzt.* Er konnte mir gerade noch eine Art panischen Blick zuwerfen, da rannte ich schon mit der Platte in der Hand einfach aus dem Laden, und wir liefen und liefen, wichen den Leuten aus, wie verrückt lachend und in einem Affenzahn.

Am Nachmittag war ein Fußballspiel, ich weiß nicht mehr, gegen wen, aber es spielte die Nationalmannschaft. Camilo blieb und sah es sich mit uns an. Mein Vater wunderte sich und fragte nach dem Grund. Ich habe keinen Vater, du bist mein Patenonkel und musst mich mit dem Fußball vertraut machen, sagte er. Sonst – warnte er und zwinkerte mir zu – werde ich eine Tunte. Von da an sah Camilo die Spiele gemeinsam mit uns, aber ich weiß nicht, ob mein Vater Spaß daran hatte, denn Camilo stellte so elementare, ahnungslose Fragen, dass uns bald die Langeweile überkam.

*

Am 4. Dezember 1987 beging ich eine Todsünde. Los Prisioneros hatten gerade ihr drittes Album, *La cultura de la basura,* herausgebracht, und ich kam um vor Verlangen, es zu kaufen, besaß jedoch nicht einen Peso. Ich erwog, wieder zu klauen, traute es mir aber nicht zu, das mit den Talking Heads war bloß eine spontane Eingabe gewesen. Mir kam eine bessere Idee: Da das Erscheinungsdatum des Albums mit der Telethon-Spendengala zusammenfiel, sammelte ich Geld für die verkrüppelten Kinder, ging zum Laden und kaufte die Platte.

Ich fühlte mich elend, schloss mich in mein Zimmer ein, um die Platte zu hören, und anfangs erinnerte mich jedes Lied in irgendeiner Weise an meine Missetat. Ich beschloss, zu beichten, hatte jedoch Angst vor der Reaktion des Pfarrers. Beichte mir, schlug Camilo vor, was willst du deine Angelegenheiten vor einem Pfarrer ausbreiten. Aber ich sage dir gleich, Masturbieren ist keine Sünde, ich glaube, sogar Jesus hat sich einen runtergeholt und dabei an Maria Magdalena gedacht.

Ich lachte, bis mir schwindlig wurde. In meinem ganzen Leben hatte ich keine solche Ketzerei gehört. Auf dem Esstisch im Wohnzimmer stand ein Jesusbild, und ich konnte mir sein Gesicht nicht mehr ansehen, ohne mir vorzustellen, dass er gerade abgespritzt hatte. Das Masturbieren hatte ich ohnehin nie als Sünde empfunden. Als ich Camilo erzählte, was ich getan hatte, sagte er, ich solle mir keine Sorgen machen, die Telethon komme allein schon mit den Sponsoren auf ihre Rechnung, und vielleicht *brauchte* ich diese Platte, hätte vielleicht genau das Richtige getan. Ich verstehe nicht, sagte ich. Nun gut, lautete sein Urteil, wenn du dich immer noch schuldig fühlst, sag dieses Gebet auf, bei dem man sich gegen die Brust schlägt.

*

Und deine Patentante? Hast du deine Patentante auch besucht?, fragte ich ihn eines Morgens – damals schlief er oft im Wohnzimmer, stand früh auf und kam mit einer Wassermelone vom Markt zurück, denn es war Sommer. Er bejahte, sie sei immer noch die beste Freundin seiner Mutter. Und du? Hast du Pateneltern?

Ja, aber das sind Onkel und Tante, die Geschwister meiner Mutter.

Die taugen nicht, sagte er. Der Witz ist, dass sie nicht zur Familie gehören. Onkel und Tante schenken dir sowieso etwas. Ich denke, mein Vater könnte dein Patenonkel werden, sagte er ernst. Wenn ich ihn besuchen fahre, bitte ich ihn, dein Patenonkel zu werden.

*

Er bestand weiter darauf, dass wir ihn mit dem Fußball vertraut machten, und manchmal schossen wir draußen in der Gasse Elfmeter. Aber mein Vater hatte es bald satt, Camilo konzentriere sich nicht, sein Interesse sei nicht aufrichtig. Dennoch gingen wir zu dritt ins Santa-Laura-Stadion, sahen gleich zwei Spiele hintereinander, zuerst die U gegen die Rangers. Zu unser beider Ärger hatte Camilo beschlossen, die U anzufeuern, die Mannschaft seines Vaters, auch wenn er nicht einmal die Namen der Spieler kannte. Es gefiel ihm, wie alle im Stadion schrien und protestierten, war jedoch verblüfft, dass sie ihre Wut am Schiedsrichter ausließen, und verteidigte ihn, zwar nahmen es die Leute erst übel, mussten jedoch lachen, wenn Camilo, sobald der Schiedsrichter ein Foul pfiff oder eine Karte zückte, aufstand und rief: Jawohl, bravo, hervorragende Entscheidung.

Anschließend spielte Colo Colo gegen Audax (glaube ich). Ich mochte vor allem den »Chino« Hisis, den »Pillo« Vera, Caszely und Horacio Simaldone, und einige hasste ich: Cristián Saavedra (warum, weiß ich nicht) und vor allem Mario Osbén, denn damals war mein größtes Idol der »Cóndor« Roberto Rojas, doch unerklärlicherweise ließ der Trainer Pedro García die beiden abwechselnd spielen. Ich war so wütend, so empört darüber, den Cóndor auf der Bank zu sehen, dass ich hinunter ans Gitter ging und García wild beschimpfte. Zu Hause durfte ich keine Schimpfwörter benutzen, aber im Stadion wurde ein Auge zugedrückt.

Den Cóndor Rojas musste man einfach bewundern, in Chile bewunderten wir ihn alle. Bei mir war es unterschwellig auch Bewunderung für meinen Vater. Außerdem war ich mit der Position bestens vertraut, kannte alle Bewegungen auswendig und hielt die Aufgabe des Torwarts unbedingt für die schwerste. Auch ich spielte manchmal als Torwart, ahmte den Cóndor Rojas nach, vielleicht auch meinen Vater (nur nicht in den Schreien). Als ich aber in der Jugendmannschaft von Cobresal trainierte, auf demselben Platz, auf dem sich etwa der fünfzehnjährige Iván Zamorano allmählich zu einem Crack entwickelte, spielte ich als Mittelfeldspieler, nicht als Torwart. Vielleicht hatte ich Angst, nicht auf der Höhe zu sein.

*

Warum verbrachte Camilo so viel Zeit mit uns? Weil wir ihn liebten, kein Zweifel. Und weil er nicht gern bei sich zu Hause war. Das gab er manchmal murrend von sich. Er stritt mit seiner Mutter, über seine religiöse Krise, über die politische Lage. Vor dem Referendum war er zu allen Demonstrationen gegen eine weitere Amtszeit Pinochets gegangen, und das hatte zu heftigen Auseinandersetzungen geführt. Das NEIN sollte gewinnen, weil er Pinochet hasste, aber auch, weil er dachte, dass sein Vater dann nach Chile zurückkehren würde. Aber sein Vater wollte nicht zurückkehren, das sagte jedenfalls Tante July immer wieder zu Camilo – dein Vater hat eine andere Familie, ein anderes Land, er erinnert sich nicht einmal an dich. Aber Camilos Vater schrieb ihm regelmäßig, schickte ihm Geld, rief von Zeit zu Zeit an.

Tante July war eisern. Und doch behandelte sie uns freundlich, als wir sie ein einziges Mal besuchten. Sie reichte uns Brotkuchen und Bananenmilch, während wir mit Camilos Stiefbrüdern am Computer *Montezuma's Revenge* spielten. Es war seltsam, Camilo in einem anderen Ambiente zu sehen. Ich weiß noch, dass sein Zimmer auf mich wirkte, als wohnte er nicht dort. Meinen Schwestern und mir schenkte er immer Poster und Sprüche auf Schmuckpapier, doch in seinem Zimmer gab es nichts dergleichen. Die leeren weißen Wände erschütterten mich, kein einziger Nagel, um auch nur ein Foto aufzuhängen.

Was Camilo studierte? Angewandte Soundso-Technik an der UTEM, die damals noch IPS hieß. Bei diesem Studium war er beim dritten Anlauf gelandet, ich weiß noch, dass er meinen Vater um Rat gefragt hatte. Aber er studierte nicht gern. Einmal hatte er mir Mathenachhilfe geben wollen, doch ohne Erfolg, und nötig war es ohnehin nicht. Ich weiß nicht, ob er viel las, glaube aber schon. Damals, als er von der Lyrik gesprochen hatte, waren wohl die Namen Rimbaud und Baudelaire gefallen, die *poètes maudits,* ob genau die beiden, weiß ich nicht, aber er hatte ein paar Namen erwähnt.

Oft denke ich heute, von diesem verdächtig sicheren Standpunkt der Gegenwart aus, dass Camilo unreif war. Doch nein. Das war er nicht. Oder er hatte zugleich eine intuitive, großzügige, scharfsinnige Seite.

Er saß mit uns vor dem Fernseher, als der Cóndor Rojas im Maracaná-Stadion die Verletzung durch den Feuerwerkskörper vortäuschte. Wir trauten unseren Augen nicht, auch Camilo war bestürzt. Scheißbrasilianer, rief ich laut, um zu sehen, ob man mich ausschimpfte, aber niemand tat das. Mein Vater versank in tiefem Schweigen, er war traurig, wütend. Camilo sauste sofort ins Stadtzentrum und schloss sich der Menge an, die vor der brasilianischen Botschaft protestierte. Ich wollte ihn begleiten, aber man ließ mich nicht, und so musste ich meine Wut hinunterschlucken.

Etwas später, als über den Vorfall noch immer diskutiert wurde und Roberto Rojas vor der FIFA aussagte und in Interviews weiterhin seine Unschuld beteuerte, sagte Camilo einmal beim Essen, er glaube nicht mehr an die Unschuld des Cóndor. Das lag damals schon in der Luft, aber mein Vater und ich hielten es für eine Gemeinheit, eine Dummheit. Mein Vater blickte ihn verächtlich, fast grollend an: Du hast kein Recht, deine Meinung abzugeben, du verstehst nichts von Fußball, sagte er. Glaubst du wirklich, der Cóndor wäre so dumm, derlei zu tun? Als Roberto Rojas kurz darauf im Fernsehen gestand, mussten wir uns damit abfinden. Wir entschuldigten uns bei Camilo, aber er sagte, nicht der Rede wert.

Schließlich bewunderten wir den Cóndor nicht länger, und ich begleitete meinen Vater auch nicht mehr zu seinen Spielen. Kurz darauf brach er sich zum letzten Mal die rechte Hand. Und der Arzt sagte, er müsse den Fußball endgültig aufgeben.

*

Mitte 1990 geschah etwas Fantastisches: Nach einem Jahrzehnt der Anträge, bekamen wir eine Telefonleitung. Wir hatten die Nummer 5573317. Am Vormittag, an dem sie installiert wurde, war ich mit meiner Mutter allein zu Hause. Als Erstes rief sie eine Freundin an, dann sollte auch ich einen Freund anrufen, doch ich hatte von keinem die Nummer. Also rief ich Camilo an. Es war eine der Phasen, in denen er unerklärlicherweise nicht mehr zu uns kam. Er klang zufrieden, und ich bat ihn, uns zu besuchen. Ein paar Tage später kam er.

Diesmal wollte er mir beibringen, wie man sich den Frauen gegenüber verhielt. Ich war vierzehn, hatte schon ein paar Mal geküsst, doch meine Beziehung zu den Mädchen war weiterhin schwierig. Camilo erzählte mir, dass er vor kurzem Lorena kennengelernt hatte, sie seien miteinander ausgegangen, hätten miteinander geschlafen. Er erklärte mir, wie man die Frauen im Bett zu behandeln hatte (»man muss sie ganz langsam entkleiden, muss sich beherrschen«, sagte er wohl). Da wir jetzt Telefon hatten, schlug er vor: Ich rufe Lorena an, und du hörst uns am Apparat deiner Mutter zu. So lernst du, wie man Frauen verführt. Camilo wollte sich nicht aufspielen, nein. Er wollte mich wirklich unterrichten.

Hallo, Lorena, hier ist Camilo, sagte er mit tiefer Stimme.

Ach, wie geht's – ihre Stimme war sanft, sanft und eine Spur rau.

Gut, aber ich muss dich dringend sehen.

Sie schwieg fünf Sekunden, bevor sie diesen Satz losließ, den ich nie vergessen werde:

Gut, wenn es schon dringlich geworden ist, dann belassen wir es dabei, und sie legte auf.

Ich ging in die Küche, setzte Wasser auf und kochte Camilo einen Tee. Ich glaube, das war das erste Mal, dass ich jemandem Tee kochte. Ich tat viel Zucker hinein, wie es meiner Ansicht nach zu geschehen hatte, wenn jemand traurig war.

Danke, sagte Camilo mit einer resignierten Gebärde. Aber das macht nichts. Ich bin zufrieden. Nächsten Sommer wird etwas Wichtiges passieren.

Was?

Das wird kein Sommer für mich sein. Sondern Winter.

Ein kristallklarer Dialog, aber ich verstand ihn nicht, obwohl er mir einen Wink gegeben hatte. Wie blöd.

Na, ich fahre nach Frankreich, um meinen Vater zu besuchen, sagte er, und in seinem Gesicht stand deutlich die Freude.

*

Ich überspringe viele Jahre. Es geht auch genauer: zweiundzwanzig. Wir befinden uns im November 2012. Ich bin in Amsterdam, bei einem Treffen mit Chilenen, rede mit einigen, in der Mehrzahl Exilanten, manche Kinder von Exilanten, manche Studenten. Und da ist der große Camilo, Vater Camilo. Jemand stellt uns vor, und als er meinen Nachnamen hört, bemerke ich Interesse in seinen Augen. Du gleichst deinem Vater, sagt er. Und Sie Camilo, entgegne ich. Er stellt mir ein paar Fragen, sehr allgemeine. Wir sprechen über die Protestmärsche, über die Verweigerung des Wahlrechts für Auslandschilenen, eine Schande. Wir sprechen über Piñera und sind auf einmal zwei Landsleute, zerpflücken den Präsidenten und seine Unfähigkeit. Und dann: Wie geht es Hernán, fragt er. Gut, sage ich und muss daran denken, wie lange ich schon nicht mehr mit meinem Vater gesprochen habe. Beinahe fühle ich mich angegriffen, weiß selber nicht, warum. Ich bin wie gelähmt. Mir wird bewusst: ich kann nicht vergessen, wie sehr Camilo wegen seines Vaters gelitten hat. Ich habe das absurde, wirre Gefühl, dass ich durch meine Unterhaltung mit Vater Camilo meinen Freund verrate, meinen Bruder. Aber ich will mit diesem Mann sprechen, will wissen, wer er ist. Ich schlage ihm ein Treffen für den nächsten Tag vor.

Wir verabreden uns in einem mexikanischen Restaurant in der Keizersgracht. Ein kurzer Spaziergang von meinem Hotel. Ich treffe fast zwei Stunden vorher ein, um Barcelona spielen zu sehen. Alexis sitzt auf der Bank. Seit Jahrzehnten schon ist der Fußball für uns Chilenen ein Individualsport. Wegen Cóndor Rojas verpassten wir nicht nur die WM 1990 in Italien, sondern auch die 94 in den USA. Wohl oder übel mussten wir uns jahrelang auf die einzelnen Triumphe und Niederlagen der Handvoll Landsleute konzentrieren, die im Ausland spielen. Wir waren Madrid-Fans, als Zamorano dort spielte, und sind mit Alexis nun Barça-Fans, so lange es dauern mag (wenn es dauert). Und wir sind und werden Fans der Mannschaften sein, in denen Mati Fernández, Arturo Vidal, Gary Medel und all die anderen spielen. Wir haben uns an diesen Widerspruch gewöhnt: Was kümmern mich die Tore von David Villa und Messi, das 2:0, mit dem die erste Halbzeit endet. Mich interessiert nur, ob Alexis spielen darf, und wenn er schon nicht glänzt, soll er wenigstens nicht stümpern.

Vater Camilo kommt ebenfalls früher. Ich werde ein Spiel mit Camilos Vater sehen, denke ich.

Über Vater Camilo, über sein Exil weiß ich nur das Wenige, was sein Sohn mir erzählt hat: dass er 1974 verhaftet worden war, dann gewissermaßen Glück gehabt und Chile hatte verlassen können, im Jahr 75; dass er nach Paris gegangen war und kurz darauf eine Argentinierin geheiratet und zwei Kinder mit ihr hatte. Ich erfahre, dass er seit fünfzehn Jahren in Holland lebt, zuerst in Utrecht, dann in Rotterdam und nun in einem Dorf bei Amsterdam. Auf einmal dränge ich ihn wie ein Polizist, der keine Zeit verlieren will, und frage, was damals passiert ist: Warum war Camilo bei seiner Rückkehr nach Chile so anders gewesen.

Ich weiß es nicht, sagt er. Er kam zu mir nach Paris. Ich sollte mit ihm nach Chile zurückkehren. Herzuziehen, interessierte ihn nicht, ich hatte es ihm angeboten. Er sei Chilene. Ich schlug ihm vor, hier zu studieren, erzählte ihm von dem Plan, nach Holland zu ziehen. Er entgegnete, Studieren sei nichts für ihn, ob in Santiago oder Europa. Der Ton verschärfte sich. Er sagte mir Abscheulichkeiten. Ich sagte ihm Abscheulichkeiten. Ein Wettstreit entbrannte, wer von uns abscheulicher sein konnte. Und ich hatte am Ende das Gefühl, er habe gewonnen. Und er hatte das Gefühl, ich hätte gewonnen. All die Jahre waren wir in Kontakt gewesen, ich hatte mich gekümmert, ihm Geld geschickt, nicht viel, aber immerhin etwas. Als ich dann zum ersten Mal nach Chile zurückkehrte, trafen wir uns mehrmals zum Mittagessen, stritten aber nur.

Das war 1992, sagte ich.

Ja, antwortete er.

Fünfzehn Minuten in der zweiten Halbzeit sind gespielt, da wird Alexis eingewechselt, er wirkt behäbig, steht zweimal im Abseits, ist aber peripher an Xavis 3:0 beteiligt. Dann treffen Fábregas und wieder Messi. In den letzten Minuten verschießt Alexis ein sicheres Tor.

Was hältst du von Alexis, fragt mich Camilo – dass er nicht besser als Messi ist, sage ich, und er lächelt. Ich füge hinzu, er sei niemals ein Torjäger gewesen, habe in Chile ständig Tore vergeben, sei jedoch ein einmaliger Flügelspieler, der beste. Auf einmal wird mir wieder klar, dass ich mit Camilos Vater über Fußball rede, und eine Art Schauder befällt mich. Ein äußerst merkwürdiges Gefühl. Ich rede über die Colo-Colo-Mannschaft von 2006, rede von Claudio Borghi, Mati Fernández, Chupete Suazo, von Kalule, Arturo Sanhueza. Rede vom Horrorfinale im Monumental-Stadion, gegen Pachuca. Mir kommt es plump vor, wie ich da rede. Naiv.

Camilo wollte, dass Sie mein Patenonkel werden, sage ich dann. Er lächelt, als verstünde er nicht. Ich gebe keine Erklärung. Er besteht darauf, dass ich ihn duze. Ich lehne ab. Er fragt, ob mein Vater und Camilo sich geduzt hätten. Ich bejahe. Duz du mich auch. Aber ich möchte nicht. Ich versuche, es höflicher zu formulieren, aber es kommt nur ein gedämpftes, geflüstertes Nein heraus.

Ich frage, warum er sich mit meinem Vater überworfen hat. Das hatte mir mein Vater nie erzählen wollen, auch Camilo nicht, er wechselte dann das Thema. Und sonst wusste niemand Bescheid. Wir vermuteten, dass es etwas Ernstes gewesen war.

Es war gegen Ende der Meisterschaft, sagte Vater Camilo, wir führten zwei zu null, ich spielte als Innenverteidiger, es fehlten nur wenige Minuten, und dein Vater schrie wie ein Verrückter – ich sagte, das wisse ich, ich hätte ihn spielen sehen, seine Schreie seien einem bis ins Mark gegangen. Gib ab, gib ab, Mann, gib ab, Camilo. Seit mehreren Spielen schon stritten wir deswegen. Er ließ mich nicht selbst entscheiden. Gib ab, gib ab. Damals durfte der Torwart beim Rückpass noch den Ball mit der Hand berühren.

Ich erinnere mich, sage ich. So jung bin ich nicht.

Du bist sehr jung, sagt er.

Wir bestellen noch zwei Bier. Er fährt fort:

Mann, gib ab, Camilo, wiederholte Hernán ein ums andere Mal. Ich hatte die Nase voll, aus Trotz zielte ich ins Eck und schoss ein Eigentor – da hast du den Ball, du Wichser, sagte ich. Einige lachten, andere schimpften, dein Vater sah mich voller Hass an. Dann zogen die anderen gleich. Wenn wir gewonnen hätten, wenn ich nicht das Eigentor geschossen hätte, wären wir weitergekommen.

Da kommt mein Freund Luc, er will mir ein paar Bücher geben. Ich stelle ihm Camilo vor. Er setzt sich kurz zu uns, fragt ihn in seinem abenteuerlichen Spanisch, ob er im Exil sei. Nicht mehr, entgegnet Camilo. Oder doch. Schwer zu sagen. Luc will mich mitnehmen, aber ich habe das Gefühl, dass ich noch bleiben sollte. Ich sage ihm, wir würden uns später sehen.

Mir haben sie nichts getan, sagte Camilo, als wir wieder allein waren. Er hatte seinem Sohn erzählt, dass sie ihn nie gefoltert hatten, obwohl er mehrere Monate lang in Haft gewesen war. Sie haben mich gefoltert, sagt er. Aber darüber will ich nicht sprechen. Sie haben mich fertiggemacht, aber ich lebe. Ich kam raus, konnte neu anfangen. Beide wahren wir ein angestrengtes Schweigen. Beide denken wir an Camilo. Mir fällt der Plattenladen ein, das Lied der Talking Heads, vielleicht summe ich es im Geist. »I was born in a house with the television always on / Guess I grew up too fast / And I forgot my name.«

Jetzt gehen wir durch die Prinsengracht, es ist kalt. Unwillkürlich zähle ich die Fahrräder, die vorbeisausen. Fünfzig, sechzig, hundert. Das Schweigen wirkt endgültig. Ich spüre, dass wir uns gleich verabschieden werden. Ich mache mich auf den Weg, sagt er da.

Und bitte Hernán, mir zu vergeben, fügt er hinzu. Ich versichere ihm, dass er ihm schon vor vielen Jahren vergeben hat, dass es nicht mehr der Rede wert ist. Wir bitten ein Kind, uns mit meinem Handy zu fotografieren. Während wir posieren, denke ich, dass ich morgen meinen Vater anrufen werde, dass wir lange über Vater Camilo reden und uns, wie so manches Mal, an die entsetzliche Nacht erinnern werden, Anfang 94, als Tante July uns anrief, um uns zu sagen, dass Camilo überfahren wurde, und an die entsetzliche Woche, in der er beinahe durchgekommen wäre und doch nicht durchkam.

Ich weiß nicht warum, aber am Ende frage ich ihn, wie er von Camilos Tod erfahren hat. Acht Tage später habe ich es erfahren, sagt er. July wusste, wo sie mich erreichen konnte, wollte aber nicht. Wir stehen da, schauen zu Boden, an einer Ecke mit einem Lampengeschäft. Das habe ich bei meinem Aufenthalt in Amsterdam öfter gesehen: Schaufenster mit leuchtenden Lampen in der Nacht. Ich bin drauf und dran, ihn darauf hinzuweisen, um das Thema zu wechseln. Dann wiederholt er – bitte, sag Hernán, er soll mir das Eigentor vergeben. Ich werde es ausrichten, antworte ich. Zum Abschied umarmt er mich und fängt an, bitter zu weinen. Ich denke, dass die Geschichte so nicht enden kann, mit Vater Camilo, der um seinen toten Sohn weint, seinen fast unbekannten Sohn. Aber so endet sie.

FERNGESPRÄCH

Nachts arbeitete ich als Telefonist, einer der besten Jobs, die ich je hatte. Das Gehalt war nicht berauschend, aber auch kein Hungerlohn, der Arbeitsplatz wenig einladend – ein kleines Büro in der Calle Guardia Vieja, durch dessen einsames Fenster man auf eine gewaltige graue Mauer blickte –, doch fror ich nicht im Winter und schwitzte nicht im Sommer. Oder fror vielleicht im Sommer und schwitzte im Winter, aber nur, weil ich mit der Klimaanlage nicht zurechtkam.

Ich spreche vom Jahr 1998, die WM in Frankreich war gerade zu Ende, und kurz darauf, ich hatte den Job seit zwei Monaten, wurde Pinochet festgenommen – mein Chef, ein Spanier, stellte ein Foto des Untersuchungsrichters Garzón in eine Ecke des Schreibtischs, und wir brachten ihm Blumen dar. Portillo war ein guter Chef, ein großzügiger Typ, den ich nur selten sah, manchmal bloß am 29., wenn ich mit grandiosen Augenringen wartete, dass es neun wurde, damit ich meinen Gehaltsscheck holen konnte. Am besten ist mir noch seine hohe Stimme in Erinnerung, wie die eines Halbwüchsigen, bei chilenischen Männern eine gewöhnliche Tonlage, bei einem Spanier jedoch verblüffend. Manchmal rief er in aller Frühe an, gegen sechs oder sieben, damit ich berichtete, was in der Nacht vorgefallen war, wenig sinnvoll, denn nichts fiel vor, oder so gut wie nichts: gelegentlich ein Anruf aus Rom oder Paris, einfache Fälle, Leute, die nicht wirklich krank waren, sondern nur die Versicherung nutzen wollten, die sie in Santiago abgeschlossen hatten. Meine Aufgabe bestand darin, die Anrufe entgegenzunehmen, die Personalien aufzuschreiben, die Gültigkeit der Police zu überprüfen und den Kontakt zu meinen europäischen Kollegen herzustellen.

Portillo hatte mir erlaubt, zu lesen, zu schreiben, sogar vor mich hinzudösen, solange ich rechtzeitig ans Telefon ging. Deshalb der Anruf gegen sechs oder sieben; nur wenn er einen draufmachte, rief er früher an, leicht angetrunken. Das Telefon darf nicht mehr als dreimal klingeln, sagte er, wenn ich erst später abnahm. Aber er schimpfte selten mit mir, im Gegenteil, er war umgänglich. Manchmal fragte er, was ich gerade las. Ich entgegnete, Paul Celan, Emily Dickinson, Emmanuel Bove, Humberto Díaz-Casanueva, und er brach in Lachen aus, als hätte ich überraschend einen exzellenten Witz gemacht.

Eines Nachts, es war gegen vier Uhr morgens, klang die Stimme am anderen Ende unnatürlich ernst, verstellt, und ich dachte, dass sich mein Chef für jemand anderen ausgab. Ich rufe aus Paris an, sagte die Stimme als Erstes, was mich in dem Gefühl bestärkte, dass Portillo mich auf den Arm nahm, denn die Kunden riefen meist per R-Gespräch an. Weil wir ein vertrautes Verhältnis hatten, sagte ich, er solle mit dem Quatsch aufhören, ich sei vollauf mit Lesen beschäftigt – wie bitte, ich rufe aus Paris an, ist das der Reisenotruf?

Ich entschuldigte mich und bat um seine Nummer, damit ich zurückrufen konnte. Als wir wieder sprachen, hatte ich mich in den liebenswürdigsten Telefonisten des Planeten verwandelt, eigentlich überflüssig, denn niemals bin ich unhöflich gewesen, und zudem war der Mann mit der unglaubwürdigen Stimme auch unglaublich liebenswürdig, was bei dem Job selten vorkam. Die meisten Kunden leben hemmungslos ihre schlechte Erziehung aus, ihre Überheblichkeit, ihre Angewohnheit, Telefonisten schlecht zu behandeln, ja die gesamte arbeitende Bevölkerung, ob Köche oder Verkäufer, die riesige Gruppe derer, die vermeintlich unter ihnen stehen.

Juan Emilios Stimme dagegen ließ auf ein vernünftiges Gespräch hoffen, obwohl ich nicht weiß, ob »vernünftig« zutreffend ist, denn während ich seine Personalien aufnahm (fünfundfünfzig, Wohnort Lo Curro, keine Vorerkrankungen) und seine Police überprüfte (er hatte sich so umfassend versichert wie nur möglich), erweckte etwas in seiner Stimme den Eindruck, dass der Mann keinen Arzt brauchte, sondern jemanden zum Reden, einen Zuhörer.

Seit fünf Monaten sei er schon in Europa, die meiste Zeit davon in Paris, wo seine Tochter – die Moño nannte er sie – an ihrer Promotion arbeite und mit ihrem Mann – dem Mati – und den Kindern lebe. Nichts davon beantwortete meine Fragen, aber er redete so lebhaft drauflos, dass ich ihn unmöglich unterbrechen konnte. Begeistert erzählte er von diesen Kindern, die mit rührend korrektem Akzent Französisch sprächen, und ließ auch ein paar Gemeinplätze über Paris los. Als er von den Schwierigkeiten anfing, die die Moño mit dem akademischen Pensum hatte, von den komplexen Anforderungen des Promotionsstudiums und dem Sinn der Elternschaft in einer Welt wie dieser (einer Welt, die mir manchmal so seltsam, so verändert vorkommt, sagte er), wurde mir bewusst, dass wir schon fast vierzig Minuten sprachen. Ich musste ihn unterbrechen und taktvoll bitten, mir den Grund seines Anrufs zu nennen. Er sagte, er sei ein wenig erkältet und habe Fieber gehabt. Ich schrieb ein Fax und schickte es an das Büro in Paris, damit sie den Fall übernahmen, und begann mit der langwierigen Prozedur, mich von Juan Emilio zu verabschieden, der sich noch in allerlei Entschuldigungen und Höflichkeiten erging, bevor das Gespräch beendet war.

Damals hatte ich auch einen Job an einer Berufsschule gefunden, ein paar Stunden Abendunterricht. Sie passten genau in meinen Zeitplan, der Kurs ging zweimal die Woche von acht bis neun Uhr zwanzig, so dass ich meinen nächtlichen Rhythmus beibehalten, mittags aufstehen und viel lesen konnte, ideal für mich.

Die erste Unterrichtsstunde fand im März 2000 statt, wenige Tage, nachdem Pinochet ganz ungeniert nach Chile zurückgekehrt war (tut mir leid, aber dieser Anhaltspunkt fällt mir als Erstes ein). Meine Schüler waren alle älter als ich, mindestens dreißig, ja fünfzig sogar, arbeiteten tagsüber und finanzierten sich mühsam eine Ausbildung in Betriebswirtschaft, Buchhaltung, Sekretariat oder Tourismus. Ich sollte ihnen »Techniken des schriftlichen Ausdrucks« beibringen, nach einem starren, überholten Verfahren, das Schreiben, Orthographie und sogar Aussprache umfasste.

Während der ersten Stunden versuchte ich zu leisten, was von mir verlangt wurde, aber meine Schüler kamen müde von der Arbeit an, und ich hatte den Eindruck, dass wir uns alle langweilten. Ich erinnere mich an die Frustration nach den ersten Sitzungen, erinnere mich, dass ich nach der dritten oder vierten die Avenida España entlangging und an einer Hotdog-Bude Halt machte, mir eins mit Avocado und Tomate bestellte, die italienische Variante, und dachte, dass ich unbedingt gegen das Gefühl der Zeitverschwendung ankämpfen musste. Letztlich redete ich über Sprache, und wenn es in meinem Leben eine Konstante gab, dann die Liebe zu bestimmten Geschichten, zu bestimmten Sätzen, zu einer Anzahl von Wörtern. Aber bis jetzt hatte ich offensichtlich nichts davon vermitteln können. Interessant Ihr Unterricht, Prof, sagte mir eine Schülerin allerdings an der Metro-Treppe, als wollte das Schicksal meine Gedanken Lügen strafen. Ich hatte sie nicht erkannt. Um gegen meine Schüchternheit anzukämpfen, unterrichtete ich lieber ohne Brille, weshalb ich die Gesichter nur verschwommen sah, und wenn ich eine Frage stellen musste, blickte ich bloß in eine unbestimmte Richtung und sagte: »Was meinst du, Daniela?« Das war eine unfehlbare Methode, denn in dem Kurs gab es fünf Danielas.

Die Frau, die mich angesprochen hatte, hieß anders, doch ihr Name klang ähnlich: Pamela. Sie wohne noch, erzählte sie, bei ihren Eltern und arbeite nicht. Ich fragte, warum sie dann in den Abendkurs gehe. Weil es tagsüber heiß ist, entgegnete sie kokett und herablassend. Ich fragte, ob sie im Winter etwa mittags lerne, und sie lachte. Dann wollte ich wissen, ob ihr der Unterricht wirklich gefalle. Sie schlug die Augen nieder, als hätte ich etwas Intimes gefragt. Ja, sagte sie dann, fast eine Station später: interessant. Wir stiegen zusammen in Baquedano aus, und ich wartete noch mit ihr auf ihren Bus nach Quilicura.

In der Berufsschule war es keine Seltenheit, es gab Beispiele zuhauf und aller Art: Lehrer mit Schülerin (oder Schüler), Lehrerin mit Schüler (oder Schülerin), ja sogar ein paar besonders pikante, vielleicht übertriebene Fälle von Lehrern mit zwei Schülerinnen und einer Lehrerin mit drei Schülern und einer Bibliothekarin (mitten in der Bibliothek, auf dem Rückgabetisch). Deshalb schien mir ein Versuch bei Pamela zulässig. Sie war weder klein noch groß, weder dick noch dünn, perfekt, dachte ich, denn auf derlei Fragen hatte ich nie eine Antwort parat: ob dir die Dunklen oder die Blonden gefallen usw. Ich war mir sicher, dass in ihrer Stimme, ihrer Haltung, ihren Augen etwas lag, was mir gefiel.

In derlei Gedanken versunken kam ich ins Büro. Ich machte mir einen Kaffee und rauchte eine Zigarette nach der anderen (Portillo, ein Nichtraucher, erlaubte es uns), dachte an die Liebe und auch, ich weiß nicht warum, an den Tod, und dann an die Zukunft, nicht gerade mein Lieblingsthema. Wir befanden uns im Jahr 2000, und ich erinnerte mich, wie wir als Kinder, als Jugendliche über dieses ferne Datum gesprochen hatten. Wir hatten uns ein Leben mit fliegenden Autos und fröhlichen Teleportationen vorgestellt oder vielleicht etwas weniger Spektakuläres, aber radikal anderes als die öde und repressive Welt, in der wir lebten. Ich musste über meinen Gedanken eingeschlafen sein, denn auf einmal weckte mich das Telefon, um ein Uhr morgens. Es war mein

Chef, der mich daran erinnerte, dass um drei das Wasser abgestellt wurde. Während ich Thermosflasche und Waschbecken füllte, kam ich mir, womöglich zum ersten Mal, wie ein einsamer Mensch vor.

Die Regel besagte, dass wir uns vierzehn Tage nach dem Krankheitsfall mit dem Kunden (wir nannten ihn *Pax*) in Verbindung setzen und ihn fragen sollten, welchen Verlauf sein Leiden genommen habe und wie zufrieden er mit dem Service sei. Dieser Teil der Prozedur nannte sich *social call,* und es war der letzte Schritt, bevor eine Akte geschlossen wurde (was für eine seltsame Freude empfanden wir, wenn wir endlich eine Akte schlossen), und so griff ich zum Telefon und rief in Paris an. Juan Emilio war noch immer bei seiner Tochter, ja sie selbst antwortete mir, die Moño, die mir nicht annähernd so liebenswürdig vorkam wie ihr Vater. Rufen Sie später an, sagte sie kurz angebunden. Das tat ich. Juan Emilio wirkte gerührt über meinen Anruf, keine Seltenheit, denn manche Kunden glauben, man rufe aus Fürsorge an, als würde oder müsste uns traurige Nachttelefonisten die Gesundheit eines Landsmanns kümmern, der durch die Weltgeschichte gondelt und sich eine leichte Erkältung geholt hat.

Gegen Ende des Gesprächs fragte Juan Emilio, ob mir die Arbeit gefalle. Ich antwortete, es gebe bessere, doch gut sei sie schon. Aber was hast du studiert?, hakte er nach. Literatur, entgegnete ich, und er lachte seltsamerweise. Ich hasste diese Frage, aber diesmal machte es mir nichts aus. Ich lernte Juan Emilios anschwellendes Lachen zu schätzen, zu akzeptieren, es war erst ganz leise, dann offen und ansteckend.

Vier, fünf Tage später, zurück in Chile, rief er mich an. Ich war fast weggedöst, es war sieben Uhr morgens. Ich wollte wissen, ob es dir gutgeht, sagte er, und wir verloren uns in einem Gespräch, das zwischen zwei Jugendlichen, die sich gerade anfreunden, normal gewesen wäre oder zwischen zwei alten Männern, die gegen einen trägen Montag im Altersheim ankämpfen. Juan Emilio war für mich ein verrückter Kauz, und vielleicht war ich stolz, an seiner Verrücktheit teilzuhaben. »Sehr liebenswürdiger Pax, ruft grundlos an und dankt erneut für den Service«, schrieb ich in die Akte, aber schließlich gab es doch einen Grund, auch wenn er ihm, wie ich inzwischen vermute, erst während der Unterhaltung eingefallen war: Ich sollte sein Lehrer werden, sein Lektüreberater. Ich muss mein kulturelles Niveau heben, sagte er. Es klang einfach. Ich sollte ihm Bücher empfehlen, und wir würden über sie diskutieren. Selbstverständlich nahm ich an. Das monatliche Honorar, das ich vorschlug, verdoppelte er. Ich bot an, ihn zu Hause oder im Büro aufzusuchen, auch wenn ich mich schwerlich die Metro oder den Bus nehmen und Woche für Woche die ganze Stadt durchqueren sah. Zum Glück war es ihm lieber, dass der Unterricht in meiner Wohnung stattfand, jeden Montagabend um sieben.

Juan Emilio war kleingewachsen, rothaarig, extravagant. Er kleidete sich mit plumper Eleganz, seine Garderobe wirkte immer brandneu und schien lauthals und energisch zu rufen: Mit diesem Körper habe ich nichts zu tun, an diesen Körper werde ich mich nie gewöhnen. Wir erstellten eine Liste von Büchern, die meiner Ansicht nach interessant für ihn sein konnten. Er war begeistert. Ich mochte Juan Emilio, aber es war ein zwiespältiges, teils schuldiges Gefühl. Wer konnte sich mitten im arbeitsfähigen Alter eine so lange Reise nach Europa leisten? Was hatte er dort die ganze Zeit über getan, wenn er nicht gerade seine Enkel in sämtliche Pariser Eisdielen ausführte? Ich versuchte ihn mir als einen dieser chilenischen Millionäre vorzustellen, die nach London gereist waren, um Pinochet zu unterstützen, versuchte, in ihm zu sehen, was er vermutlich war: durch und durch Snob, konservativ, Pinochet-Anhänger oder zumindest ein ehemaliger, auch wenn er nicht wie ein Snob redete und seine Meinungen gar nicht so konservativ waren – wenigstens konnte man sich mit ihm unterhalten, so viel stand fest. Außerdem war er diskret, er besah sich die kleine Wohnung an der Plaza Italia, in der ich wohnte, ohne durchblicken zu lassen, dass er sie für ein verkommenes Loch hielt. Dann versuchte ich mich mit dem quasimanichäischen Gedanken zu beruhigen, dass ein chilenischer Unternehmer seine Tochter bestimmt nicht in Frankreich studieren ließ, ja Frankreich der abwegigste Ort der Welt für die Tochter eines Pinochet-Anhängers war.

Die Stunden in der Berufsschule wurden immer besser. Ich setzte nun die Brille auf, um mir Pamela näher anzusehen. Auf ihren Wangen deuteten sich Grübchen an, und sie hatte eine merkwürdige Art, sich zu schminken – den Eyeliner trug sie allzu dick auf, als wollte sie die Augen umzirkeln, damit sie nicht heraussprangen, sich nicht losrissen. An dem Abend nahmen wir die verschiedenen Briefsorten durch, ich redete uninspiriert dahin, bis mir eine Übung einfiel, die ein großer Erfolg wurde. Ich bat die Schüler, einen Brief zu schreiben, den sie selbst gern bekommen hätten, einen Brief, der ihr Leben verändert hätte. Fast alle schrieben Vorhersehbares, doch vier steigerten sich in die Übung hinein und schrieben wilde, erschütternde, wunderschöne Texte. Einer von ihnen weinte zuletzt und verfluchte seinen Vater oder seinen Onkel oder einen Vater, der in Wirklichkeit sein Onkel war, ich glaube, keinem von uns war das ganz klar, aber wir wagten nicht nachzufragen.

Das schien mir die Gelegenheit zu sein, die Richtung zu ändern. Während der folgenden Stunden brachte ich ihnen das Briefeschreiben bei, sie sollten die Macht der Sprache entdecken, die Fähigkeit der Worte, die Wirklichkeit tatsächlich zu beeinflussen. Einige waren zunächst verunsichert, aber allmählich machte uns die Sache Spaß. Sie schrieben an ihre Eltern, an Kindheitsfreunde, erste Beziehungen. Ich weiß noch, dass eine Schülerin an Johannes Paul II. schrieb, um ihm zu erklären, warum sie nicht mehr an Gott glaubte, und es entspann sich ein entsetzlicher, verwickelter Streit, der fast zu Handgreiflichkeiten geführt hätte, am Ende jedoch für alle befreiend war. Jetzt gefiel ihnen der Unterricht, sie wollten nichts weiter als Briefe schreiben, ihre Gefühle zum Ausdruck bringen, erforschen, was mit ihnen los war. Außer Pamela, die mich mied und lieber nicht mehr aktiv am Unterricht teilnahm. Und sosehr ich mich bemühte, wir trafen auch nicht mehr in der Metro zusammen.

Eines Abends hob ein Schüler zu Beginn der Klasse die Hand und sagte, er wolle einen Kündigungsbrief schreiben, seine Arbeit aufgeben. Er erzählte von den Schwierigkeiten mit seinem Chef, und ich versuchte, ihm einen

Rat zu geben, auch wenn ich vielleicht der am wenigsten Kompetente unter den Anwesenden war.

Jemand sagte, das sei unverantwortlich, bevor er kündige, müsse er wissen, von was er leben und wie er seine Ausbildung bezahlen wolle. Eine drückende, ernste Stille trat ein, die ich nicht zu füllen vermochte. Ich will den Brief schreiben, sagte er uns, und dann: Ich werde, ja kann gar nicht kündigen, ich habe Kinder, Probleme, aber den Brief will ich trotzdem schreiben. Ich möchte mir vorstellen, wie es ist, zu kündigen. Will meinem Chef alles sagen, was ich über ihn denke. Will ihm sagen, dass er ein blöder Wichser ist, aber ohne das Wort zu gebrauchen. Das ist nicht nur ein Wort, sagte eine Schülerin, die sich immer in die erste Reihe setzte. Wie bitte? Es sind zwei Wörter, Prof: blöder Wichser.

Wir begannen mit dem Brief, schrieben die ersten Absätze an die Tafel. Und da die Stunde zu Ende ging, wollten wir mit der Übung beim nächsten Mal weitermachen. Aber es gab kein nächstes Mal. Am Montag kam ich gerade rechtzeitig, um meine Mappe zu nehmen und zum Unterrichtsraum zu gehen, aber das Gebäude war verschlossen, die Fassade sogar frisch gestrichen. Die Berufsschule existierte nicht mehr. Das erklärten mir erschüttert meine Schüler. Sie hatten bereits ihre Monatsraten gezahlt, manche sogar das ganze Jahr im Voraus, um einen Rabatt zu nutzen.

An dem Abend begleitete ich meinen Kurs in eine Kneipe an der Avenida España. Gewöhnlich gingen sie nicht gemeinsam aus, sie waren nicht befreundet, hatten sich noch nicht richtig kennengelernt, so dass einige aus ihrem Leben erzählten, andere sich mit ihrem Bier und ihrem Grillfleisch beschäftigten. Pamela saß am gegenüberliegenden Ende des Tischs, redete mit einer anderen Gruppe und kam nicht zu mir, aber ich hatte Glück, und wir trafen auf dem Weg zur Metro zusammen. Wieder leistete ich ihr an der Bushaltestelle Gesellschaft, an der Plaza Italia, und beim Abschied sagte sie, sie fühle sich allzu sehr beobachtet, aber wenn ich sie nicht so anstarrte, könne sie durchaus ein wenig Gefallen an mir finden. Aber wir werden uns nie wiedersehen, sagte ich. Wer weiß, entgegnete sie.

Die Sitzungen mit Juan Emilio waren weniger einfach, als ich erwartet hatte. Er stellte die Auswahl der Bücher nicht in Frage, suchte jedoch – wie übrigens fast jeder – in der Lektüre Botschaften, endgültige Erklärungen, eine Moral. Jede Woche gab ich ihm eine Übung auf, und stets kam er mit einer Flasche Wein als Entschuldigung an. Ich habe die Aufgabe nicht machen können, sagte er mit verschmitzter Miene und schwärmte dann von der Traube oder dem Weinberg, dem sein Geschenk entstammte, mit einer Kenntnis, bei der einem schwindlig wurde, und in dieser Sprache, die für mich so komisch war wie für ihn wohl die literarischen Fachausdrücke. Juan Emilio war irgendwo Geschäftsführer, aber mehr wollte ich lieber nicht über seine Arbeit wissen, wohl aus dem gleichen Grund, aus dem ich ihn lieber nicht fragte, was er über Pinochets Rückkehr dachte: Ich wollte nicht erfahren, dass er ein blutsaugender Unternehmer war, wollte keinen Anlass haben, ihn zu verachten.

Dafür erfuhr ich viel über seine Familie, interessierte mich nun tatsächlich für die völlig uninteressanten Leben seiner Kinder. Seine Ehe war, wie ich aus unseren Gesprächen schloss, eine nicht unkomplizierte, aber stabile Beziehung; bestimmt hatte es Seitensprünge gegeben, aber beide waren nun zu alt, um sich zu trennen, und gehörten vielleicht dieser Welt an, in der man sich nicht trennt, auch wenn man sich hasst. Aber er hasste seine Frau nicht (die einen fürchterlichen, für mich allerdings literarischen Namen trug: Eduviges) und sie ihn auch nicht; sie tolerierten einander, und vielleicht erwartete sie ihn ab und an mit einem Pisco Sour, und sie machten es sich in den Sesseln bequem und redeten darüber, wie schlecht es anderen Paaren ging und wie gut sie selbst dran waren, vereint und glücklich, alles in allem.

Es fiel mir schwer, ihn zu unterbrechen und das Steuer an mich zu reißen, und zweimal war es schon so spät, dass er gehen musste, bevor wir überhaupt mit dem Unterricht begonnen hatten. Dennoch bezahlte er mich, versteht sich.

Ich versuchte, die Beschwerde meiner ehemaligen Schüler beim Bildungsministerium zu unterstützen, das ihnen wenig oder gar nichts anbot. Gemeinsam schrieben wir den ultimativen Brief, die entscheidende Botschaft, die die Kraft des Geschriebenen beweisen sollte, die Macht der Worte, aber sie verfehlte gründlich ihre Wirkung. Wir hatten Zeugenaussagen, Meinungen von Politikern und Bildungsexperten zusammengetragen, aber nichts geschah. Es war ein Skandal, und eine Weile brachten die Zeitungen die Nachricht, doch dann trat plötzlich dieses verdächtige, typisch chilenische Schweigen ein, das alles zudeckt. Einige konnten sich an anderen Schulen einschreiben, unter Bedingungen, die in keinem Fall vorteilhaft waren, und wer für das ganze Jahr bezahlt hatte, stand immer noch im Regen. Mir ging es nicht anders: Man schuldete mir einen Monatslohn, aber als ich mich mit den anderen Lehrern zusammentun wollte, hatte ich kein Glück. Ich sprach zwei an, aber sie beschwerten sich lieber nicht, weil sie noch an anderen Instituten arbeiteten und nicht als Querulanten gelten wollten.

Ich bot mich jedoch an, den Kurs in der Bar an der Avenida España zu Ende zu führen, Woche für Woche. Von den ursprünglich fünfunddreißig Schülern kamen jeden Mittwoch bis Jahresende zehn, und wenn die Sache auch zweimal aus dem Ruder lief, arbeiteten und diskutierten wir die meisten dieser Sitzungen. An einem der Abende, als ich bereits alle Hoffnung aufgegeben hatte, erschien Pamela und schloss sich der Gruppe an, einfach so, kommentarlos. Danach nahmen wir gemeinsam die Metro, und sie gab mir einen Fünftausend-Peso-Schein. Ich sagte, der Unterricht sei umsonst, die Schüler könnten mich höchstens auf ein Bier und ein Steak-Sandwich einladen. Sie erwiderte, trotzdem wolle sie mich bezahlen, und nahm das Geld nicht wieder an. Gehen wir zu Ihnen nach Hause, Prof, sagte sie dann – ich muss wohl kaum erklären, wie absurd es war, dass sie mich siezte, sie war zehn Jahre älter als ich. Es war später als sonst, gewöhnlich machte ich kurz zu Hause halt und aß eine Dose Thunfisch, bevor ich zur Arbeit ging, aber an dem Tag hatte ich kaum mehr Spielraum. Ich beschloss, das Risiko einzugehen, und nahm sie mit ins Büro. Sie blies mir einen auf dem Teppich, und dann vögelten wir auf Portillos Schreibtisch, zum Glück klingelte das Telefon nicht. Um drei Uhr morgens bestellte ich auf Kosten des Unternehmens ein Taxi. Bevor sie ging, sagte sie mit vollendetem Ernst: Bezahlen Sie mich, Prof, das macht fünftausend Peso. Daraus wurde eine Gewohnheit. Sie kam zum Unterricht und bezahlte mich, aber danach, ob im Büro oder bei mir zu Hause, bezahlte ich sie. Und immer, sogar mitten beim Sex, siezte sie mich. Wenigstens im Bett kannst du mich duzen, sagte ich ihr eines Nachts. Nein, ich bleibe lieber beim Sie, Prof, sagte sie, während sie ihr Haar richtete. Wie die Kolumbianerinnen, ich mag es, wie sie reden.

Eines Nachmittags, es goss in Strömen, kam Juan Emilio verspätet und in Begleitung eines Mannes, der mich freudestrahlend begrüßte und unverzüglich begann, eine Reihe von Kisten neben meinem Schreibtisch zu stapeln. Ich wusste die Situation nicht zu deuten, und Juan Emilios einzige Erklärung war eine verbindliche Grimasse. Ich hoffe, du hast nichts gegen die Geschenke, sagte er schließlich.

Ich reagierte verärgert, doch zu spät. Bestimmt hatte er noch niemand so Armen wie mich kennengelernt, ja sich zur Plaza Italia hinunterzubemühen war für Juan Emilio wohl eine abenteuerliche Grenzüberschreitung. Aber ich war alles andere als arm. Zum Leben brauchte ich wenig, war aber keineswegs arm. Ich sagte, was falle ihm ein, ich könne die Gaben nicht annehmen, aber während ich Argumente anführte, öffnete Juan Emilio die Kisten und füllte die Speisekammer oder die Ecke der winzigen Küche, die als Speisekammer diente. Es waren wirklich eine Menge Kisten, in denen sich Delikatessen wie Sojadrinks, verschiedene Twinings-Sorten, feinste Käseteller, Tintenfisch- und Lachs-Carpaccio, Kaviardosen, Importbier im Sechserpack und vierundzwanzig

Weinflaschen befanden. In einer riesigen Kiste waren auch Produkte für die Körperpflege, was mich ein wenig kränkte, da er sie offensichtlich für nötig hielt.

Ich dankte ihm für die gute Absicht und versicherte erneut, dass ich die großzügige Geste nicht annehmen könne. Das kostet mich gar nichts, entgegnete er, was zweifellos stimmte, und nachdem ich noch zweimal, bereits halbherzig, abgelehnt hatte, nahm ich sein Geschenk an. Daraufhin versuchte ich, mit dem Unterricht zu beginnen, nicht gerade energisch, um ehrlich zu sein. Oberflächlich diskutierten wir ein paar Erzählungen von Onetti und taten uns dabei an Käse und Oliven gütlich sowie an köstlichen arabischen Süßigkeiten. Sosehr ich mich bemühte, ich konnte nicht verhehlen, dass ich Hunger hatte.

Bevor er ging, wollte ich ihm noch Stoff für den nächsten Montag aufgeben, aber er unterbrach mich, fuhr sich durchs Haar, zündete mit ungewohnter Schnelligkeit eine Zigarette an und sagte dann: Mir ist klargeworden, dass ich die Literatur nicht mag. Ich mag es, mit dir zu reden, hierherzukommen, zu sehen, wie du so lebst. Aber von dem, was ich gelesen habe, mag ich eigentlich gar nichts.

In die letzten Sätze legte er einen unangenehmen Nachdruck, bestimmt entließ er im selben Ton seine Angestellten. In der Art von »mir scheint, wir werden uns nach jemand anderem umsehen müssen«. Erst da begriff ich, dass die gesammelten Waren als Entschädigung gedacht waren. Ohne viel hinzuzufügen, stand er auf, blickte mir fest in die Augen und verabschiedete sich für immer mit einem unerwarteten und langen Kuss auf den Mund.

Ich war wie vor den Kopf geschlagen, ärgerte mich, dass ich die Situation nicht begriffen hatte, kam mir dumm vor. Der Kuss war mir nicht unangenehm gewesen, hatte mich nicht angewidert, aber für alle Fälle nahm ich einen großen Schluck Syrah, ich weiß nicht mehr, ob mit fruchtiger Ausstrahlung oder feinrassiger Säure, den ich in dem Moment aber für passend hielt.

In der folgenden Nacht ließ ich bei der Arbeit wieder Wasser einlaufen, da erzählt wurde, es werde erneut abgestellt, vergaß jedoch, den Hahn am Waschbecken abzudrehen. Ich schlief ein, fester denn je, gleich auf dem Fußboden. Das Wasser am Leib weckte mich um sieben Uhr morgens, der Teppich war fast völlig überschwemmt. Mein Chef entlud beim Schimpfen seinen bewährten Sarkasmus über mir, fand mein Ungeschick im Grunde jedoch komisch und beschloss, mich nicht zu feuern. Aber ich hatte begriffen, dass nun Schluss war.

Mehr als einmal hatte ich mir vorgestellt, auf ewig in diesem Büro zu bleiben und Anrufe zu beantworten. Mühelos sah ich mich mit vierzig oder fünfzig nächtens die Füße auf denselben Schreibtisch legen und ein ums andere Mal dieselben Bücher lesen. Bisher hatte ich lieber an nichts Verwirrendes gedacht, an nichts allzu Konkretes. Die Zukunft stellte ich mir gewöhnlich nicht ernsthaft vor, vertraute vielleicht auf das, was man seinen guten Stern nennt. Als ich beschlossen hatte, Literatur zu studieren, wusste ich nur, dass ich gern las, und niemand brachte mich davon ab. Was ich einmal arbeiten, welche Art Leben ich führen wollte: ich weiß nicht, ob ich an derlei überhaupt dachte, das hätte nur Ängste provoziert. Doch irgendwie wollte ich vorankommen, wie man so sagt, nach oben. Die Überschwemmung war ein Zeichen. Ich musste mich auf dem Gebiet entfalten, das ich studiert hatte, oder auf einem, das zumindest annähernd damit zusammenhing. Kurzerhand kündigte ich. Beim Abschiedsessen schenkte mir Portillo ein Buch von Arturo Pérez Reverte, seinem Lieblingsautor.

Als ich meinen Schülern erzählte, dass ich arbeitslos war, boten sie mir Hilfe an, obwohl sie weder Geld noch Beziehungen oder dergleichen hatten. Ich sagte, das sei nicht nötig, ich hätte Zeit, mir eine Arbeit zu suchen, hätte ein wenig gespart. Sie sahen mich todernst an, aber als ich ihnen von dem Unfall im Büro erzählte, kamen sie um vor Lachen und waren einer Meinung mit mir, dass ich hatte kündigen müssen. Vor allem Pamela.

Wir gingen in meine Wohnung, endlich würden wir zusammen einschlafen können. Der Oktober brach gerade an, die Nacht war sanft, anregend, verführerisch. Wir tranken einen unglaublichen Wein, sahen nach dem Vögeln eine Quizshow (sie wusste alle Antworten) und einen Film. Spät wachten wir auf, doch ohne Grund zur Eile. Ungefähr eine Stunde lang streichelte ich ihre erlesenen Beine und betrachtete ihre Füße, die vollkommen waren, denen der türkisfarbene, schon halb abgeblätterte Nagellack auf den Zehen jedoch einen leicht abgerissenen Anstrich gab. Inzwischen hatten wir beschlossen, die Gebühr zu erhöhen: Sie verlangte zehntausend von mir und ich zehntausend von ihr.

Du hast keine Arbeit, aber deine Wohnung ist voller Lebensmittel, sagte sie lächelnd, während wir das Mittagessen planten. Es war tatsächlich eine Unmenge an Essen, dachte ich und füllte eine Tüte mit Käse, Wurst,

Joghurt und Wein. Und gab sie ihr. Ich war jung und selbstredend ein weit größerer Schwachkopf als heute. Sie hörte sich verblüfft die dummen Sätze an, die ich anscheinend dazu sagte. Erst da wurde mir klar, dass ich einen fatalen Fehler begangen hatte. Stumm sah Pamela mich an, erbost, entgeistert, enttäuscht. Sie fasste sich an die Brust, wer weiß warum, als täte sie ihr weh.

Dann nahm sie die Tüte und kippte sie wütend vor meinen Füßen aus. Sie wollte wortlos gehen, hatte die Tür schon geöffnet, hielt aber inne und sagte, bevor sie ging, mit bebender Stimme, sie sei keine Nutte, werde niemals eine sein. Und ich kein echter Lehrer.

WAHR ODER FALSCH

für Alejandra Costamagna

Ich habe die Katze mitgebracht, damit du etwas um dich hast, sagte Daniel, wie zuvor schon der Psychologe, und Lucas legte eine Begeisterung an den Tag, die neu war, unerwartet. Bei seiner Mutter – »mein wahres Zuhause«, sagte das Kind – gab es einen Vorgarten, in dem eine Katze oder ein kleiner Hund glücklich hätte leben können, aber in dem Punkt war Maru kompromisslos: nein zum Hund, nein zur Katze. Doch von nun an würde der Junge jede zweite Woche zwei Tage mit der Katze verbringen. Sie nannten sie Pedro, und als sich herausstellte, dass es ein Weibchen war, schwanger dazu, Pedra.

Das mit wahr oder falsch kam aus der Schule, es waren die einzigen Übungen, die er mochte, in denen er gut war, und hartnäckig versuchte er, diese Kategorien beliebig auf alles anzuwenden: Marus Wohnung war sein wahres Zuhause, aber aus irgendeinem Grund hielt er das Wohnzimmer ebendieser Wohnung für falsch – die Sessel waren wahr, Tür und Lampen jedoch falsch. Von seinem Spielzeug war nur weniges wahr und nicht immer sein Lieblingsspielzeug, denn die Falschheit hatte nichts mit Geringschätzung zu tun. Die paar Tage, die er etwa mit seinem Vater im falschen Zuhause verbrachte, bestanden in einem großartigen Nintendo-Marathon, Pizza und Pommes.

Mal war er schweigsam, ruhig, ja wirkte ein wenig abwesend, als wäre er in nicht mitteilbare Gedanken versunken. Mal hörte er nicht auf, Fragen zu stellen; und obwohl Lucas mit neun Jahren immer mehr den Erwartungen an ihn entsprach – nämlich einfach ein normales Kind zu sein –, kam sein Vater nicht mit ihm zurecht, konnte nicht mit ihm umgehen. Daniel war allem Anschein nach ein normaler Mann, denn er hatte geheiratet, einen Sohn bekommen, einige Jahre Familienleben durchgehalten und sich dann, wie alle normalen Männer, getrennt. Ebenso war es normal, dass er ab und an seine Spielchen mit den Alimenten trieb, sich mit der Überweisung verspätete, aus reiner Zerstreutheit, denn Geldprobleme hatte er nicht.

Daniel lebte im elften Stock eines Hauses, in dem keine Haustiere erlaubt waren, doch Pedra war diskret. Stundenlang leckte sie nur die glänzenden schwarzen Pfoten und blickte vom schmuddeligen Balkon auf die Straße. Vorläufig brauchte sie nichts weiter als eine Tasse Wasser und eine Handvoll Trockenfutter, das sie ohne Gier aß, nachdem sie die Schüssel einige Minuten lang betrachtet hatte, als dächte sie darüber nach, ob es wirklich die Mühe lohne, sich zu ernähren. Daniel hatte Katzen noch nie besonders gemocht, als Kind hatte er welche gehabt, aber eigentlich waren es eher die seiner Geschwister gewesen. Und doch wollte er die Bürde auf sich nehmen – eine Katze ist gute Gesellschaft, dachte er und hatte das abstrakte Bild eines einsamen Mannes vor Augen, obwohl er das nicht unbedingt war, oder doch, aber er hielt die Einsamkeit für keinen Nachteil. In den Jahren seiner Ehe hatte er mehr als genug Gesellschaft gehabt; eben deshalb hatte er seine Frau verlassen, dachte er, aus einem Bedürfnis nach Stille. Von meiner Frau habe ich mich aus Gründen der Stille getrennt, würde Daniel kokettierend sagen, wenn ihn jemand danach fragte, aber inzwischen fragte niemand mehr, warum seine Ehe gescheitert war, und die Antwort wäre ohnehin weder wahr noch falsch gewesen: Er hatte Stille gebraucht, aber auch versucht, sich zu retten, vor einem Leben zu retten oder vielleicht zu schützen, das er nie gewollt hatte.

Vielleicht hatte er, irgendwann einmal, Vater sein wollen, aber das war ein naiver, unsinniger Wunsch gewesen. Während der gemeinsamen Jahre (»als Familie«) hatte er allzu ausgiebig Vater sein müssen. Alles hatte eine Bedeutung, jede Geste, jeder Satz führte zu einer Schlussfolgerung oder Lehre, das Schweigen natürlich ebenso. Man musste mit seinen Worten ungemein vorsichtig umgehen, ständig auf der Hut und jämmerlich pädagogisch sein, musste als Filter fungieren, als Ding, als Toter. Aus der Ferne konnte er ein besserer Vater sein, dachte er, und bei dem Gedanken kam niemals, auch nicht ansatzweise, das Gefühl von Scheitern auf.

Eigentlich hatte er dem Jungen sagen wollen, die Kätzchen seien bei der Geburt gestorben. Er wollte sie ohne viel Federlesens ertränken, wie man es seines Wissens machte: sie ins Klo werfen, hinunterspülen und die bittere Bagatelle sofort vergessen. Aber zu seinem Pech kamen sie ausgerechnet an einem Tag auf die Welt, an dem der Junge bei ihm war.

Wir können sie nicht behalten, Lucas, sagte er an dem Nachmittag.

Natürlich können wir, entgegnete der Junge. Daniel sah seinen Sohn an. Sie ähnelten sich oder würden sich in Zukunft ähneln, das leicht gespaltene Kinn, das schwarze Kraushaar. Er half ihm, das Korsett anzulegen, das der Arzt ihm gegen die Wirbelsäulenverkrümmung verschrieben hatte. Außerdem hatte er eine Zahnspange und eine Brille, die seine dunklen Augen noch größer, seine Wimpern noch länger erscheinen ließ.

Hast du Hausaufgaben auf?, fragte er.

Ja.

Willst du sie machen?

Nein.

Stattdessen boten sie die Kätzchen per Telefon an und verfassten eine Mail, die Daniel an alle seine Kontakte schickte. Als er Lucas im wahren Zuhause absetzte, verstrickte er sich in eine erbitterte Diskussion mit seiner Exfrau, der er klarzumachen versuchte, dass aufgrund einer ungeschriebenen Klausel sie es war, die sich der Kätzchen anzunehmen hatte.

Manchmal vergesse ich, wie du bist, sagte Maru.

Und wie bin ich.

Maru schwieg.

In den folgenden Wochen öffneten die Kätzchen die Augen und fingen an, durchs Wohnzimmer zu krabbeln. Es waren fünf: zwei schwarze, zwei graue und ein fast weißes. Um nicht den Irrtum mit Pedro und Pedra zu wiederholen, beschloss Lucas, ihnen keinen Namen zu geben. Sein einziger Wunsch war es nun, öfter zum Vater zu gehen. Für Daniel war das ein Triumph, jedoch ein unbequemer.

An einem Donnerstagabend um sieben kam Lucas zum ersten Mal ohne Vorankündigung. Fünf Minuten später erschien die keuchende Maru, die elf Stockwerke hinaufgestiegen war. Sie hasste Fahrstühle, hasste es, dass Daniel im elften Stock wohnen musste, nicht nur wegen der Sicherheit des Jungen oder ihrer eigenen Phobie, sondern weil sie immer wieder an die ferne Nacht denken musste, in der Daniel ihr versprochen hatte, dass es keine Fahrstühle mehr geben, dass sie sozusagen immer mit beiden Beinen fest auf der Erde leben würden.

Maru entschuldigte sich für den Besuch, wir waren in der Nähe, sagte sie, was mehr als unwahrscheinlich war, denn sie wohnten am anderen Ende der Stadt.

Ich dachte schon, der Junge wäre allein gekommen, sagte Daniel.

Wie allein?

Allein.

Bist du verrückt?

Nein.

Daniel röstete Toastbrot und machte Kaffee, den sie schweigend tranken, während der Junge Nationalitäten verteilte. Das weiße oder fast weiße Kätzchen war Argentinier, die schwarzen Kätzchen Brasilianer und die grauen Chilenen.

Dank der Sammelmail kam Daniel wieder in Kontakt mit einer ehemaligen Kommilitonin, die eines Abends unter dem Vorwand auftauchte, ein Kätzchen adoptieren zu wollen. Nach der ersten Piscola schliefen sie miteinander, mit gutem oder relativ gutem Erfolg, wie sie am nächsten Morgen bekundete – »jedenfalls hat es mir gefallen«, ergänzte sie leichthin, doch auf Daniel wirkte die Bemerkung aggressiv. Sehr merkwürdig, was dir passiert ist, sagte sie dann, denn sie hatte die Angewohnheit, mit jeder neuen Zigarette das Thema zu wechseln: mehr als merkwürdig, denn sonst hält man eher die Kater für Katzen und nicht umgekehrt.

Wie bitte?

Na, man sieht halt sonst den Schwengel nicht. Du hast bei Pedra einen Schwengel gesehen, wo es keinen gab, sagte die Frau, die sich über ihren Einfall kaum zu Ende gefreut hatte, als sie schon mit dem nächsten kam: Sie heißt Pedra, und als Lucas' Vater bist du ein *padre*.

Daniel lachte mit Verspätung, verärgert. Warum sagst du *Schwengel?*, fragte er dann.

Darf ich das nicht sagen?

Frauen sagen nicht *Schwengel*.

Aber was du mir gestern Nacht reingesteckt hast, nennt sich *Schwengel,* sagte sie. Und was Pedra nicht hat, nennt sich auch *Schwengel*.

Daniel hielt es für aufgesetzte Vulgarität. Bevor die Frau ging, versicherte sie ihm, sie werde später das Kätzchen abholen, weshalb Daniel in einer Anwandlung von Optimismus glaubte, die Szene würde sich ein ums andere Mal wiederholen: Jeden Abend würde seine Freundin wegen eines Kätzchens kommen und frühmorgens gehen. Doch so war es nicht, ganz und gar nicht. Sie kam nie wieder, rief nicht an, schrieb nicht.

Jemand hatte verbreitet, dass irgendwo im Haus Katzen gehalten wurden, weshalb Daniel die Pförtner mit einer Pisco-Flasche und – ein besonders einfallsreicher Scherz – mit ein paar Kisten Gato Negro (und schwarzer Katze auf dem Weinetikett) bestechen musste. Und mehrere Whiskys waren fällig, um die Nachbarn am Ende des Gangs zu beruhigen, einen katalanischen Dramatiker und seine Frau. Wir mögen das Land, und das Viertel ist sauber, sagten die beiden fast im Chor, als nähmen sie an einem Wettbewerb um die harmonischste Ehe teil, während Pedra die Gäste beschnüffelte und das Knäuel der Kätzchen in einer Schuhschachtel vor sich hin döste. Nach Chile seien sie gezogen, um ihrer Tochter nah zu sein, sagte der Dramatiker, die sei gerade Mutter geworden, seine Frau verbringe viel Zeit mit der Enkelin, er bleibe meist zu Hause, er brauche etwas Einsamkeit und Inspiration, erklärte er.

Einsamkeit und Inspiration, dachte Daniel im Bett. Über Einsamkeit verfügte er bereits, und Inspiration hatte er niemals gebraucht, aber nach den Worten des Dramatikers kam ihm der Gedanke, dass ihm womöglich genau das fehlte: Inspiration. Seine Arbeit war jedoch recht simpel, fast mechanisch. Ein Anwalt braucht keine Inspiration, sondern Geduld, um seine Chefs zu ertragen, und zweifellos Intelligenz und Geschick, um an ihrem Stuhl zu sägen, vielleicht auch Phantasie, aber rein praktische Phantasie, sagte er sich, als müsste ein für alle Mal ein Riesenproblem gelöst werden.

Ich suche nur Inspiration, wenn ich mir einen runterhole, dachte er später schlaflos, beschwor das Glück herauf, inmitten von Freunden am Tisch zu sitzen und jede Menge Lacher für diesen Satz zu ernten, und fing zu masturbieren an, wobei er sich zuerst von der Frau des Dramatikers inspirieren ließ, vor allem von ihren Beinen, dann von der Freundin, die nie zurückgekehrt war, und schließlich von Maru, die er immer noch attraktiv fand, auch wenn er ihr Jugendbild vor Augen hatte, während der ersten Jahre, die sie in Motels gevögelt hatten, und vor allem während der Rückfahrt auf der 78er, als sie sich an die zwanzig Kilometer lang über ihn gebeugt und ihm einen geblasen hatte. Er konzentrierte sich auf diese Erinnerung und bearbeitete sich voller Hast, Hektik und Gier, aber der Samen wollte nicht kommen – und kam nicht. Nur mit Mühe brachte er sich dazu, einfach einzuschlafen, samt Erektion und immer noch halb betrunken.

Am nächsten Tag war es an ihm, Lucas zu holen, aber er wachte spät auf, rief an und schob Kopfschmerzen vor. Er werde um fünf da sein, versprach er ihm. Ebenso versprach er, dass sie Sushi machen würden, ich habe gelernt, Sushi zu machen, sagte er, was eine Lüge war, aber Daniel platzte gern mit Lügen heraus, um sich zu zwingen, sie wahr werden zu lassen. Nach zehn Minuten im Internet wusste er, was er im Supermarkt kaufen musste. Außerdem brachte er eine große Whiskas-Tüte mit, viel Milch, mehrere Bilz- und Pap-Limonaden und Kem Piña, denn er erinnerte sich nie daran, was sein Sohn am liebsten trank.

Den Kätzchen fehlt ein Vater, sagte ihm Lucas an dem Abend, während er mit einer erbärmlichen Sushi-Rolle kämpfte.

Kätzchen haben keinen Vater, entgegnete Daniel zögernd. Wenn Katzen läufig sind, lassen sie sich mit egal wem ein, ja manchmal sind die Kätzchen nicht mal echte Geschwister.

Was?

Ja, sie sind nicht zwangsläufig Geschwister. Sie sind Halbgeschwister, deshalb haben sie unterschiedliche Farben. Wahrscheinlich hat sich Pedra mit drei Katern eingelassen: einer grau, einer weiß und einer schwarz wie sie selbst.

Ist mir gleich, sagte Lucas, der sich die Sache überlegt zu haben schien. Ist mir gleich, ich glaube, den Kätzchen fehlt trotzdem ein Vater.

Als hätten wir nicht schon genug Katzen, Lucas, außerdem geht es bei ihnen anders zu als bei den Menschen. Die Vaterkatzen vergessen ihre Kinder, sagte Daniel und befürchtete kurz eine spitze Antwort, die ausblieb. Sogar die Mütter, fuhr er vorsichtig fort. Später wird Pedra womöglich die eigenen Kinder nicht mehr erkennen.

Das glaube ich auf keinen Fall, sagte der Junge und machte ein erstauntes Gesicht. Unmöglich.

Du wirst sehen. Jetzt streicht sie um sie herum, trägt sie im Maul, will sie zusammenhalten, miaut verzweifelt, wenn sie nicht zu finden sind. Aber sie wird sie bald vergessen haben. So sind die Tiere.

Du weißt wohl viel über Tiere, sagte Lucas in einem Tonfall, der ironisch oder naiv sein konnte.

Deine Onkel und Tanten hatten auch Katzen.

Aber du hast doch im selben Haus gelebt.

Ja, aber es waren nicht meine.

Sie saßen im Schlafzimmer, sahen sich ein schleppendes Fußballmatch aus Mexiko an und schliefen dabei fast ein. Daniel ging in die Küche, holte ein Glas Wasser und sah ein paar Minuten Pedra zu, die sich hingebungsvoll oder resigniert den Scharmützeln der Kätzchen um ihre Zitzen fügte. Er kehrte ins Schlafzimmer zurück, der Junge hatte die Augen geschlossen und flüsterte monoton vor sich hin – er hielt es für einen Albtraum und rüttelte ihn leicht aus dem Schlaf oder glaubte das zumindest.

Ich habe nicht geschlafen, Papa, ich habe gebetet.

Gebetet? Seit wann betest du?

Seit Montag. Am Montag habe ich Beten gelernt.

Von wem?

Von Mama.

Und seit wann betet sie?

Sie betet nicht. Aber sie hat mir das Beten beigebracht, und mir gefällt es.

Sie schliefen wie immer zusammen. In der Nacht bebte die Erde, und unzählige Hunde jaulten jämmerlich, doch Daniel und Lucas wachten nicht auf. In der Nacht hörte man von ferne zwei Autos zusammenstoßen und aus der Nähe die Echos der Nachbarn, die stritten oder redeten oder vielleicht einen Dialog ausprobierten, bei dem gestritten oder geredet wurde. Dennoch schliefen sie gut, frühstückten noch besser und spielten den Vormittag über *Double Dragon*.

Ich bin mir sicher, dass Pedras Kinder wahr sind, sagte Lucas später im Park zu seinem Vater.

Wahr sind sie zweifellos, vollkommen wahr, da kannst du sicher sein. Eine Freundin hat mir neulich gesagt, unser Irrtum sei merkwürdig gewesen. Normalerweise verwechselt man, sagt meine Freundin, die Katzen mit Katern und nicht die Kater mit Katzen.

Ich verstehe nicht, sagte der Junge.

Ich verstehe es auch nicht recht, es ist verwickelt. Vergiss es einfach.

Das mit deiner Freundin?

Ja, mit meiner Freundin, sagte Daniel genervt.

Daniel lud die Katalanen zum Kaffee ein. Was habt ihr für ein herrliches Land, sagte die Frau des Dramatikers und musterte den Jungen. Lucas hält Santiago für falsch, erzählte Daniel seinen Gästen. Nein, rief der Junge, Chile ist falsch, Santiago ist wahr. Und Barcelona?, fragten sie. Lucas zuckte mit den Schultern und fing an, mit Papierkugeln auf dem Boden zu spielen, als wäre er eines der Kätzchen. Er trug Shorts, seine Beine waren voller Kratzer, ebenso die Arme und die rechte Wange.

Unglaublich, die Entwicklung in Chile, sagte der Dramatiker dann in einem nachdenklichen oder fragenden Ton.

Stört es euch nicht, dass Pinochet immer noch so viel Macht hat, fürchtet ihr nicht die Rückkehr der Diktatur?

Ich dachte, du hältst Chile für einen ruhigen Ort, entgegnete Daniel.

Gerade das beunruhigt mich an eurer Entwicklung, antwortete der Dramatiker mit einem Bonmot: diese gewaltige, zivilisierte Ruhe. Dann ließ er eine Rede mit einem Vokabular los, das Daniel an die Papers denken ließ, die er für die öden Wahlkurse an der Universität hatte lesen müssen: Globalisierung, Postmoderne, Hegemonie.

Ich habe für Aylwin und für Frei gestimmt, gab Daniel zurück, obwohl das nicht im Geringsten hierhergehörte. Als die Gäste endlich gingen, fragte er den Jungen, ob die Katalanen wahr oder falsch seien. Sonderbar, entgegnete er.

An dem Nachmittag verschwand das weiße Kätzchen, das argentinische. Daniel, Lucas und Pedra suchten angestrengt fast zwei Stunden lang, aber es tauchte nicht auf. Es hatte weder hinunterspringen noch hinauslaufen können, weshalb Daniel in den folgenden Wochen mit höchster Vorsicht durch die Wohnung ging. Wenn er von der Arbeit kam, schlich er behutsam durch die Zimmer, immer barfuß und fast auf Zehenspitzen, und passte besonders beim Setzen oder Zurücklehnen auf. Eines Morgens, fast einen Monat nach seinem Verschwinden, sah er das weiße Kätzchen friedlich neben der Mutter schlafen. Es war von wer weiß wo zurückgekehrt und nahm seinen Platz mit einer Selbstverständlichkeit wieder ein, die Daniel ärgerte. Sein Sohn freute sich am Telefon über die Nachricht, doch ohne die Begeisterungsrufe, die sein Vater erwartet hatte. Warum sprichst du so leise?, fragte er. Ich will sie nicht wecken, entgegnete der Junge, immer noch flüsternd.

Wen?

Die Katzen.

Die Katzen schlafen nicht, sagte Daniel mit einem Anflug von Wut. Du kannst ruhig laut sprechen.

Lüg nicht, Papa, ich weiß, dass sie schlafen.

Aber nein. Und selbst wenn, du könntest trotzdem ins Telefon schreien und würdest sie nicht wecken, das weißt du doch.

Ja, das weiß ich. Ich muss auflegen.

Ist etwas passiert?

Zum ersten Mal hatte sein Sohn einfach aufgelegt. Er rief Maru auf dem Handy an, sie war nett, viel freundlicher als üblich. Alles normal, dachte Daniel resigniert mitten im Gespräch. Aber auf einmal, als wäre es ein beiläufiger Gedanke, sagte Maru, die Katzen sollten vielleicht besser bei ihr leben.

Aber du magst doch keine Katzen. Du hast eine Katzenphobie.

Nein, ich habe keine Katzenphobie. Ich habe eine Fahrstuhl-, Spinnen und Taubenphobie. Wie heißt das noch.

Was?

Die Taubenphobie.

Columbidaephobie, antwortete Daniel entnervt. Hör auf, mich Schwachsinn zu fragen, und sag, warum du die Katzen willst, wo der Junge doch nie eine haben durfte.

Jetzt schon, denn Lucas erzählt so viel von ihnen. Ich hätte sie gern bei uns. Dann verschenken wir sie nach und nach und behalten nur Pedra. Ich habe schon mit ein paar Freundinnen gesprochen, die liebend gern eine Katze hätten.

Maru und Daniel stritten mehr denn je, das heißt, wie eh und je. Ein sonderbarer rhetorischer Kunstgriff hatte die Vorzeichen umgekehrt: Nicht einmal der beste

Anwalt der Welt – und der war Daniel gewiss nicht – könne Maru das Vorrecht streitig machen, über das Leben dieser Katzen zu entscheiden. Das Ringen war zäh, sie drehten sich im Kreis, denn an sich missfiel Daniel die Idee nicht, doch er hasste es, zu verlieren. Eigentlich wollte er sie gar nicht, höchstens Pedra – er setzte alles daran, Pedra zu behalten, wiederholte wenigstens zehn Mal: »du kannst die Kleinen haben, aber Pedra kommt mir nicht aus dem Haus«, und alle zehn Male musste er vernünftige, gefährliche Argumente über sich ergehen lassen, die mit den Rechten der Mütter zu tun hatten. Behalte die weiße Katze, wenn du willst, sagte Maru schließlich. Wir wissen nicht, ob es Katze oder Kater ist, sagte Daniel aus purer Rechthaberei. Lucas glaubt, es ist eine Katze, antwortete sie, aber gut, darum geht es nicht. Willst du nun das weiße, ob Kater oder Katze? Daniel willigte ein. An dem Tag, an dem sie die Katzen ins wahre Zuhause brachten, war der Junge glücklich.

Daniel hat immer noch nicht entschieden, wie die weiße Katze heißen soll. Er nennt sie mal Argentinier, mal Argentinierin. Wenn er sich in den Sessel wirft und Zeitung liest, schiebt sich die Katze zwischen Seite und Blick, verkrallt sich mit höchster Konzentration in seinen Pullover. Ich musste mich daran gewöhnen, im Stehen zu lesen, sagt er, ein Glas in der Hand, zu seinen Nachbarn, die gekommen sind, um sich zu verabschieden, bald kehren sie nach Barcelona zurück. Sicher war es schwer für dich, die Kätzchen aufzugeben, sagt der Dramatiker. Ging so, antwortet Daniel. Sicher ist es schwerer, Theaterstücke zu schreiben, fügt er verbindlich hinzu und fragt dann, warum sie abreisen, hätten sie nicht erst nächstes Jahr abreisen wollen? Aus irgendeinem Grund ist die Frage unpassend, der Dramatiker und seine Frau sehen zu Boden, vielleicht beide auf denselben Fleck. Es ist etwas Persönliches, Familiäres, sagt die Frau. Und hast du schreiben können?, fragt Daniel, um das Thema zu wechseln. Nicht viel, sagt sie, als wäre sie fürs Antworten zuständig. Daniel kommt die Szene grotesk vor, zumindest peinlich, vor allem diese aalglatten Ausreden, Familienprobleme, persönliche Gründe. Er war guter Laune gewesen, aber auf einmal wächst ihm die Situation über den Kopf, oder er langweilt sich und will, dass sie schnell wieder gehen. Und worüber wolltest du schreiben?, fragt er ohne das geringste Interesse.

Er weiß es nicht. Er weiß nicht, worüber, sagt sie. Vielleicht über den Übergang.

Was für einen Übergang?

In Chile, in Spanien. Beides, im Vergleich.

Daniel kommen rasch ein, zwei langweilige Theaterstücke mit uralten oder blutjungen Schauspielern in den Sinn, die wie Marktschreier brüllen. Dann fragt er, wie viele Seiten er in Santiago geschrieben habe.

Fünfzig, sechzig Seiten, aber nichts davon hat etwas getaugt, antwortet die Frau.

Und woher weißt du, dass es nichts getaugt hat?

Ich weiß nicht, frag ihn.

Ich frage ja ihn. Alle meine Fragen waren an ihn gerichtet. Ich weiß nicht, warum du sie beantwortet hast.

Der Dramatiker ist noch immer betrübt. Die Frau streicht ihm übers Haar, flüstert ihm etwas auf Katalanisch zu, und sie verlassen die Wohnung, ohne Daniel anzublicken. Sie sind traurig und beleidigt, aber Daniel ist es einerlei. Er setzt sich, empfindet aus unerfindlichem Grund Wut. Bis zum Morgengrauen trinkt er weiter Whisky, mitfühlend setzt sich die argentinische Katze ab und an auf seinen Schoß. Er denkt an seinen Sohn, würde ihn gern anrufen, tut es aber nicht. Denkt daran, Geld zu sparen und ein Haus am Strand zu kaufen. Daran, etwas zu verändern, was auch immer: die Wände streichen, ein paar Gramm Koks besorgen, sich den Bart stehen lassen, sein Englisch aufbessern, eine Kampfsportart erlernen. Auf einmal blickt er die Katze an und weiß den Namen, den passenden Namen für den Kater oder die Katze, einen Namen, bei dem das Geschlecht keine Rolle spielt, doch im Rausch vergisst er ihn sofort. Wie kann man so schnell einen Namen vergessen?, denkt er. Und dann denkt er gar nichts mehr, er sinkt auf den Teppich und wacht erst am nächsten Nachmittag wieder auf. Im Katerdämmer merkt er, dass er nicht zur Arbeit gegangen ist, dass er zehn, fünfzehn Anrufe überhört und den ganzen Tag seine Mails nicht gelesen hat. Die Katze schläft schnurrend neben ihm. Daniel versucht herauszufinden, ob sie einen Zipfel hat oder nicht. Da ist nichts, sagt er laut. Du hast keinen Schwengel. Du bist eine Katze, sagt er feierlich. Du bist eine wahre Katze.

Er steht auf, wirft eine Alka-Seltzer ins Glas und trinkt, ohne abzuwarten, bis sich die Tablette aufgelöst hat. Sein Kopf schmerzt, dennoch legt er eine Platte auf, die er vor kurzem entdeckt hat, ein Album mit alten Walzern, Tangos und Foxtrotts, die ihn an seinen Großvater erinnern. Während er duscht und die Katze mit ihrem Schatten auf dem Duschvorhang spielt, singt er halblaut, eher traurig als fröhlich, einen albernen Text – »eine Blonde wollt den Freitod wählen / um meiner Liebe willen / das ist wahr / um meiner Liebe willen / der Papa tobte, als er es erfuhr / ich sollte mich zum Teufel scheren«.

Dann wirft er sich ein paar Minuten aufs Bett, das Handtuch um die Hüfte gewickelt, noch nass, wie er es immer tut. Das Telefon klingelt, es ist der Dramatiker, der sich für den gestrigen Abend entschuldigt und ihn zum Dinner einlädt. In Chile dinieren wir nicht, wir essen zu Abend, entgegnet er. Und ich will weder dinieren noch zu Abend essen. Ich will mir einen runterholen, sagt er in einem verunglückten derben Ton. Dann hol dir doch einen runter, Mann, kein Problem, wir warten auf dich, sagt der Dramatiker lachend. Ich komme nicht, antwortet Daniel mit melodramatischem Ernst: Ich bin nicht allein.

Es ist zwei Uhr morgens. Die Katze schläft auf der Computertastatur. Daniel betrachtet sich im Badspiegel, sucht vielleicht nach Kratzern oder blauen Flecken. Dann legt er sich hin und holt sich einen runter, ohne an jemanden zu denken, ganz mechanisch. Der Samen ergießt sich über das Laken, und er schläft ein.

ERINNERUNGEN EINES PERSONAL COMPUTERS

für Ximena und Héctor

Er wurde am 15. März 2000 gekauft, für vierhundert-
achtzigtausend Pesos, zahlbar in sechsunddreißig Monatsraten. Max versuchte, die drei Kisten im Kofferraum
eines Taxis unterzubringen, aber der Platz reichte nicht
aus, und er musste sie mit Paketschnur, ja sogar mit
einer Gepäckspinne sichern, so kurz der Weg auch war,
nur zehn Querstraßen weit, bis zur Plaza Italia. In der
Wohnung stellte Max den schweren Tower unter den
Esszimmertisch, drapierte mehr oder weniger harmonisch die Kabel und spielte wie ein kleiner Junge mit den
Tüten und dem Styropor der Verpackung. Bevor er feierlich das System in Betrieb nahm, gönnte er sich einen
Moment, um alles eingehend und fasziniert zu betrachten: die Tastatur kam ihm makellos vor, der Bildschirm
vollkommen, ja er fand sogar Maus und Lautsprecher
auf ihre Art angenehm.

Es war der erste Computer seines Lebens, mit dreiund-
zwanzig, und wozu er ihn wollte, wusste er nicht genau,
da er ihn doch gerade mal anstellen und das Textverarbeitungsprogramm öffnen konnte. Aber einen Computer musste man haben, das sagte alle Welt, auch seine

Mutter, die ihm versprochen hatte, beim Abzahlen der Raten zu helfen. Er hatte eine Assistentenstelle an der Universität und konnte vielleicht die Lektüreprüfungen eingeben oder seine alten Notizen abtippen, noch per Hand geschrieben oder mühsam in die Tasten einer alten Olympia gehauen, mit der er auch all seine Seminararbeiten geschrieben hatte, zur Erheiterung oder Verwunderung seiner Kommilitonen, die fast alle längst auf den Computer umgestiegen waren.

Zuerst übertrug er seine Gedichte der letzten Jahre, kurze, lakonische, beiläufige Texte, die niemand für richtig gut hielt, die aber auch nicht schlecht waren. Doch etwas geschah, als er auf dem Bildschirm die Wörter sah, die in seinen Heften so viel Sinn gehabt hatten. Er misstraute den Strophen, folgte einem anderen Rhythmus, vielleicht einem eher visuellen als musikalischen, doch anstatt das Übertragen als Experiment zu nehmen, schreckte er zurück und verlor den Mut, löschte und begann von neuem oder verlor Zeit damit, die Schriftart zu ändern oder mit dem Mauszeiger Geraden, Diagonalen und Kreise auf den Bildschirm zu zeichnen. Dennoch hielt er an Notizbüchern und Füllfederhalter fest, der bei der ersten Unachtsamkeit seine Tinte über die Tastatur ergoss, die zudem der Bedrohung unzähliger Tassen Kaffee ausgesetzt war und einem anhaltenden Ascheregen, denn Max schaffte es fast nie zum Aschenbecher, und er rauchte viel beim Schreiben oder schrieb vielmehr wenig beim Rauchen, denn sein Tempo als Raucher lag beträchtlich über seinem Tempo als Schriftsteller. Jahre später sollte die wachsende Schmutzschicht zum Verlust des Vokals a und des Konsonanten t führen, aber noch halten wir uns lieber an die Abfolge der Ereignisse.

Dem Computer war es zu danken oder zuzuschreiben, dass eine neue Einsamkeit über ihn hereinbrach. Er sah keine Nachrichten mehr, vergeudete keine Zeit mehr mit Gitarrespielen oder Zeichnen. Wenn er von der Universität nach Hause kam, schaltete er sofort den Computer ein und machte sich an die Arbeit oder erforschte die Möglichkeiten der Maschine. Bald entdeckte er einfache Programme, die für ihn Erstaunliches leisteten, wie etwa die Stimmaufzeichnung mit einem kümmerlichen Mikrofon, das er bei Casa Royal gekauft hatte, oder die Zufallswiedergabe von Liedern – stolz besah er sich den Ordner Eigene Musik, in dem sich inzwischen die vierundzwanzig CDs befanden, die er besaß. Während er die Lieder hörte und staunte, dass auf eine Ballade von Roberto Carlos die Sex Pistols folgen konnten, arbeitete er an seinen Gedichten weiter, die er niemals für fertig hielt. Manchmal suchte Max, da er keinen Heizofen hatte, beim Computer Zuflucht vor der Kälte, kniete nieder und umarmte den Tower, dessen sanftes Knurren sich mit dem heiseren Kühlschrank vereinte, mit den Stimmen, dem Hupen von draußen. Das Internet interessierte ihn nicht, er misstraute ihm, und obwohl ihm ein Freund bei seiner Mutter ein Mailkonto eingerichtet hatte, weigerte er sich, den Computer mit dem Netz zu verbinden oder auch nur diese gefährlichen Disketten einzulegen, mögliche Träger von Viren, die, wie es hieß, alles ruinieren konnten.

Die wenigen Frauen, die während dieser Monate in die Wohnung kamen, gingen vor Morgengrauen, duschten oder frühstückten nicht einmal und kehrten nie wieder zurück. Aber zu Sommeranfang blieb eine zum Schlafen und auch zum Frühstücken: Claudia. Als Claudia eines

Morgens aus der Dusche kam, blieb sie vor dem ausgeschalteten Bildschirm stehen, als suchte sie nach ersten Falten oder anderen zaghaften Malen oder Flecken. Ihr Gesicht war dunkel, die Lippen eher schmal als voll, der Hals lang, die Backenknochen ausgeprägt, die Augen mandelförmig und dunkelgrün, das Haar fiel ihr bis auf die nassen Schultern, die Spitzen sahen aus wie abertausend Nadeln, die in den Knochen steckten. Ihr Körper ließ sich zweimal von dem Handtuch umwickeln, das sie selbst in Max' Wohnung gebracht hatte. Wochen später kam Claudia mit einem Badspiegel an, betrachtete sich aber weiterhin auf dem Bildschirm, obwohl sich im trüben Widerschein kaum mehr als die Umrisse ihres Gesichts erkennen ließen.

Nach dem Vögeln schlief Max gewöhnlich ein, während Claudia sich an den Computer setzte und schnelle Patiencen legte, gemächlich *Minesweepers* spielte oder Schachpartien auf mittlerem Niveau. Manchmal wachte er auf, setzte sich neben sie und beriet sie beim nächsten Zug oder streichelte ihr Haar und ihren Rücken. Mit der Rechten hielt Claudia die Maus gepackt, als könnte sie ihr jemand wegnehmen, ihr entreißen wie eine Handtasche, aber obwohl sie die Zähne zusammenpresste und die Augen weit öffnete, ließ sie immer wieder ein nervöses Lachen hören, das weitere Liebkosungen gestattete, ja forderte. Vielleicht spielte sie besser, wenn er neben ihr saß. Nach der Partie setzte sie sich Max auf den Schoß, und sie schoben eine lange, langsame Nummer. Der Bildschirmschoner warf launische Linien auf Claudias Schultern, Rücken, Hintern, ihre geschmeidigen Schenkel.

Sie tranken den Kaffee im Bett, aber manchmal machten sie auch Platz auf dem Tisch, um – wie sie sagte – richtig zu frühstücken, mit allen Schikanen. Max steckte Tastatur und Bildschirm aus und stellte sie auf den Boden, wo sie ihren Tritten und dem Aufprall winziger Brotkrümel ausgesetzt waren, aber Claudia säuberte den Computer ab und an mit Fensterreiniger und Küchentüchern. Die Maschine benahm sich bei alldem mustergültig: Die ganze Zeit über startete Windows ohne Probleme.

Am 30. Dezember 2001, fast zwei Jahre nach seinem Erwerb, wurde der Computer in eine etwas größere Wohnung im Bezirk Ñuñoa verlegt. Das Umfeld dort war weitaus vorteilhafter. Er bekam ein eigenes Zimmer, und aus einer alten Tür und zwei Sägeböcken bauten sie ihm einen Schreibtisch. Von Patiencen und endlosen Schachpartien ging Claudia nun zu anspruchsvolleren Tätigkeiten über – sie schloss zum Beispiel eine Digitalkamera an, die Dutzende von Fotos einer kürzlichen Reise enthielt, die man zwar streng genommen nicht als Hochzeitsreise bezeichnen konnte, da Max und Claudia nicht verheiratet waren, die jedoch als solche gedacht gewesen war. Auf den Bildern posierte sie vor dem Meer oder in einem Zimmer mit Holzwänden, in dem Sombreros, riesige Kruzifixe und Muscheln zu sehen waren, die als Aschenbecher dienten. Claudia blickte mal ernst drein, konnte mal das Lachen kaum zurückhalten, war mal nackt, mal spärlich bekleidet, mal rauchte sie Gras, mal trank sie, bedeckte ihre Brüste oder zeigte sie heimtückisch (»fesselnd sinnlich dein Gesicht« schrieb er an einem Abend voll Sex und Trochäen). Manche Fotos zeigten auch nur Felsen, Wellen oder die Sonne, die am Horizont erlosch, ganz wie auf Postkarten oder Imitationen von Postkarten. Nur auf zwei Fotos war Max zu sehen und nur auf einem sie beide, wie sie sich vor dem typischen Hintergrund eines Strandrestaurants lächelnd umarmten. Claudia verbrachte Tage damit, die Fotos zu ordnen – sie benannte Dateien um, versah sie mit vielleicht allzu langen Sätzen, die meist mit Ausrufezeichen oder Auslassungspunkten endeten, und verteilte sie über mehrere Ordner, als gehörten sie zu unterschiedlichen Reisen, doch dann schob sie alle wieder in einen zurück, denn mit den Jahren würde es viele weitere Ordner geben, fünfzig, hundert Ordner für die Fotos von hundert künftigen Reisen, denn sie wünschte sich ein Leben voller Reisen und Fotos. Sie verbrachte auch Stunden mit dem Versuch, über Level fünf bei *Pink Panther* hinauszukommen, eine Beigabe in einem Waschpulverkarton. Wenn sie daran verzweifelte, wollte Max helfen, obwohl er bei Videospielen eine Niete war. Wer sie so konzentriert und angespannt vor dem Bildschirm sah, hätte meinen können, sie lösten schwierige und dringliche Probleme, von denen die Zukunft des Landes oder der Welt abhing.

Nicht immer ließ sich ihr Zeitplan in Einklang bringen, denn Max arbeitete nun nachts – man hatte ihm die Assistentenstelle nicht gegeben, oder vielmehr hatte die neue Flamme des Professors sie bekommen (»du weißt ja, wie das ist«) –, Claudia verkaufte Versicherungen und absolvierte außerdem so etwas wie ein Aufbaustudium, eine Weiterbildung, ein Diplom, vielleicht war es auch das letzte Jahr eines endlosen Masters. Manchmal sahen sie sich ein, zwei Tage lang gar nicht – Claudia rief ihn in der Arbeit an, und sie unterhielten sich lange, denn Max' Arbeit bestand eben darin, zu telefonieren oder auf ferne Anrufe zu warten, die niemals kamen. Deine eigentliche Arbeit scheint zu sein, nur mit mir zu telefonieren, sagte ihm Claudia eines Nachts, während ihr der Hörer an der rechten Schulter abrutschte. Dann lachte sie mit einem Schnauben, als wollte sie husten und der Husten ginge in ein Lachen über.

Ebenso wie Max schrieb sie lieber mit der Hand und übertrug ihre Arbeiten anschließend in den Computer. Es waren lange Texte mit vielen Tippfehlern und modischen Fonts. Die Themen gingen von Kulturmanagement über Public Policy zu den Primärwäldern. Dafür musste sie im Internet recherchieren, was zu einer großen Veränderung und zum ersten großen Streit des Paars führte, denn Max verweigerte sich immer noch diesem Schritt, wollte definitiv nichts von Webseiten oder Antivirenprogrammen wissen, musste jedoch nachgeben. Zum zweiten erbitterten Streit kam es, als Max eines Nachts stundenlang anzurufen versuchte, die Leitung jedoch besetzt war. Sie kauften ein Handy, aber damit wurden ihre Gespräche zu teuer, und sie brauchten eine zweite Telefonleitung.

Bis dahin war keiner von beiden mit dem Mailen vertraut gewesen, doch bald schon wurden sie süchtig danach; zur größten, ja anhaltenden Sucht wurde für Max jedoch die Pornographie, was zum dritten großen Streit des Paars führte, allerdings auch zu einigen Experimenten, etwa zu Ejakulationen ins Gesicht, befremdlich für Claudia, oder zu einem manischen Interesse an Analsex, das anfänglich zähe, letztendlich jedoch fruchtbare Diskussionen über die Grenzen der Lust heraufbeschwor.

Damals geschah es, dass sie den Vokal a und den Konsonanten t verloren. Claudia musste dringend eine Arbeit abgeben und versuchte, auf diese Buchstaben zu verzichten, und Max, der sich einmal in die experimentelle Lyrik vorgewagt hatte, wollte ihr helfen, doch ohne Erfolg. Am nächsten Tag besorgten sie sich eine recht gute Tastatur in Schwarz, mit ein paar schicken rosaroten Multimediatasten, mit denen man unter anderem direkt Musik abspielen oder anhalten konnte, ohne zur Maus greifen zu müssen.

Seit Monaten jedoch kündigte sich eine größere Katastrophe an, Dutzende von unerklärlichen Hängern, manche kurz und ohne Folgen, andere so lang, dass nur ein Neustart half. Dann, an einem regnerischen Samstag, den sie eigentlich in aller Ruhe mit Fernsehen und Kürbisfladen hatten verbringen wollen, im schlimmsten Fall damit, Schüsseln und Töpfe von einer undichten Stelle im Dach zur nächsten zu schieben, mussten sie den ganzen Tag darauf verwenden, den Computer zu reparieren oder es zu versuchen, mit mehr Willenskraft als Methode.

Am Sonntag rief Max einen Freund an, der Elektrotechnik studierte. Am Abend thronten zwei Flaschen Pisco und fünf Coladosen auf dem Schreibtisch, aber noch war keiner von ihnen betrunken, sie wirkten vielmehr frustriert wegen des komplizierten Defekts, den Max' Freund auf etwas sehr Seltsames, absolut Ungewöhnliches zurückführte. Aber vielleicht waren sie doch betrunken, Max' Freund zumindest, denn bei einem unheilvollen Manöver löschte er auf einmal die Festplatte. Alles ist weg, aber jetzt funktioniert er bestimmt besser, sagte der Freund, als wäre nichts passiert, mit der Kaltblütigkeit und dem Mut eines Arztes, der eben ein Bein amputiert hat. Das war allein deine Schuld, du Schwachkopf, entgegnete Claudia, als hätte man ihr tatsächlich aus Versehen ein Bein oder sogar beide abgenommen. Max schwieg und umarmte sie beschützend. Der Freund trank einen letzten, übertrieben großen Schluck von seiner Piscola, schnappte sich noch ein paar Goudawürfel und ging.

Claudia wurde nur mühsam mit dem Verlust fertig, aber sie holte einen echten Techniker, der das Betriebssystem änderte, für beide Benutzer unterschiedliche Profile anlegte, ja auf Bitten Claudias sogar eines für Sebastián, Max' vernachlässigten Sohn. Eigentlich hätte er nicht erst nach über zweitausend Wörtern ins Spiel kommen dürfen, aber Max vergaß sehr oft, dass es den Jungen gab. In den letzten Jahren hatte er ihn höchstens einmal gesehen und das nur für zwei Tage. Claudia kannte ihn nicht einmal, denn Sebastián lebte in Temuco. Das Ganze war für sie schwer begreiflich und wurde natürlich zu einem schwarzen oder blinden Fleck in ihrer Beziehung zu Max. Sie rührten besser nicht an das Thema, obwohl es hin und wieder zur Sprache kam, bei wütenden Diskussionen, die in Tränen endeten, vor allem bei ihm – er weinte voller Wut, Groll und Scham, sein Gesicht wurde hart, als hätten die Tränen sich auf seiner Haut abgelagert; das mag eine gewöhnliche Metapher sein, aber seine Haut wirkte nach dem Weinen tatsächlich dichter, dunkler.

Nicht alles war schrecklich. Als Claudias Eltern ihr das Geld für einen erstaunlichen Multifunktionsdrucker spendierten – der druckte, scannte, sogar fotokopierte –, begann sie begeistert, umfangreiche Familienalben einzuscannen, endlose Sitzungen, für sie jedoch äußerst vergnüglich, denn sie hielt die Vergangenheit nicht nur fest, sondern veränderte sie: verzerrte die Gesichter unsympathischer Verwandter, löschte unwichtige Personen, fügte unwahrscheinliche Gäste hinzu, und so feierte Jim Jarmusch mit ihr Geburtstag, Leonard Cohen stand bei ihrer Erstkommunion neben Claudia, oder sie reiste mit ihren Freunden Sinéad O'Connor, Carlos Cabezas und dem Abgeordneten Fulvio Rossi nach San Pedro de Atacama. Die Fotomontagen waren nicht sehr gut, brachten aber Freundinnen und Cousinen zum Lachen.

So verging ein weiteres Jahr.

Max arbeitete nun in der Vormittagsschicht, und sie hatten theoretisch mehr Zeit zusammen, von der sie jedoch einen Großteil damit verloren, sich um den Computer zu streiten. Er klagte, er könne nicht mehr schreiben, wenn ihn die Inspiration überkomme, was nicht stimmte, denn für seine ewigen Gedichtentwürfe benutzte er weiterhin die alten Hefte, weil er noch immer das Gefühl hatte, dass sie beim Abschreiben litten und verdarben. Dagegen hatte er die Gewohnheit angenommen, endlose Mails an Leute zu schreiben, die er seit Jahren nicht gesehen hatte und die er nun vermisste oder zu vermissen glaubte. Einige von ihnen lebten in der Nähe oder nicht allzu weit weg, und Max hatte auch ihre Telefonnummern, schrieb ihnen aber lieber Briefe – es waren eher Briefe als Mails, den Unterschied hatte er noch nicht verstanden. Er schrieb melancholische, restlos übertriebene, wehmütige Texte, die Art von Nachricht, deren Antwort man endlos aufschiebt, auch wenn er manchmal ebenso ausgearbeitete Antworten erhielt, nicht minder verseucht von einer koketten, wehleidigen Nostalgie.

Der Sommer kam und mit ihm Sebastián, nach Monaten heikler Vorbereitungen. Beide holten ihn mit dem Bus in Temuco ab, neun Stunden Hinfahrt, fast zehn auf der Rückfahrt. Der Junge war gerade acht geworden, ein vorzeitiger schwacher Schnurrbartschatten gab ihm den komischen Anstrich eines Erwachsenen. Während der ersten Tage sprach Sebastián wenig, vor allem, wenn sein Vater das Wort an ihn richtete. Auf die bemühten Ausflüge in den Zoo, nach Fantasilandia und ins Freibad folgten die schwülen Nachmittage zu Hause, und vielleicht vergnügten sie sich drinnen mehr als beim angeblichen Vergnügungsprogramm draußen. Seba weihte sein Benutzerprofil ein, um unbegrenzt und endlos über Messenger mit seinen Freunden in Temuco zu chatten. Schnell stellte er seine Computerkenntnisse unter Beweis, die wenig überraschend waren, wie all die anderen Jungen war er von klein auf mit Computern vertraut, aber Claudia und Max staunten über sein Geschick. Zielsicher und leicht gelangweilt beriet der Junge sie bei der Wahl eines neuen Antivirenprogramms, ja wies sie auf die Notwenigkeit hin, die Festplatte regelmäßig zu defragmentieren. *Pink Panther* bewältigte er selbstverständlich in null Komma nichts, wieder und wieder, und vielleicht waren die zwei, drei Náchmittage, an denen Sebastián Claudia und seinem Vater Tricks und Logik dieses für ihn simplen, langweiligen Spiels beibrachte, die großartigsten, erfülltesten Augenblicke der Ferien. Niemals war er, so viel ist sicher, seinem Vater so nah gewesen, und mit Claudia schloss er sozusagen Freundschaft. Ihrer Ansicht nach war er ein tolles Kind. Und Sebastián hielt Claudia für hübsch.

Sie fuhren wieder alle gemeinsam nach Temuco zurück. Es war eine fröhliche Reise, bei der ein Wiedersehen und Geschenke versprochen wurden. Doch die Rückfahrt war düster und anstrengend, das passende Vorspiel für das, was folgte. Kaum hatten sie die Wohnungstür geöffnet, stagnierte ihr Leben hoffnungslos. Vielleicht verärgert über Claudias Schlussfolgerungen und Ratschläge (»du hast ihn zurückgewonnen, musst aber am Ball bleiben«, »du wirst ihn wieder verlieren, wenn du nichts für die Beziehung tust«, »Sebas Mutter ist eine bemerkenswerte Frau«), vielleicht auch nur von ihr gelangweilt, verkroch sich Max in sich selbst, wurde immer frustrierter. Er verbarg seinen Ärger nicht, erklärte seine Gemütsverfassung aber auch nicht und ignorierte Claudias Fragen oder antwortete lustlos und einsilbig.

Eines Nachts kam er betrunken nach Hause und schlief grußlos ein. Sie wusste nicht, was tun, ging zum Bett, umarmte ihn, versuchte, neben ihm zu schlafen, konnte aber nicht. Sie schaltete den Computer ein, streifte durchs Internet und spielte an die zwei Stunden mit den Pfeiltasten *Pac Man*. Dann rief sie ein Taxi, fuhr zum Spirituosenladen und kaufte Weißwein und Mentholzigaretten. Am Couchtisch trank sie die halbe Flasche leer, starrte auf die Ritzen des Laminatbodens, auf die weißen Wände, die winzigen, doch zahlreichen Fingerabdrücke auf den Lichtschaltern – meine Finger, dachte sie, plus Max' Finger, plus die Finger all der Menschen, die in dieser Wohnung einmal das Licht eingeschaltet haben. Dann setzte sie sich wieder an den Computer, tippte auf Max' Profil und probierte, wie so oft, die wahrscheinlichsten Passwörter, groß- und kleingeschrieben – *charlesbaudelaire, nicanorparra, anthrax, losprisioneros, starwars, sigridalegria, blancalewin, schlachthof5, laetitiacasta, juancarlosonetti, monicabellucci, dieverschwörungderidioten.* Gierig rauchte sie eine Zigarette, fünf Zigaretten, während sie ihren inneren Sender auf ein neues Angstgefühl einstellte, das in unbestimmtem Rhythmus an- und abschwoll. Allzu lange sträubte sie sich gegen eine ebenfalls wahrscheinliche Variante, die sie aus Bescheidenheit oder mangelndem Selbstbewusstsein nie probiert hatte, und traf schließlich ins Schwarze. Sie schrieb *claudiatoro,* und umgehend reagierte das System. Das Mailprogramm war bereits geöffnet, ein Passwort also nicht nötig. Sie hielt inne, schenkte sich Wein nach, wollte es schon dabei belassen, aber da saß sie vor dem bedrohlichen Eingangsordner und dem noch bedrohlicheren Ordner Gesendet. Es gab kein Zurück mehr.

Wild durcheinander las sie Nachrichten, die im Grunde harmlos waren, sie jedoch verletzten – so oft die Anrede *Liebe,* all die Umarmungen (»eine Riesenumarmung«, »eine doppelte Umarmung« und eine Spur originellere Formulierungen wie »deine Umarmung«, »meine Umarmung«, »ich umarme dich«, »es umarmt dich«), all die Beschwörungen der Vergangenheit, das verdächtig Vage, wenn von der Gegenwart, der Zukunft die Rede war. Ebenso wurde flüchtig oder heftig geflirtet, wie in jedem anderen Mailkonto auch, ihres eingeschlossen, aber sie fand ebenso fünf Mailwechsel, in denen ausdrücklich Treffen mit Frauen erwähnt wurden, die sie nicht kannte. Am meisten schmerzte sie jedoch die eigene Unsichtbarkeit, denn sie tauchte niemals auf, nur in einer einzigen Nachricht an einen Freund, in der er ihm offenbarte, dass die Beziehung auf dem Tiefpunkt war und dass er, wie er wörtlich schrieb, kein Interesse mehr daran habe, mit ihr zu vögeln, und sie sich früher oder später trennen würden.

Sie schloss das Mailprogramm, legte sich im Morgengrauen schlafen, eher berauscht von der Wut als vom Wein. Am Nachmittag wachte sie auf, war allein. Sie schleppte sich zum Computer im Nebenzimmer, hatte aber das Gefühl, einen gewaltigen Weg zurücklegen und mehreren Hindernissen ausweichen zu müssen, bis sie in das Zimmer gelangte, doch anstatt den Computer einzuschalten, betrachtete sie den Widerschein der Sonne auf dem Bildschirm. Sie ließ die Jalousien herunter, brauchte absolute Dunkelheit, während ihr die Tränen den Hals hinunterrannen und sich in der Furche zwischen den Brüsten verloren. Sie zog ihr T-Shirt aus, betrachtete ihre unruhigen Brustwarzen, den glatten, weichen Bauch, die Knie, die Zehen auf dem eiskalten Boden. Dann reinigte sie oder verschmierte eher den Bildschirm mit den tränennassen Händen. Wütend fuhr sie mit Fingern und Knöcheln über die Oberfläche, als wischte sie mit einem Tuch darüber. Dann schaltete sie den Computer ein, schrieb eine kurze Word-Nachricht und fing zu packen an.

Am nächsten Sonntag kehrte sie zurück, um ein paar Bücher und den Multifunktionsdrucker zu holen. Max saß in Unterhosen vor dem Computer und schrieb eine endlose Mail, in der er Claudia alles Mögliche erzählte und sie um Verzeihung bat, aber eher indirekt, in Sätzen, aus denen eigentlich nur seine Verwirrung oder seine Mittelmäßigkeit sprachen. Auf dem Schreibtisch lag ein Haufen von Entwürfen, sieben oder acht Blätter im Format Letter plus, und während er protestierte, der Brief sei noch nicht fertig und voller Fehler, es falle ihm schwer, alles klar und deutlich auszudrücken, las Claudia die unterschiedlichen Versionen der nicht abgeschickten Nachricht und verfolgte, wie ein eindeutiger Satz im nächsten Entwurf zweideutig wurde, wie die Adjektive wechselten, wie Max manche Sätze kopiert und eingefügt, sich um Effekte bemüht hatte, die Claudia erbärmlich vorkamen, wie er damit gespielt hatte, die Schriftgröße, den Abstand zwischen Zeilen und Buchstaben zu ändern, vielleicht im Glauben, Claudia würde ihm vergeben, wenn die Nachricht länger aussah – daran dachte sie, als er sie auf einmal an den Handgelenken packte, im Wissen, wie sehr sie das hasste; sie rangen miteinander, er schlug ihr dabei gegen die Brüste, sie antwortete mit vier Ohrfeigen, worauf er sie nach vorn drückte und ihn ihr in den Hintern zwängte, so gewaltsam, wie er sonst nie gewesen war. Claudia riss die Tastatur an sich und versuchte, sich zu wehren, erfolglos. Dann, zwei Minuten später, brachte Max eine spärliche Ejakulation zustande, und sie konnte sich umdrehen und ihn starr ansehen, als wünschte sie einen Waffenstillstand, aber anstatt ihn zu umarmen, rammte sie ihm das Knie in die Eier. Während Max sich vor Schmerz krümmte, steckte sie den Drucker aus und rief das Taxi, das sie weit fort von dieser Wohnung bringen würde, für immer.

Max verspürte eine ungeheure, doch kurze Erleichterung. Ihre Erleichterung ließ länger auf sich warten, war jedoch endgültig, denn als sie sich drei Monate später auf den Stufen der Nationalbibliothek trafen und er sie ohne die geringste Selbstachtung demütig anflehte, zurückzukommen, war nichts zu machen.

Traurig und wütend ging er nach Hause, schaltete aus Gewohnheit den Computer an, der vor einigen Tagen wieder den Geist aufgegeben hatte, diesmal unwiderruflich, wie Max zumindest dachte – ich verschenke ihn, egal, was drinnen ist, sagte er am nächsten Tag dem befreundeten Elektrotechniker, der ihn für eine lächerliche Summe hatte kaufen wollen. Nicht ums Verrecken, entgegnete Max. Ich gebe ihn meinem Sohn. Missmutig formatierte der Freund die Festplatte neu.

Am Freitagabend machte sich Max nach Temuco auf. Er hatte keine Zeit gehabt, den Computer einzupacken, also steckte er sich Maus und Mikrofon in die Tasche, schob Tower und Tastatur unter den Sitz und verbrachte die neun Stunden Fahrt mit dem schweren Bildschirm auf dem Schoß. Die Straßenlaternen schienen ihm ins Gesicht, es war wie ein Ruf, eine Aufforderung, als gäben sie ihm die Schuld an etwas, an allem.

Max kannte sich in Temuco nicht aus und hatte die Adresse nicht notiert. Er irrte mit dem Taxi umher, bis er die Gegend wiedererkannte. Um zehn Uhr morgens traf er ein wie ein Zombi. Als Sebastián ihn sah, fragte er nach Claudia, als wäre die Überraschung nicht das unerwartete Auftauchen seines Vaters, sondern das Ausbleiben von dessen Freundin. Sie konnte nicht, entgegnete Max, und machte den Versuch einer Umarmung, die ihm nicht gelingen wollte. Habt ihr Schluss gemacht? Nein, wir haben nicht Schluss gemacht. Sie konnte nicht, das ist alles. Die Großen müssen arbeiten.

Der Junge bedankte sich äußerst höflich für das Geschenk, seine Mutter begrüßte Max liebenswürdig und sagte, er könne auf dem Sofa schlafen. Aber er wollte nicht bleiben. Er probierte einen Schluck bitteren Mate, den die Frau ihm anbot, verschlang eine Käse-Empanada und brach auf, um den Bus um halb eins zu erwischen. Ich habe viel zu tun, einen Haufen Arbeit, sagte er, bevor er ins selbe Taxi stieg, das ihn hergebracht hatte. Er wuschelte Sebastián schroff durchs Haar und gab ihm einen Kuss auf die Stirn.

Als Sebastián allein war, installierte er den Computer und stellte fest, was er bereits vermutet hatte: dass er in jeder Hinsicht dem eigenen weit unterlegen war. Nach dem Mittagessen lachten sie mit dem Mann seiner Mutter herzlich darüber. Dann machten sie beide Platz im Keller, um den Computer dort abzustellen, und seitdem ruht er dort, wie man so sagt, in Erwartung besserer Zeiten.

III

INSTITUTO NACIONAL

für Marcelo Montecinos

I

Die Lehrer nannten uns nach den Nummern auf der Liste, weshalb wir nur die Namen der nächsten Klassenkameraden kannten. Das soll eine Entschuldigung sein: Ich kenne nicht einmal den Namen meiner Figur. Aber erinnern tue ich mich genau an den 34er. Damals war ich die 45. Meinem Anfangsbuchstaben verdanke ich es, dass ich eine solidere Identität besaß als die anderen. Immer noch fühle ich mich dieser Zahl verbunden. Es war gut, der Letzte zu sein, die 45. Weitaus besser als etwa die 15 oder 27.

Als Erstes fällt mir zum 34er ein, dass er in der Pause manchmal Mohrrüben aß. Seine Mutter schälte sie und arrangierte sie harmonisch in einer kleinen Tupperschüssel, die er öffnete, indem er ganz behutsam die Ecken löste. Präzise dosierte er dabei die Kraft, als übte er eine diffizile Kunst aus. Aber wichtiger als seine Vorliebe für Mohrrüben war sein Status als Wiederholer, der einzige des Jahrgangs.

Für uns war Sitzenbleiben eine Schande. Derlei Niederlagen hatten uns in unserem kurzen Leben nicht einmal gestreift. Wir waren elf, zwölf Jahre alt, gerade ins Instituto Nacional, ins renommierteste Gymnasium Chiles, eingetreten, und unsere Zeugnisse waren folglich makellos. Doch da saß der 34er. Seine Gegenwart bewies uns, dass die Niederlage möglich, ja sogar erträglich war, denn er trug sein Stigma ganz unbefangen, als wäre er im Grunde zufrieden, denselben Stoff zu wiederholen. Hier haben wir ein bekanntes Gesicht, sagte hin und wieder ein Lehrer spöttisch, und der 34er antwortete freundlich: Ja, Herr Lehrer, ich wiederhole, als Einziger in der Klasse. Aber dieses Jahr wird bestimmt besser.

Die ersten Monate im Instituto Nacional waren die Hölle. Ein ums andere Mal rieben uns die Lehrer unter die Nase, wie schwierig das Gymnasium sei, wir sollten Angst vor der eigenen Courage bekommen und an unsere Wald- und Wiesenschule zurückkehren, wie sie verächtlich sagten, in diesem gurgelnden Ton, der nicht zum Lachen, sondern zum Fürchten war.

Ich muss wohl kaum erwähnen, dass die Lehrer echte Scheißkerle waren. Sie hatten sehr wohl Vor- und Nachnamen: der Mathematiklehrer, Don Bernardo Aguayo zum Beispiel, ein absoluter Scheißkerl. Oder der Werklehrer, Señor Eduardo Venegas. Ein Schweinehund. Weder Zeit noch Entfernung haben meinen Groll gemildert. Sie waren grausam und mittelmäßig. Frustrierte Dummköpfe. Kriecher und Pinochetanhänger. Arschlöcher. Aber ich erzähle vom 34er und nicht von diesen Fieslingen, die wir als Lehrer hatten.

Das Verhalten des 34er widersprach grundlegend dem eines Wiederholers. Der hat missmutig zu sein und gliedert sich nur zögernd und widerwillig in die neue Klasse ein, aber der 34er war von Anfang an bereit, sich uns anzuschließen, als gehörte er dazu. Er kannte nicht das Klammern ans Vergangene, das die Wiederholer so unglücklich oder schwermütig macht, ständig hinter den Klassenkameraden vom Vorjahr her oder im zähen Kampf mit den vermeintlich Schuldigen an ihrer Lage.

Das war das Seltsame am 34er: Er war nicht nachtragend. Manchmal sahen wir ihn mit Lehrern sprechen, die wir nicht kannten. Es waren fröhliche Gespräche, mit viel Gestik und Schulterklopfen. Er wollte sich zu den Lehrern, die ihn hatten durchfallen lassen, ein gutes Verhältnis bewahren.

Wir zitterten jedes Mal, wenn der 34er im Unterricht seine unbestreitbare Intelligenz bewies. Aber er gab nie an, im Gegenteil, er meldete sich nur zu Wort, um einen neuen Aspekt einzubringen oder seine Meinung über komplexe Themen kundzutun. Er sagte Dinge, die nicht in den Büchern standen, und wir bewunderten ihn dafür, sosehr wir uns damit auch das eigene Grab schaufelten. Wenn jemand so Kluges gescheitert war, würden wir erst recht scheitern. Hinter seinem Rücken spekulierten wir über die wahren Motive seines Sitzenbleibens: verwickelte Familienstreitigkeiten, lange, leidvolle Krankheiten. Aber wir wussten, das Problem des 34er war rein schulisch – wir wussten, sein Scheitern würde morgen das unsere sein.

Einmal kam er überraschend auf mich zu. Er sah beunruhigt und glücklich zugleich aus. Erst zögerte er, als hätte er sich seine Worte lange überlegen müssen. Mach du dir keine Sorgen, brachte er dann hervor, ich habe dich beobachtet und bin mir sicher, du wirst versetzt. Es war tröstlich, das zu hören. Ich freute mich riesig, freute mich fast wider alle Vernunft. Der 34er war so etwas wie die Stimme der Erfahrung, und dass er so über mich dachte, war eine Erleichterung.

Bald erfuhr ich, dass sich die Szene mit anderen Klassenkameraden wiederholt hatte, und das Gerücht ging um, der 34er mache sich über uns alle lustig. Doch dann kamen wir zu dem Schluss, dass er uns nur Selbstvertrauen einflößen wollte. Und Selbstvertrauen hatten wir weiß Gott nötig. Die Lehrer peinigten uns tagtäglich, und die Noten waren für alle katastrophal. Es gab so gut wie keine Ausnahmen. Wir wanderten direkt auf die Schlachtbank.

Die Frage war, ob der 34er die Botschaft allen übermittelte oder nur den vermeintlich Auserwählten. Wer noch nicht Bescheid bekommen hatte, verfiel in Panik. Der 38er – oder der 37er, ich erinnere mich nicht genau an die Nummer – machte sich besonders viele Sorgen. Er hielt die Ungewissheit nicht aus. Seine Verzweiflung war so groß, dass er eines Tages in den natürlichen Ablauf der Benachrichtigungen eingriff und den 34er auf den Kopf zu fragte, ob er versetzt werden würde. Dem schien die Frage unangenehm zu sein. Ich werde dich studieren, schlug er vor. Ich habe noch nicht alle beobachten können, es sind so viele. Verzeih, aber bis jetzt habe ich nicht so sehr auf dich geachtet.

Der 34er spielte sich nicht etwa auf. Ganz im Gegenteil. In seinem Ton lag stets eine elementare Aufrichtigkeit. Was er sagte, ließ sich schwer in Frage stellen. Dazu trug auch sein offener Blick bei. Er achtete darauf, dem anderen in die Augen zu sehen, und dehnte seine Sätze mit fast unmerklichen Spannungspausen. Seinen Worten lag ein langsamer, reifer Takt zugrunde. »Ich habe noch nicht alle beobachten können, es sind so viele«, hatte er dem 38er gesagt, und niemand stellte in Frage, dass er es ernst meinte. Was der 34er sagte, war seltsam und ernst gemeint. Obwohl wir damals vielleicht glaubten, dass man nur ernst meinen konnte, was seltsam gesagt wurde.

Am nächsten Tag fragte der 38er nach seinem Urteil, doch der 34er antwortete ausweichend, als wollte er – wie wir dachten – eine schmerzhafte Wahrheit verbergen. Gib mir mehr Zeit, bat er, ich bin mir nicht sicher. Wir hielten ihn alle für verloren, aber nach einer Woche, als die Beobachtungsphase zu Ende war, trat der Wahrsager auf den 38er zu und sagte zu unser aller Überraschung: Ja, du wirst versetzt. Definitiv.

Wir waren natürlich froh und freuten uns auch am nächsten Tag, als er die letzten sechs erlöste. Aber ein wichtiger Punkt blieb ungeklärt: Nun hatte der 34er allen Schülern seinen Segen gegeben. Dass die ganze Klasse versetzt wurde, war ganz und gar nicht üblich. Wir forschten nach. In der fast zweihundertjährigen Geschichte der Schule war es anscheinend noch nie vorgekommen, dass alle 45 Schüler der siebten Klasse versetzt wurden.

Während der entscheidenden nächsten Monate merkte der 34er, dass wir seinen Vorhersagen misstrauten, tat jedoch unbekümmert. Er blieb seinen Mohrrüben treu und meldete sich regelmäßig im Unterricht mit mutigen, einnehmenden Meinungen zu Wort. Vielleicht mischte er sich nicht mehr ganz so oft unter uns. Er wusste, dass wir ihn beobachteten, aufs Korn nahmen, aber er grüßte so herzlich wie immer.

Die Abschlussprüfungen kamen, und wir stellten fest, dass der 34er mit seinen Prophezeiungen ins Schwarze getroffen hatte. Vier Mitschüler hatten das Schiff vorzeitig verlassen (darunter der 38er), und von den übrigen 41 wurden 40 versetzt. Sitzen blieb als Einziger ausgerechnet wieder der 34er.

Am letzten Schultag gingen wir zu ihm, wollten mit ihm reden, ihn trösten. Er war traurig, versteht sich, wirkte aber gefasst. Ich hatte es erwartet, sagte er. Das Lernen fällt mir eben schwer, vielleicht wird es an einer anderen Schule besser. Es heißt, manchmal muss man den Platz räumen. Ich glaube, das ist der Moment, den Platz zu räumen.

Uns alle schmerzte es, den 34er zu verlieren. Dieses plötzliche Ende empfanden wir als Ungerechtigkeit. Aber im Jahr darauf sahen wir ihn wieder, in den Reihen der Siebtklässler am ersten Schultag. Auf dem Gymnasium durfte kein Schüler eine Klasse zweimal wiederholen, aber der 34er hatte, wer weiß wie, eine Ausnahme erwirkt. Ein paar Stimmen wurden laut, das sei ungerecht, der 34er habe wohl einen Stein bei jemandem im Brett. Aber die meisten von uns freuten sich, dass er blieb. Es überraschte uns allerdings, dass er das Ganze noch einmal durchmachen wollte.

Am selben Tag sprach ich ihn an. Ich gab mich freundschaftlich, und auch er war herzlich. Er sah dünner aus, und der Altersunterschied zu seinen neuen Klassenkameraden sprang allzu deutlich ins Auge. Jetzt bin ich nicht mehr der 34er, sagte er am Ende, in diesem feierlichen Ton, den ich von ihm kannte. Danke für dein Interesse, aber den 34er gibt es nicht mehr, sagte er. Jetzt bin ich

Nummer 29 und muss mich an meine neue Wirklichkeit gewöhnen. Besser, ich füge mich in meine Klasse ein und schließe neue Freundschaften. Es ist nicht heilsam, in der Vergangenheit zu leben.

Vermutlich hatte er recht. Ab und an sahen wir ihn von fern bei seinen neuen Kameraden oder im Gespräch mit den Lehrern, die ihn im Vorjahr hatten durchfallen lassen. Ich glaube, diesmal wurde er endlich versetzt, aber ich weiß nicht, ob er noch lange auf der Schule blieb. Nach und nach verloren wir ihn aus den Augen.

2

An einem Winternachmittag, als sie aus der Turnhalle kamen, fanden sie folgende Botschaft an der Tafel:

Augusto Pinochet ist:

a) ein Arschloch
b) ein Wichser
c) ein Idiot
d) ein Scheißkerl
e) alles zusammen

Darunter stand: PIO.

Sie wollten es wegwischen, schafften es aber nicht, da in dem Moment Villagra erschien, der Biologielehrer. Nervöses Flüstern kam auf und schüchternes Lachen, bevor die vollkommene Stille eintrat, in der sein Unterricht immer ablief. Villagra besah sich, mit dem Rücken zur Klasse, einige Sekunden lang die Tafel. Die mit sicherer Hand geschwungene Schönschrift stammte nicht von einem zwölfjährigen Kind. Außerdem gehörten dem Aktivistenkreis der PIO, der Oppositionspartei des Instituto, gewöhnlich keine Siebtklässler an.

Ernst und theatralisch wie immer ging Villagra zur Tür, vergewisserte sich, dass draußen niemand spionierte. Dann nahm er den Schwamm und fing an, die Antworten eine nach der anderen fortzuwischen, doch vor der letzten, »alles zusammen«, hielt er inne, klopfte sich den Kreidestaub von der Jacke und hustete übertrieben laut. Da fragte Vergara – in der Klasse besser bekannt als *verga-rara,* als schräger Schwanz – aus der letzten Reihe, ob die richtige Antwort also e) sei.

Villagra blickte zur Decke, als suchte er nach einer Eingebung, dann setzte er die Miene des Erleuchteten auf. Ja, aber die Frage sei falsch gestellt. Antwort a) und b), erklärte er, seien im Grunde identisch, ebenso c) und d), und so bleibe nach dem Ausschlussverfahren nur noch e).

Und das ist die richtige Alternative, fragte Gonález Reyes.

Optionen heißt das, Alternative sagt man, wenn es nur zwei Möglichkeiten gibt, bei mehr als zwei sagt man Optionen, schlagt die Bücher auf Seite 80 auf, bitte – ach nee, sagten die Kinder.

Aber was halten Sie von Pinochet?, beharrte ein anderer González, González Torres (wir hatten sechs González in der Klasse).

Das spielt keine Rolle, sagte er fröhlich und entschieden. Ich bin Biologielehrer. Ich spreche nicht über Politik.

3

Ich erinnere mich an die Krämpfe in der rechten Hand nach dem Geschichtsunterricht, weil Godoy uns zwei Stunden lang nur diktierte. Er nahm die Attische Demokratie durch und diktierte dabei, wie man in der Diktatur diktiert.

Ich erinnere mich an das Lomonossow-Lavoisier-Gesetz, aber besser noch an das Gesetz des Dschungels.

Ich erinnere mich an Aguayo, der sagte, »in Chile sind die Leute faul, sie wollen nicht arbeiten, Chile ist das Land der unbegrenzten Möglichkeiten«.

Ich erinnere mich an Aguayo, der uns schlechte Noten gab, aber Nachhilfeunterricht bei seiner Tochter anbot, die schön war, uns aber nicht gefiel, weil wir in ihrem Gesicht die Schnauze ihres Vaters sahen.

Ich erinnere mich an Veragua, der mit weißen Socken in die Schule gekommen war, und an Aguayo, der ihm sagte: »Du bist ein Proletenschwein.«

Ich erinnere mich an Veraguas dichtes Haar, an seine großen grünen Augen voller Tränen, als er stumm zu Boden blickte, gedemütigt. Er tauchte nie mehr in der Schule auf.

Ich erinnere mich an den Indio Venegas, der uns am nächsten Montag sagte: »Den Veragua haben sie rausgenommen. Der hat's nicht gepackt.«

Ich erinnere mich an Elizabeth Azócar, die uns freitags in den letzten Stunden Schreibkurse gab. Ich war in Elizabeth Azócar verliebt.

Ich erinnere mich an Martínez Gallegos, an Puebla, an Tabilo.

Ich erinnere mich an Gonzalo Mario Cordero Lafferte, der in den Freistunden Witze erzählte und, wenn ein Lehrer kam, so tat, als lernten wir Französisch: *la pipe, la table, la voiture.*

Ich weiß noch, dass wir uns nie beklagten. Wie dumm war es, sich zu beklagen, man musste durchhalten wie ein Mann. Aber die Vorstellung von Männlichkeit war nebulös. Manchmal bedeutete sie Mut, manchmal Passivität.

Ich weiß noch, dass mir jemand fünftausend Pesos geklaut hatte, mit denen ich die Jahresgebühr des Elternzentrums hätte bezahlen sollen.

Ich wusste, wer es gewesen war, und er wusste, dass ich es wusste. Wenn wir uns ansahen, sagten wir uns mit den Augen: ich weiß, du hast mich beklaut, du weißt, ich habe dich beklaut.

Ich erinnere mich an die Liste der chilenischen Präsidenten, die auf unsere Schule gegangen waren. Ich weiß noch, dass beim Aufzählen der Name Salvador Allende immer ausgelassen wurde.

Ich erinnere mich, dass ich mit Stolz *meine Schule* sagte.

Ich erinnere mich an den substantivischen Nebensatz (SBNS) und an den adjektivischen Relativsatz (ARS).

Ich erinnere mich an die Übungen mit ausgefallenen Vokabeln, die wir dann prustend wiederholten: Erbarmungswürdigkeit, Scharmützel, Kinkerlitzchen, Irisieren, Rehabilitieren, zerklüftet, lapidar.

Ich weiß noch, dass Soto vom Militärchauffeur seines Vaters in die Schule gebracht wurde.

Ich weiß noch, dass die Englischlehrerin einem Schüler, der zehn Jahre in Chicago gelebt hatte, eine schlechte Note gab und nachher beschämt sagte: »Ich wusste nicht, dass er ein Gringo ist.«

Ich erinnere mich an dumme Lehrer und an großartige Lehrer.

Ich erinnere mich an den großartigsten, Ricardo Ferrada, der in der ersten Unterrichtsstunde einen Satz von Henry Miller an die Tafel schrieb, der mein Leben veränderte.

Ich erinnere mich an Lehrer, die uns fertigmachten, und an Lehrer, die uns retten wollten. Lehrer, die sich für Mr Keating hielten. Lehrer, die sich für Gott hielten. Lehrer, die sich für Nietzsche hielten.

Ich erinnere mich an das Homosexuellengetto der Zwölftklässler. Es waren fünf oder sechs, sie saßen immer zusammen, redeten mit keinem anderen. Der Dickste von ihnen schrieb mir Liebesbriefe.

Sie machten nie beim Sport mit, und wenn sie in der Pause nach draußen gingen, wurden sie angepöbelt oder geschlagen. Sie blieben lieber im Klassenzimmer und redeten oder stritten miteinander, schrien »du Nutte!« und feuerten einander die Schultaschen gegen den Kopf oder auf den Boden.

Ich weiß noch, eines Morgens in der Freistunde, kein Lehrer war im Klassenzimmer und wir wärmten gerade Stoff für eine Matheprüfung auf, schwätzte der Dicke pausenlos mit seinem Banknachbarn, und der kleine Carlos rief: »Halt's Maul, fette Tunte.«

Ich weiß noch, dass der Dicke wütend aufstand, affektierter denn je, und antwortete: »Nenn mich nie wieder fett.«

Ich weiß noch, dass ich in der Pause Marihuana geraucht habe, hinten im Untergeschoss, zusammen mit Andrés Chamorro, Cristián Villablanca und Camilo Dattoli.

Ich erinnere mich an Pato Parra. An die Zeichnungen von Patricio Parra, einer der vier Wiederholer in der Elften.

Ich weiß noch, dass er sich ganz vorne in die mittlere Reihe setzte und den ganzen Unterricht über nur zeichnete.

Nie sah er die Lehrer an, war immer vornübergebeugt, ins Zeichnen vertieft, mit seiner Flaschenbodenbrille, eine Haarsträhne hing über dem Papier.

Ich erinnere mich noch an Patricio Parras schnelle Kopfbewegung, damit die Haare seine Zeichnung nicht verwischten.

Kein Lehrer schimpfte mit ihm, trotz der langen Haare und seiner vollkommenen Teilnahmslosigkeit, und wenn ihn jemand fragte, warum er nicht beim Unterricht mitmache, entschuldigte er sich kurz und höflich, ließ aber kein Gespräch zu.

Ich hatte kaum Gelegenheit, ihn kennenzulernen, ein paarmal unterhielten wir uns. Ich erinnere mich an einen Morgen, an dem ich neben ihm saß und mir seine Zeichnungen ansah, die perfekt waren, fast immer realistisch: Bildgeschichten über das Trostlose, über die Armut, die er ganz ungekünstelt darstellte, ganz direkt.

Ich weiß noch, an dem Morgen zeichnete er mich. Ich habe das Bild aufbewahrt, weiß aber nicht mehr, wo.

Ich weiß nicht, ob es im Juni oder Juli war, jedenfalls war es ein Wintermorgen, an dem wir erfuhren, dass Pato Parra sich umgebracht hatte.

Ich erinnere mich noch an die Kälte auf dem Friedhof von Puente Alto. Ich erinnere mich, wie die Lehrer uns zu erklären versuchten, was geschehen war. Und an meinen Wunsch, sie möchten schweigen, schweigen, schweigen. Und an die Leere danach, das ganze Jahr über, beim Blick auf die erste Bank in der mittleren Reihe.

Ich weiß noch, dass der Lehrerassistent uns sagte, das Leben gehe weiter.

Ich weiß noch, dass das Leben weiterging, aber nicht wie vorher.

Ich weiß noch, wir weinten alle auf der Rückfahrt im Schulbus, den wir nach dem Geisterschiff »Caleuche« nannten.

Ich weiß noch, dass ich Arm in Arm mit Hugo Puebla über den Sportplatz ging und weinte.

Ich weiß noch den Satz, den Pato Parra an die Wand in seinem Zimmer schrieb, bevor er sich umbrachte: »Mein letzter Schrei an die Welt: Scheiße«.

4

Ich erinnere mich an die letzten Monate an der Schule, 1993, an den Wunsch, es möge schnell zu Ende gehen. Ich war nervös, alle waren wir das, in Erwartung der großen Prüfung, auf die wir uns sechs Jahre lang vorbereitet hatten. Denn das war damals das Instituto Nacional: eine sechsjährige Vorbereitung auf die Universität.

Eines Morgens explodierten wir, fielen schreiend, schlagend übereinander her, ein Ausbruch nackter Gewalt, von dem wir nicht wussten, woher er kam. Immer wieder empfanden wir so, doch zum ersten Mal entlud sich die Wut, die Ohnmacht oder Traurigkeit auf diese Weise. Es gab einen Skandal, Washington Musa kam, der oberste Schulrat. Ich erinnere mich noch an den Namen, Washington Musa. Was mag aus ihm geworden sein. Wie egal mir das ist.

Es kam zur Standpauke, Musa schlug den üblichen Ton an, den so vieler Lehrer und Schulräte damals. Er sagte, wir seien Privilegierte, hätten eine hervorragende Erziehung genossen. Seien von den besten Lehrern Chiles unterrichtet worden. Gratis sogar, betonte er. Aber aus Ihnen wird nichts werden, ich weiß nicht, wie Sie sich an dieser Schule haben halten können. Der humanistische Zweig ist der Abschaum des Nacional, sagte er. Nichts davon schmerzte uns, diese Rede, diesen Monolog hatten wir oft gehört. Wir blickten zu Boden oder in unsere Hefte. Wollten eher lachen als weinen, auch wenn es ein bitteres Lachen gewesen wäre, sarkastisch vielleicht oder überheblich, aber doch ein Lachen.

Dennoch lachte niemand. Das Schweigen war vollkommen, während Musa weitersalbaderte. Auf einmal schoss er sich auf Javier García Guarda ein. Javier war womöglich der Schweigsamste, Schüchternste in der Klasse. Er bekam weder schlechte noch gute Noten, seine Akte war jungfräulich: keine einzige negative Bemerkung, kein einziger positiver Kommentar. Doch der wütende Musa demütigte ihn, wir wussten nicht, warum. Da begriffen wir, dass Javier der Stift hinuntergefallen war. Das war alles. Musa dachte wohl, er hätte es mit Absicht getan, oder dachte gar nichts, sondern nutzte den Vorfall, um seinen ganzen Zorn über García Guarda zu entladen: Nicht auszudenken, wie deine Eltern dich erzogen haben, sagte er. Du verdienst es nicht, an dieser Schule gewesen zu sein.

Ich stand auf und verteidigte meinen Klassenkameraden oder beleidigte vielmehr Musa, sagte: Seien Sie still, Señor, seien Sie doch endlich still, Sie haben keinen Schimmer, was Sie da sagen. Sie demütigen einen Mitschüler zu Unrecht, Señor.

Noch tieferes Schweigen folgte.

Musa war groß, massig und kahlgeschoren. Neben seiner Arbeit an der Schule führte er ein Juweliergeschäft und besserte sein Gehalt erheblich mit Geschäften in der Schule auf. Manchmal hielt er im Gang inne und bewunderte lauthals die Broschen, Uhren oder Ketten, die er den Lehrerinnen selbst verkauft hatte. Zu den Schülern war er unfreundlich, eiskalt, despotisch, wie es die Natur seines Amtes gebot: seine Standpauken und Strafen waren legendär. Seine Haupteigenschaft war, dachte ich damals und denke ich heute, die Arroganz. Musa wusste nicht, was tun, wie reagieren. »In mein Büro, alle beide«, sagte er erbittert. Ich weiß noch, dass auf dem Weg ins Büro Mejías kam und uns aufmunterte.

Ich hatte Mut gezeigt, aber vielleicht war es gar kein Mut gewesen oder nur dessen passive Seite. Ich hatte einfach die Nase voll, es war mir egal, liebend gern wäre ich noch am selben Tag an die Wald-und-Wiesen-Schule zurückgegangen. Ich glaubte, einen Grund gefunden zu haben, von der Schule geworfen zu werden. Aber ich wusste auch, dass man mich nicht rauswerfen würde. Es gab Lehrer, die mich mochten, mich beschützten. Musa wusste das.

»Was dich angeht, García, überlege ich ernsthaft, ob ich dir den Abschluss verweigere«, sagte Musa. »Morgen in aller Frühe spreche ich mit deinem Erziehungsberechtigten.« Erst als ich García Guardas schwarze, verschleierte Augen sah, begriff ich, dass ich alles nur noch schlimmer gemacht hatte, dass die Angelegenheit mit einem Verweis, einer weiteren Demütigung hätte enden sollen und dass es García Guarda lieber gewesen wäre, doch mein Eingreifen hatte ein schweres Vergehen daraus gemacht. Mit einem Erziehungsberechtigten musste man nur in besonders ernsten Fällen kommen, denn die Erziehungsberechtigten, die Eltern, existierten an meiner Schule nicht. »Werfen Sie mich hinaus«, sagte ich wieder, aber ich wusste, dass es so nicht laufen würde. Seine Art, mich zu strafen, bestand darin, García zu quälen. Ich war drauf und dran, darauf zu bestehen, ihn abermals zu verteidigen, alles noch schlimmer zu machen. Ich hielt mich zurück.

»Dich werde ich nicht von der Schule werfen, du bekommst deinen Abschluss«, sagte Musa zu mir, und wieder dachte ich, wie ungerecht es war, dass ich eine geringere Strafe bekam als García. Und ebenso dachte ich, dass der Abschluss mir egal war. Aber vielleicht war er mir gar nicht egal. Ich fühlte mich unverwundbar. Die Wut machte mich unverwundbar. Aber nicht nur die Wut. Auch ein blindes Vertrauen oder eine Art Sturheit, die mich nie verlassen hat. Ich sprach leise, war aber stark. Ich spreche leise, bin aber stark. Ich schreie nie, bin aber stark.

»Ich sollte dir den Abschluss verweigern, sollte dich auf der Stelle von der Schule werfen«, sagte er. »Aber das werde ich nicht.« Dreißig Sekunden vergingen, Musa war noch nicht zu Ende, aus dem Augenwinkel sah ich weiter auf die Tränen, die über García Guardas Gesicht rannen. Ich weiß noch, dass er auch Gedichte schrieb, sie aber nicht herzeigte wie ich, nicht wie ich aus der Dichtung ein Schauspiel machte. Wir waren keine Freunde, unterhielten uns jedoch hin und wieder, respektierten einander.

»Ich werde dir nicht den Abschluss verweigern, werde dich nicht von der Schule verweisen, will dir aber etwas sagen, was du nie im Leben vergessen wirst.« Musa betonte das Wort *nie* und dann *im Leben* und wiederholte den Satz zweimal.

»Ich werde dir nicht den Abschluss verweigern, werde dich nicht von der Schule verweisen, will dir aber etwas sagen, was du nie im Leben vergessen wirst.« Was es war, weiß ich nicht mehr, vergaß es sofort, weiß wirklich nicht mehr, was Musa mir damals sagte. Ich sah ihm in die Augen, voll Mut oder Passivität, behielt aber kein einziges seiner Worte.

ICH RAUCHTE HERVORRAGEND

für Álvaro Enrigue und Valeria Luiselli

Die Therapie dauert neunzig Tage. Heute ist der vierzehnte Tag. Der Broschüre nach steht mir eine letzte Zigarette zu.

Die letzte Zigarette meines Lebens.

Eben habe ich sie geraucht.

Sie dauerte sechs Minuten und sieben Sekunden. Der letzte Ring löste sich auf, bevor er die Decke erreichte. Ich zeichnete etwas in die Asche (mein Herz?).

Ich weiß nicht, ob ich eine Klammer öffne oder schließe.

Was ich fühle, ähnelt dem Schmerz oder der Niederlage. Aber ich suche das Positive. Es ist gut so, es musste sein.

Ich war ein talentierter Raucher, einer der besten. Ich rauchte hervorragend.

Ich rauchte ungezwungen, gewandt, fröhlich. Ungemein elegant. Leidenschaftlich.

Es war einfach, überraschenderweise. Während der ersten Tage ging ich von sechzig auf vierzig Zigaretten zurück. Dann von vierzig auf zwanzig. Als ich merkte, wie schnell sich mein Quantum verringerte, rauchte ich mehrere hintereinander, als wollte ich wieder in Form kommen oder zu alter Klasse zurückfinden. Aber diese Zigaretten schmeckten mir nicht.

Gestern Abend habe ich nur zwei geraucht, ohne rechte Lust, als wollte ich nur die engen Grenzen des Erlaubten ausschöpfen. Keine dieser Zigaretten fühlte sich rund, wahrhaftig an.

*

Neunzehn Tage, fünf, ohne zu rauchen.

Bis jetzt hat der Prozess nichts Dramatisches an sich, aber ich suche einen doppelten Boden, suche etwas anderes, worauf ich mein Augenmerk richten kann.

Die schnelle Wirkung ist beunruhigend. Ebenso die Fügsamkeit meines Organismus. Das Champix hat mich ohne Gegenwehr überflutet. Trotz der Migräne hatte ich mich stark gefühlt, doch das Medikament hat etwas Grundlegendes verändert.

Der Gedanke ist naiv, die Arznei werde mich nur von dieser einen Angewohnheit abbringen. Bestimmt bringt sie mich auch von anderen Dingen ab, die ich noch nicht entdeckt habe. So weit ab, dass ich sie nicht mehr werde sehen können.

Ich werde mich gewaltig ändern, und diese Gewissheit gefällt mir nicht. Ich will mich ändern, aber in anderer Hinsicht. Ich weiß nicht, was ich da rede.

Ich fühle mich verwirrt und verletzt. Als löschte jemand nach und nach die Information aus meinem Gedächtnis, die mit dem Rauchen zu tun hat. Das finde ich traurig.

Ich bin ein uralter Computer. Ein alter Computer, der noch gut in Schuss ist. Jemand wischt mir mit einem Küchenhandtuch über Gesicht und Tastatur. Es tut weh.

*

Über zwanzig Jahre lang habe ich als Erstes nach dem Aufstehen zwei Zigaretten hintereinander geraucht. Ich glaube, ich bin eigentlich aus diesem Grund und zu diesem Zweck aufgewacht. Ich war glücklich, wenn ich beim ersten bewussten Blinzeln entdeckte, dass ich sofort rauchen konnte. Und nach dem ersten Zug wachte ich erst richtig auf.

Letzten Herbst hatte ich versucht, dagegen anzukämpfen und die erste Zigarette am Tag so lange wie möglich hinauszuschieben. Das Ergebnis war katastrophal. Bis elf Uhr dreißig blieb ich frustriert im Bett liegen, und um elf Uhr einunddreißig stieß ich meinen ersten Rauch aus.

Heute ist Tag Nummer einundzwanzig der Therapie – und der siebte, ohne zu rauchen. Wolken bekritzeln den Himmel.

*

Die Zigaretten sind die Satzzeichen des Lebens.

*

Den Nachmittag über lese ich in *Migräne* von Oliver Sacks. Zunächst warnt er, es gebe keine unfehlbaren Therapien. Meist pilgern die Kranken von Arzt zu Arzt, von Arznei zu Arznei. So auch ich, seit allzu vielen Jahren.

Das Buch beweist, dass Migräne interessant ist und nicht der Schönheit entbehrt (der Schönheit, die im Unerklärlichen wohnt). Aber was nützt einem das Wissen, dass man an einer schönen oder interessanten Krankheit leidet.

Sacks widmet nur wenige Seiten der Art von Migräne, an der ich leide *(meiner* Migräne), der brutalsten, aber nicht der häufigsten. Für meine gibt es die Bezeichnungen neuralgische Migräne, Histaminkopfschmerz, Horton-Syndrom, Cluster-Kopfschmerz. Doch aufschlussreicher ist ihr Beiname: *suicide headache.* Denn dieser Drang überkommt einen während des Anfalls. Nicht wenige versuchen den Schmerz zu lindern, indem sie mit dem Kopf gegen die Wand schlagen. Ich habe das getan.

Eine Kopfseite schmerzt, vor allem der Bereich, den der Trigeminus beherrscht. Es ist ein pulsierendes Gefühl, begleitet von Photophobie, Phonophobie, tränenden Augen, Gesichtsschweiß, verstopfter Nase, um nur ein paar Symptome zu erwähnen. Ich merke mir Zahlen, zitiere Statistiken: Nur zehn von zehntausend leiden unter Cluster-Kopfschmerz. Und acht oder neun davon sind Männer.

Die Zyklen oder Cluster haben keinen erkennbaren Auslöser und dauern zwei bis vier Monate. Unbezwingbar bricht sich der Schmerz Bahn, vor allem nachts. Man kann sich nur abfinden. Muss gute Miene zu der ganzen Palette von Ratschlägen machen, allesamt nutzlos, die einem die Freunde erteilen. Bis sie eines Tages verschwinden – die Schmerzen, nicht die Freunde, obwohl einige Freunde unsere Kopfschmerzen irgendwann leid haben, denn während dieser Monate taucht man unter, konzentriert sich unvermeidlich auf sich selbst.

Das Glück, wieder zur Normalität zurückgefunden zu haben, kann ein, zwei Jahre dauern. Und wenn man schon glaubt, gänzlich geheilt zu sein, wenn man die Kopfschmerzen schon als ehemaligen Feind ansieht, den man inzwischen fast zu schätzen, zu lieben gelernt hat, kehrt der Schmerz zurück, erst zaghaft, dann mit der üblichen Hemmungslosigkeit.

Ich erinnere mich an eine Folge, in der Gregory House einen Patienten mit Cluster-Kopfschmerz prompt mit halluzinogenen Pilzen behandelt. »Nichts sonst funktioniert«, sagt House zum Entsetzen seines Ärzteteams. Aber auch die Pilze wirkten bei mir nicht. Auch nicht, ohne Kopfkissen zu schlafen, Yoga zu machen oder mich eifrig den Akupunkturnadeln auszusetzen. Auch nicht, das ganze Leben unter dem Taktstock der Psychoanalyse aufzurollen (und vieles zu entdecken, darunter Unheilvolles, aber nichts, was den Schmerz vertreibt). Auch nicht, auf Käse zu verzichten, auf Wein, Mandeln, Pistazien. Auch nicht, anderthalb Apotheken voll aggressiver Medikamente zu schlucken. Nichts davon hat mich von dem hinterhältigen, plötzlichen Aufkeimen des Schmerzes befreit. Das hatte ich als Einziges noch nicht probiert: mit dem Rauchen aufhören. Zu allem Unglück muss Sacks auch noch feststellen, dass der Zusammenhang zwischen Migräne und Rauchen nicht erwiesen ist. Als ich diese Passage unterstrich, überkamen mich Schwindel und Verzweiflung.

Am meisten beunruhigt mich, dass ich gerade im Waffenstillstand mit der Krankheit lebe. Dass ich mit dem Rauchen aufhöre und glaube, alles wäre in Ordnung, und trotzdem in einem Jahr einen Anfall bekomme. Mein Neurologe ist sich dagegen sicher. Er hat sieben Jahre Allgemeinmedizin studiert, dann drei Jahre bis zum Facharzt, und all das, um mir am Ende Folgendes mitzuteilen: Rauchen ist schädlich für die Gesundheit.

*

Tag sechsundzwanzig der Therapie, Tag sechsundzwanzig minus vierzehn, ohne zu rauchen.

Abgesehen von leichter Übelkeit, die schnell wieder verschwindet, habe ich keine größeren Beschwerden. Ich bin gerade die Liste der Nebenwirkungen durchgegangen, und nichts davon. Höchstens zweimal »Kopfweh« – ich mag sonst keine ironischen Anführungszeichen, aber es tat kaum weh, nicht zu vergleichen mit meinen Anfällen. Was für lächerliche Schmerzen, die man mit Aspirin loswird. Die kann ich nicht ernst nehmen.

Dem Champix-Beipackzettel nach können neben Übelkeit und Kopfschmerzen auch abnorme Träume, Schlafstörungen, Schläfrigkeit, Schwindelgefühl, Erbrechen, Blähungen, Dysgeusie, Durchfall, Verstopfung und Bauchschmerzen auftreten. Das mit den abnormen Träumen beunruhigt mich nicht, denn normal sind meine Träume noch nie gewesen. Aber Probleme bereitet mir das mit der Schläfrigkeit und den Schlafstörungen, das klingt wie Liebe und Hass zugleich. Die Dysgeusie (Geschmacksstörung) hat es mir angetan. Wie gern würde ich mich einmal mit den Worten entschuldigen, »tut mir leid, ich habe Dysgeusie«. Eleganter geht es nicht.

Über Champix gibt es außerdem Gerüchte, meist auf den Wissenschaftsseiten, denen ich aber keinen Glauben schenke, weil ich nicht an die Wissenschaftsseiten glaube. Ein Riesenschwindel, das mit den Wissenschaftsseiten. Am Montag kommen sie mit wichtigen Studien renommierter Universitäten über die Vorzüge von Wein oder Mandeln, und am Mittwoch sollen sie auf einmal schädlich sein. Dazu fällt mir eines von Nicanor Parras Artefakten ein: »Brot schadet / Jedes Lebensmittel schadet.« Es ist wie mit den Horoskopen: Die Woche zuvor stand bei Waage dasselbe wie am Samstag bei Fische.

Das Gerücht besagt jedenfalls, dass viele, die Champix nehmen, Selbstmordgedanken entwickeln. Binnen eines Jahres, lese ich im Internet, wurden 227 Selbstmordversuche verzeichnet, 397 psychotische Störungen, 525 Fälle von Gewalttätigkeit, 41 Fälle von Mordgedanken, 60 von Paranoia und 55 von Halluzinationen. Nichts davon glaube ich.

Das größte Problem waren für mich bisher die Hände. Ich weiß nicht, was ich mit den Händen anfangen soll. Ich halte mich krampfhaft an Hosentaschen, Geländern, Wangen, Verpackungstüten, Gläsern fest. Vor allem an Gläsern. Jetzt betrinke ich mich schneller, was kein Problem ist, denn ich kann auf das Verständnis der anderen zählen.

Mich nervt, dass man so einhellig gutheißt, was manche – Zigarette in der Hand – meine mutige Entscheidung nennen. Ich bewundere dich, sagte mir heute eine entsetzliche Person und fügte mit einstudierter finsterer Grimasse hinzu: Ich könnte das nicht.

*

Rauchst du? Nein, Mama. Ich bete.

*

Tag fünfunddreißig der Therapie, Tag einundzwanzig, ohne zu rauchen.

Ich habe mit Jovana im Zentrum gefrühstückt. Sie kann nicht fassen, dass ich mit dem Rauchen aufgehört habe. Sie raucht mit solcher Freude, dass ich neidisch werde, auch wenn ich Genugtuung verspüre, eine zwiespältige allerdings, denn es hat mich keine Anstrengung gekostet: Das Medikament ist bloß in mir einmarschiert.

Wir sind die einzige Minderheit, für die niemand eintritt, sagte Jovana lachend und projizierte dabei ihre warme, schwere Stimme, diese Raucherinnenstimme. Und sie fügte hinzu, als spräche sie im Namen aller Raucher der Welt: Wir hatten auf dich gezählt.

Dann sagte sie, unmöglich könne sie sich ihren kürzlich verstorbenen Vater ohne Zigarette zwischen den Lippen vorstellen. Manchmal ging er überraschend in aller Frühe los, und auf die Frage, wohin er gehe, erwiderte er strotzend vor Energie: Na, den Morgen totschlagen! Was für eine Weisheit, denke ich. Gehen, gehen und rauchen, um den Morgen totzuschlagen.

Mir ist, als würde ich umgezogen, in irgendeinem unbekannten Aspekt des Lebens.

Ich lese oder wühle in alten Unterlagen und finde diese Notiz von vor einem Jahr: »Ich habe eine Wunde am rechten Zeigefinger und kann nicht mehr so gut rauchen. Ansonsten alles o. k.«

*

Was für einen Raucher wahrscheinlich klingt, ist für einen Nichtraucher Literatur. Wie etwa Julio Ramón Ribeyros großartige Erzählung von dem Raucher, der sich verzweifelt aus dem Fenster stürzt, um sich eine Zigarettenschachtel zurückzuholen, oder Jahre später trotz schwerer Krankheit tagtäglich nur deshalb zum Strand hinuntergeht, um mit der Geschicklichkeit eines gierigen Hundes die zuvor im Sand vergrabenen Zigaretten zu bergen. Nichtraucher verstehen solche Geschichten nicht. Sie halten sie für übertrieben, lesen sie unwillig. Ein Raucher dagegen bewahrt sie wie einen Schatz.

»Was wäre aus mir geworden, wenn man die Zigarette nicht erfunden hätte?«, schreibt Ribeyro 1958 in einem Brief an seinen Bruder: »Es ist drei Uhr nachmittags, und ich bin schon bei der dreißigsten.« Dann erklärt er, das Schreiben sei für ihn »komplementär zum Vergnügen des Rauchens«. Ein andermal verabschiedet er sich kategorisch mit: »Mir bleibt noch eine Zigarette, weshalb ich den Brief für beendet erachte.«

Ich konnte rauchen, ohne zu schreiben, versteht sich, aber nicht schreiben, ohne zu rauchen. Deshalb habe ich nun Angst, dass ich das Schreiben womöglich aufgeben werde. In diesen Tagen habe ich nichts zustande gebracht als eine schüchterne Fortführung dieser Aufzeichnungen.

*

Ich bin in Punta Arenas eingetroffen. Zum ersten Mal konnte ich im Flugzeug lesen. Da ich erst seit dem Erwachsenenalter fliege, habe ich keinen Raucherflug mehr miterlebt, und ohne zu rauchen, konnte ich nicht lesen.

Die Aschenbecher in den Armlehnen machten mich nervös.

Ich musste an den brillanten, drastischen Satz von Italo Svevo denken: »Einen Roman lesen, ohne zu rauchen, das ist nicht möglich.«

Aber ja, es ist möglich. Behalten habe ich allerdings nichts von dem, was ich gelesen hatte. Ich habe schlecht gelesen. Oder weiß nicht, ob ich einen guten Roman schlecht oder einen schlechten Roman gut gelesen habe. Aber gelesen habe ich, es ist möglich.

Ich habe die Datei geschlossen und den Rückfall nicht erwähnt. Na toll, das Tagebuch anlügen, Blödmann. Ich muss es schriftlich festhalten. Es war auf dem Friedhof von Punta Arenas. Mein größter Wunsch war es gewesen, mich dort an ein Gedicht von Lihn zu erinnern, in dem er von einem »Frieden, der unbedingt zerspringen will« spricht. Das ist der bleibende Eindruck nach dem Blick auf die Zypressen (»die Doppelreihe der gefälligen Zypressen«), auf die einfallsreichen Mausoleen, die Gräber für die kleinen Engel, die Grabsteine mit fremdsprachigen Inschriften, die abgezirkelten Grabnischen, die wundersam frischen Blumen. Ich schaute aufs Meer, während Galo Ghigliotto mit Eisplättchen im Trinkbrunnen spielte und Barrientos die Gräber seiner Angehörigen besuchte. Wir gingen schweigend nebeneinander. Ich dachte an Lihns Frieden, der unbedingt zerspringen will. Plötzlich bat ich Galo um eine Zigarette, einfach so, und erst beim vierten oder fünften Zug fiel mir ein, dass ich mit dem Rauchen aufgehört hatte. Gleich verspürte ich den bitteren Geschmack und Abscheu. Ich rauchte zu Ende, aber mit Mühe.

Ich rauche wirklich nicht mehr, denke ich.
Ich denke wirklich nicht mehr, rauche ich.
Das Medikament lässt mich nicht rauchen.

*

Tag vierzig / sechsundzwanzig.

Ich habe Sacks' Buch in der Tasche, mit Unterstreichungen, will dem Arzt beweisen, dass nichts auf eine Beziehung zwischen Rauchen und Cluster-Kopfschmerz hinweist. »Sacks ist unterhaltsam«, entgegnet der Neurologe. Aber er ist sich nicht sicher, ob er ihn gelesen hat. Ich weise ihn auf den Widerspruch hin, den er da gerade von sich gegeben hat. Woher er dann wissen wolle, dass Sacks unterhaltsam sei. Er hört nicht hin. Ich werde aggressiv. Früher haben die Ärzte gelesen, sage ich, die Ärzte von früher waren gebildet.

Er scheint es nicht übelzunehmen, sieht mich jedoch an, wie man einen Außerirdischen ansehen würde. Zumindest jemand wie der Arzt, ich nicht – nie würde ich einen Außerirdischen mit dieser offenkundigen Verblüffung ansehen.

Ich biete an, ihm Sacks' Buch zu leihen, er lehnt ab. Jetzt wird er doch ärgerlich. Er belehrt mich wie ein Kind, wettert kräftig gegen das Rauchen, als spräche er mit einem geliebten Menschen, mit jemandem, der es nicht verdient hat, dass man schlecht von ihm redet. Aber über alles auf der Welt wünsche ich mir, dass ich niemals mehr diese furchtbaren Kopfschmerzen habe. Ich werde die Therapie fortsetzen, versteht sich. Ich habe Vertrauen.

Mir kommen ein paar Zeilen in den Sinn, die Sergio

gefielen, ich glaube, Ernst Jandl hat sie einem seiner Gedichte vorangestellt: »Der Onkel Doktor hat gesagt / ich darf nicht küssen.« Mir hat der Onkel Doktor gesagt, ich darf nicht rauchen.

*

Mit ungefähr elf Jahren hatte ich mich fast gleichzeitig in einen gierigen Leser und einen vielversprechenden Raucher verwandelt. Später dann, während der ersten Studienjahre, festigte ich die Verbindung zwischen Lektüre und Tabak. Kurt las damals Heinrich Böll, und da ich Kurt kräftig nacheiferte, damit er mein Freund wurde, besorgte ich mir *Ansichten eines Clowns,* einen sehr schönen, bitteren Roman, in dem die Figuren pausenlos rauchen, auf jeder Seite, glaube ich, oder jeder zweiten. Und immer wenn sie sich eine Zigarette ansteckten, steckte ich mir auch eine an, als nähme ich auf diese Weise am Roman teil. Vielleicht ist es das, was die Literaturwissenschaftler unter einem aktiven Leser verstehen, einem Leser, der mit den Figuren leidet, sich mit ihnen freut, mit ihnen raucht.

Ich las noch mehr von Böll, nahm mir fest vor, immer wenn jemand in seinen Romanen rauchte, ebenfalls zu rauchen. Und ich glaube, auch in *Billard um halbzehn,* in *Und sagte kein einziges Wort* und in *Haus ohne Hüter,* meinen nächsten Böll-Romanen, wurde viel geraucht, obwohl ich mir nicht sicher bin. Damals wurde ich zu einem zwanghaften Raucher. Zu einem Profiraucher, um genau zu sein.

Ich bin nicht so dumm, zu behaupten, Heinrich Böll wäre schuld daran gewesen, dass ich zum Profiraucher wurde. Nein: ich hatte ihm dafür zu danken. Wie frivol das klingen muss. Dank dieser Romane verstand ich mein Land und meine eigene Geschichte besser. Diese Romane veränderten mein Leben. Aber kann ich sie wiederlesen, ohne zu rauchen?

Außerdem sagt Böll selbst in einer Passage seines *Irischen Tagebuchs,* die mir am Herzen liegt, es wäre ihm unmöglich, einen Film zu sehen, wenn man in den Kinos nicht rauchen dürfe. Lieber toter Freund, du weißt nicht, wie oft mich der Drang, zu rauchen, mitten im Film aus dem Saal getrieben hat.

*

Fünfzigster / sechsunddreißigster.

Ich brauchte zwei Zigaretten von meiner Wohnung bis zum Billardsalon. 1990, ich war vierzehn. Zwei Zigaretten, die erste beim Verlassen des Hauses, Pause, dann die zweite, die genau bis zur Tür des Billardsalons in der Primera Transversal reichte, wo wir uns eine weitere ansteckten, die nicht die dritte war, sondern die erste eines langen Tages der Queues und Karambolagen. Ständig wippte bei einem von uns eine glühende Zigarette zwischen den Lippen. (Ich muss an dieses Motto denken, das mir gefällt: »Kühler Kopf und Kreide«. Ich brauche einen kühlen Kopf und Kreide.)

Ebenso beim Tennis. Ich brauchte zweieinhalb Zigaretten bis zum Haus meines Cousins Rodrigo und von da eine weitere bis zu dem Feld, wo eine milde oder verwirrte Seele ein Netz angebracht hatte. Immer wieder unterbrachen wir, um zu rauchen, ja manchmal rauchten wir sogar beim Spielen. Im Tennis besiegte er mich immer, ich besiegte ihn im Extremsport des Rauchens.

*

Wieder ein Rückfall, gestern Nacht in Buenos Aires, eine Folge meiner neuen Herzlichkeit.

Meine neue Herzlichkeit besteht darin, den Leuten zu nahe zu kommen, wie jemand, der dich unverhofft umarmt. Das heißt, ich ahme Leute nach, die ich immer verachtet habe. In so etwas verwandele ich mich gerade. Meine Unruhe ersticke ich nun, indem ich übereilt Gefühle ausdrücke, stürze mich aber auch nicht auf jeden. Ich gehe auf umarmenswerte Leute zu, auf solche, die dem ersten Eindruck nach diese Berührung verdienen würden. Meine Geste ist nicht eigentlich eine Umarmung, sondern deutet sie nur leicht an, begleitet von einem würdelosen, nervösen Lachen.

Ich war mit Maizal, Matón, Libertilla, Merlán, Capella und Valeria zusammen, dazu kamen ein paar neue Bekannte, die ich nach kurzem schon als Freunde für die Ewigkeit betrachtete. Abgesehen vom Bier – das ich wieder trinken kann, nachdem ich es ungerechterweise jahrelang für die Migräne verantwortlich gemacht hatte; nur mag ich es leider nicht besonders – gab es noch einen Grund für meine Euphorie: die Freude des Touristen, der segensreiche Zustand, auf der Durchreise zu sein. Von dieser bequemen Ecke aus folgte ich den erbitterten *internen* Diskussionen der Literaten. Sie gerieten aneinander, teilten heftig aus, beriefen sich auf vage, aber gültige Prinzipien, und doch herrschte dabei wundersamerweise eine Art Harmonie oder Kameradschaft.

Für die Gastfreundschaft dankte ich mit Gehorsam: Ich schrieb alle Titel aller Bücher, die man mir empfahl, auf eine Serviette – die ich mir am Ende, ein bedauerliches Versehen, zum Mund führte –, schaufelte horrende Mengen an Fett in mich hinein und nahm eifrig jeden Schluck Bier auf mich.

Plötzlich kam Interesse für mein Projekt auf, und ich verstrickte mich mit meinem plumpen chilenischen Akzent in die Erklärung, dass ich nicht freiwillig mit dem Rauchen aufgehört hätte, sondern auf ärztliche Anordnung, wegen meiner Migräne. Es war seltsam, dass niemand am Tisch bekannte, ebenfalls an Migräne zu leiden oder gelitten zu haben, denn in diese Richtung entwickelt sich meist das Gespräch. Ich merkte, dass sie allzu sehr auf meine Ausdrucksweise achteten, aber zum Glück meldete sich der Kritiker aus Rosario oder Córdoba zu Wort – ein finsterer, doch angenehmer Typ, der bisher nur sporadisch ins Gespräch eingegriffen hatte: manchmal wirkte er interessiert, ansonsten musterte er uns verächtlich –, er sah mich mit den glänzenden Augen des Wahnsinnigen an und sagte, tu mir den Gefallen, Chilene, und rauch wieder. Maizal stimmte zu, Matón unterstützte ihn, ebenso Libertilla, und auf einmal riefen alle, los, na los, Chilene, rauch wieder, tu es für Chile.

Ich gehorchte. Schon im nächsten Bildkästchen hatte ich mir eine rote Marlboro geschnappt, angezündet und probiert. Sie schmeckte fürchterlich, die zweite sagte mir aber schon mehr zu. Mein Einlenken stellte die Normalität wieder her, und der Kritiker aus Rosario – vielleicht auch aus Córdoba oder Salta – fing an, von seinen Erfahrungen mit Gruppensex zu erzählen. Mir kam kurz der Gedanke, ob er uns bloß alle ins Bett bekommen wollte, aber ihm war nur danach, eine Weile sein Intimleben spazieren zu führen. Als folgte er einem sprunghaften Drehbuch, verfiel er bald wieder in die Rolle des sporadischen Gesprächsteilnehmers.

Mit der letzten Zigarette begleitete ich gestern Nacht zwei Whiskys, zu denen mich Pedrito Maizal in der Hotelbar eingeladen hatte. Gegen Mittag wachte ich auf und konnte gerade noch den Koffer packen und Richtung Ezeiza hasten. Der gefürchtete Kater überfiel mich gleich zweifach; zum ersten Mal konnte ich die Schichten, die Ebenen des Katers unterscheiden. Der Alkoholrausch war flüchtig, aber der Rausch der acht, neun Zigaretten hält an. Vielleicht verlängert das Medikament mit pädagogischem Eifer das Ekelgefühl. Von nun an werde ich meine neue Herzlichkeit im Zaum halten.

*

Als ich heute Morgen die Agustinas hinunterging, sah ich einen Mann in ungefähr meinem Alter, von meiner Größe und Hautfarbe, der rauchte.

Für den Bruchteil einer Sekunde kam es mir seltsam vor, dass er *das da* im Mund hatte. Er nahm einen langen Zug, wie in Zeitlupe.

Auf einmal wollte ich sein Gesicht aufsaugen oder verschlingen. Ich empfand Befremden, dann Widerwillen. Der Mann stieß mich ab. Später – gleich darauf, sofort, aber später – begriff ich, dass der Ekel mit der großen Ähnlichkeit zu tun hatte, die uns verband.

Ich finde nur Ähnlichkeiten zwischen uns, abgesehen von vier recht offensichtlichen Unterschieden: die Farbe der Hose (ich würde nie ein Kleidungsstück in diesem Farbton anziehen, den man Waffelfarbe nennt), ein hakenförmiger Ohrring an seinem linken Ohrläppchen, mein Stoppelbart im Vergleich zu seinem glatten Gesicht und, nun gut, die auffällige Präsenz dieser Zigarette im Mund, wie bei mir früher.

*

Hinten auf einem Buch von Fogwill lese ich:

»Ich bin viel herumgekommen, habe ein paar Bäume gepflanzt und vier Kinder gezeugt. Während ich die Texte in diesem Band durchsehe, erwarte ich die Geburt des fünften. In der Sonne denken, herumkommen, Kinder zeugen und für sie da sein, das sind die Tätigkeiten, die mir am wohlsten tun: ich vertraue darauf, dass ich sie wiederholen kann.«

Dann fällt mir dieser Text von Nicanor Parra ein: »Auftrag ausgeführt«:

Gepflanzte Bäume	17
Kinder	6
Veröffentlichte Werke	7
Summe	30

Ich werde nicht so dumm sein, mein Leben nach diesen Kriterien abzuklopfen. Aber als Jovana und ich gestern im Büro mit Excel herumspielten, verstrickten wir uns am Ende in eine gefährliche Buchführung. Jetzt habe ich einen Näherungswert, wie viele Zigaretten ich in meinem Leben geraucht habe. Und wie viel Geld mich das gekostet hat. Dieses Tagebuch führe ich eigentlich in therapeutischer Absicht, wage aber nicht, die Ziffern hier niederzuschreiben. Ich schäme mich. Aber es stimmt: Rechnet man den monatlichen Betrag zusammen, zahle ich seit Jahrzehnten eine Art Kreditrate. Ich bin also jemand, der lieber geraucht hat, als eine Wohnung zu besitzen. Ich bin jemand, der eine Wohnung weggeraucht hat.

*

Neuer Rückfall. Die Einzelheiten spielen keine Rolle. Ich war verzweifelt, und das Rauchen hat das Problem nicht gelöst (denn das Problem ist nicht zu lösen). Wieder verspürte ich Ekel, aber der Widerwille hat mich wenigstens abgelenkt.

*

Noch ein Rückfall: eigentlich eine Verlängerung des vorigen. Teilmigräne, die sich mit den bisherigen Medikamenten nicht unterdrücken ließ. Ich glaube nicht, dass es ein Anfall ist, der Schmerz war anders. Außerdem tun mir Kehle und Magen weh, der ganze Körper.

»Ihnen verbrennt der Tabak an der Zigarettenspitze«, sagt eine Figur bei Macedonio Fernández.

*

Tag soundso des Jahrs zweitausendnie.

Ich muss an Madrid damals denken, als ich mir weitab, irgendwo in Vallecas in der Calle la Marañosa, eine Wohnung mit drei spanischen Sicherheitsbeamten, die in Barajas arbeiteten (zwei Männer und eine hochschwangere Frau) und einem Argentinier teilte, einem ehemaligen Polizisten, der dort sein Glück versuchte. Eines Morgen, ich hatte Fieber und so gut wie keine Stimme mehr, zündete ich mir eine kratzige Ducados an, blickte aus dem Fenster und zitierte lauthals – ein gedämpfter, ergreifender Schrei – Enrique Lihns Gedicht über Madrid:

Ich weiß nicht, was zum Teufel ich hier tue,
alt geworden, müde, krank und nachdenklich.
Das Spanische, mit dem man mich gebar,
Vater all der Laster in der Dichtung,
von dem ich mich nicht lösen konnte,
brachte mich vielleicht in diese Stadt,
damit ich mein verdientes Leid erfahre:
ein Selbstgespräch in einer toten Sprache.

Mir war, als grüßte ich von einem Balkon herab alle und niemanden, als rächte ich mich an der Stadt und könnte zugleich auf meine Weise um sie werben. Ich glaube, diese Ducados steht auf der Liste der besten Zigaretten meines Lebens.

*

»Eifrig aufgerauchtes Dunkel« heißt es in einem Gedicht von Roberto Merino. Das Bild ist zutreffend: die letzte Glut, der Kopf angehoben, damit man dieses spärliche Feuer nicht verstreut oder, das größere Unglück, die Decke wie ein Blinder abklopfen muss, ohne zu wissen, ob man die einsame Glut erstickt hat. Eine Gefahr à la Clarice Lispector.

Noch ein Vers, ebenfalls von Merino, voll Mitgefühl: »Es gibt nur die Zigarette, die du rauchst.« Onetti, der im Bett zigarettenlos, wütend, schlechtgelaunt »Der Schacht« schreibt. Von wegen Existenzialismus: kein Tabak: »Ich habe meine Zigarette zu Ende geraucht, ohne mich zu rühren.«

Wegen meiner Migräne habe ich mit dem Rauchen aufgehört, aber vielleicht war das nicht der Hauptgrund. Nein, ich bin feige und ehrgeizig. So feige, dass ich länger leben will. Absurd im Grunde: länger leben wollen. Als wäre ich, zum Beispiel, glücklich.

Mit den Pillen bin ich durch, Tag neunzig ist vorüber. Ich habe aufgehört, die Tage zu zählen. Ich rauche nicht mehr. Das sage ich jetzt sogar mit Gewissheit. Nein, ich rauche nicht. Ich habe Lust zu rauchen, aber das ist eine ideologische Lust, keine physische.

Denn das Leben ohne Zigarette ist nicht besser. Und die Migräne wird früher oder später zurückkehren, ob ich rauche oder nicht.

*

»Heftige Kopfschmerzen heute, doch ziemlich glücklich«, schreibt Katherine Mansfield in ihr Tagebuch. Meint sie einen Schmerz, der weniger heftig ist als sonst und deshalb angenehm? Ich verstehe nicht.

Jazmín Lolas interviewt Armando Uribe:
»Haben Sie niemals Angst gehabt, das Rauchen könnte Sie umbringen?«

»Ist mir gleich, wissen Sie, ich bin nicht dafür, dass wir Menschen im Durchschnitt so lange leben.«

*

Die mexikanische Bestsellerautorin Fernanda Familiar – Fernsehstar, Bloggerin und Busenfreundin von Gabriel García Márquez – spaziert mit einer elektronischen Zigarette über Limas Buchmesse. Das ist die neue Erfindung, um sich das Rauchen abzugewöhnen, und momentan das Produkt, das ich am heißesten begehre. Leider wird es nicht auf der Buchmesse verkauft, und es soll teuer sein. Außerdem habe ich mit dem Rauchen aufgehört. Was für ein Schwachsinn, jetzt kann ich nicht mal mehr versuchen, mit dem Rauchen aufzuhören. Ich habe nicht nur mit dem Rauchen aufgehört, ich habe auch aufgehört zu versuchen, mit dem Rauchen aufzuhören.

Für zweihundert Soles – ungefähr sieben doppelte Pisco Sours im XL-Format – kaufe ich Erstausgaben von Antonio Cisneros' *Agua que no has de beber* und Álvaro Mutis' *Los elementos del desastre*, Zufallsfunde, für die sich jede Reise lohnt. Aber ich lese sie nicht. Anscheinend mag ich keine Bücher mehr.

*

Ich sollte in Anlehnung an Pessoa sagen: »Ich kam nach Santiago, aber zu keinem Schluss.«

Gestern wurde ich gefragt, was meiner Ansicht nach das Problem der chilenischen Literatur sei. Es ist schon absurd genug, dass bei einem Treppengespräch so eine Frage aufkommt. Überhaupt sind Treppengespräche zum Scheitern verurteilt, auf mich wirken sie zumindest in den meisten Fällen so: als simples Versprechen der Zerstreuung. Doch ich antwortete rundheraus, das Problem der chilenischen Literatur sei die Gewohnheit, für Zigarette *cigarillo* zu schreiben und nicht *cigarro*. In Chile sagt niemand *cigarillo*, wir sagen *cigarro*, brachte ich vor, als schlüge ich auf einen imaginären Tisch, aber die chilenischen Autoren schreiben *cigarillo*. Am Ende fügte ich noch diesen durch und durch demagogischen Satz hinzu: Ich gehöre zu denen, die *cigarro* schreiben.

Der Satz schlug ein. Sie schienen zuzustimmen, doch das Gespräch erlahmte.

Gespräche zwischen mehr als vier Personen nehmen nie ein gutes Ende, vor allem, wenn sie auf der Treppe stattfinden. Allerdings muss ich zugeben, dass ich deprimiert bin und leicht gereizt. Mein Verhalten ärgert mich.

*

Eine übersprungene Nacht, wie man so sagt. Schlaflose Nächte beim Lesen und Schreiben und die Aversion gegen den überquellenden Aschenbecher. Kurz vor Morgengrauen landeten die Stummel im Kaffeesatz: immer noch einer, bis der Brunnen voll war. Ein entsetzliches Nadelkissen, an das ich heute voll Wehmut zurückdenke.

Wie alt war ich, als ich *Zenos Gewissen* las? Ich glaube, zwanzig, einundzwanzig. Selten habe ich so gelacht, obwohl ich damals dachte, dass man über Bücher nicht lachen darf. »Da es mir nun einmal schadet, werde ich nie mehr rauchen, aber zuvor will ich es ein letztes Mal tun.«

»Alles ist jetzt unglaublich viel öder«, gestand mir Braithwaite vor zwei Jahren, als er mit Champix durch war. Er sah hilflos aus, ein verängstigter Welpe, der den Abgrund anbellt. Dann sagte er, ohne das Rauchen möge er kein Buch mehr, er genieße das Lesen nicht länger. Monate später traf ich ihn wieder, und er sah blendend aus, als er sich seine Zigarette ansteckte, mir in die Augen sah und sagte: »Ich bin wiederhergestellt.« An dem Tag erzählte mir mein Freund von wunderbaren Autoren, die er gerade entdeckt hatte, von erstaunlichen Romanen und genialen Gedichten. Er hatte seine Leidenschaft wieder, seine Bosheit und Würde. Die Liebe zu den Schwingungen der eigenen Stimme. Und die Schönheit.

Heute spürte ich irgendwann Folgendes: eine verwaiste Erleichterung. Ich gestand es mir ein, dass alles unendlich viel öder ist. Die Literatur zweifellos. Und das Leben vor allem.

Ich bin jemand, der nicht raucht, weil der gewaltsame Einfluss einer Chemikalie ihm die Laune und das Leben verdorben hat. Ich bin jemand, der womöglich nicht weiterschreiben wird, weil er geschrieben hat, um zu rauchen, und nicht mehr raucht; weil er gelesen hat, um zu rauchen, und nicht mehr raucht. Jemand, der nichts mehr erfindet. Der bloß notiert, was ihm geschieht, als interessierte es irgendjemanden, ob ich müde oder betrunken bin und dass ich aus tiefstem Herzen Rafa Araneda hasse.

Bauliche Beeinträchtigung: In den Billardsalons kommt es immer wieder vor, dass um einen Tisch herum nicht genügend Platz ist und man nicht richtig auf die Kugel zielen kann. Das nennt man bauliche Beeinträchtigung. In meinem heutigen Leben ist es ebenso.

Gestern Nacht habe ich begonnen, einen Tango zu schreiben:

> Traurig und bedächtig
> erwarte ich nichts mehr,
> höchstens einen Tag
> ohne Wolken, ohne Sonne.
> Mit Gleichmut blicke ich
> auf den Aschenbecher,
> meine Stimme, leer
> von Licht und Liebe.

Mir gefällt das Bild des Aschenbechers, leer wie nie zuvor, wie jetzt: unbegreiflich leer.

*

Die Zigaretten sind die Satzzeichen des Lebens. Jetzt lebe ich ohne Satzzeichen, ohne Rhythmus. Mein Leben ist ein dummes Experimentalgedicht.

Ich lebe ohne die Zigaretten, die einen Fragesatz einleiteten. Ohne die Zigaretten, die zu Ende gingen, wenn wir uns gefährlich, glücklich einer Antwort näherten. Oder der fehlenden Antwort.

Die Ausrufungszigaretten. Die Auslassungszigaretten. Ich möchte mit der Eleganz eines Semikolons rauchen.

Ein Leben ohne Musik, in einem unerträglichen Kontinuum, ohne die Rückkehr oder das Anrücken eines Satzes, der sich nähert oder entfernt.

Ich lese Richard Klein und sollte seine Sätze eigentlich mit einer Zigarette feiern. Er hat vollkommen recht: »Rauchen führt zu ästhetischer Befriedigung und einem reflexiven Bewusstsein, das den großartigsten künstlerischen und religiösen Erfahrungen gemein ist«, sagt er.

Unter meinen ersten musikalischen Erinnerungen findet sich dieses Lied von Roque Narvaja mit dem schönen Refrain: »Wach erwarte ich den Morgen / rauche fort die Zeit im Bett / füll den Raum mit deinem Gesicht / Zimt und Kohle.« Damals, mit sechs oder sieben, beeindruckte mich das Bild eines Mannes, der die Zeit wegraucht. Bestimmt brachte ich damals zum ersten Mal das Rauchen mit dem Verstreichen der Zeit in Verbindung.

Was für ein Lied: »Auf den Wegen meines Lebens / mische ich Wahrheit und Lüge.« Besonders gefällt mir, wenn er sagt, »ich habe aufgehört, zu trinken / und esse deine Lieblingsfrucht«.

Es stimmt, ich mische auf den Wegen meines Lebens Wahrheit und Lüge. Was die Frucht angeht, weiß ich nicht einmal, welche mir die liebste ist. Auf keinen Fall dieses ekelhafte Ding, das auf den ersten Blick wie eine Wassermelone aussieht und in Mexiko, Kolumbien, Ecuador und, wie mir scheint, auch in Venezuela Papaya genannt wird, aber nicht das Geringste mit der chilenischen Papaya zu tun hat (es soll zwar die gleiche Frucht sein, aber das kann ich nicht glauben, und im Internet will ich nicht nachsehen). Mit dem Trinken habe ich nicht aufgehört – sollte ich aber –, vor fünf Monaten jedoch mit dem Rauchen, und das hat aus mir einen ungleich gesünderen und weniger fröhlichen Menschen gemacht.

Ich schlage die Zeitungsbeilage auf und lese »Einsames Weihnachtsfest«, wo eigentlich »Gemeinsames Weihnachtfest« steht. Weshalb überhaupt Weihnachten, frage ich mich, es ist doch noch lange hin.

Mir scheint, wir steuern auf eine Scheißwelt zu, in der Diego Torres alle Lieder singt und Roberto Ampuero alle Romane schreibt. Eine Welt, in der einen nicht einmal der Nachtisch zuversichtlich stimmt, denn es gibt nur eine randvoll gefüllte Riesenschüssel mit widerlichem Milchreis.

*

Ich bin ein Berichterstatter, wüsste jedoch gern, von was.

*

Ich möchte nicht, dass der Tag kommt, an dem man über mich sagt: »Er ist am Ende. Er raucht nicht einmal mehr.«
Diese Therapie war sinnlos.
Sie hat mir eine mehr als trügerische Befriedigung gebracht. Ich muss von neuem das Rauchen erlernen.

Da es mir nun einmal schadet, werde ich nie mehr rauchen, aber zuvor will ich es ein letztes Mal tun. Noch ein Mal. Tausend Mal. Ich werde nur noch tausend Mal rauchen. Die letzten tausend Zigaretten meines Lebens.

Ich weiß nicht, ob ich eine Klammer schließe oder öffne.
Jetzt:

IV

DANKE

Ich habe das Gefühl, ihr seid ein Pärchen und wollt es nur nicht zugeben – wir sind kein Pärchen, antworten sie im Chor, und es stimmt: Seit einem guten Monat schlafen, essen, lesen, arbeiten sie zusammen, weshalb jemand, der zu Übertreibungen neigt, der sie beobachtet und sich genau die Worte vornimmt, die sie sich sagen, die Art, in der ihre Körper sich einander nähern und vereinigen, jemand Ungeniertes, der noch an derlei Dinge glaubt, wohl sagen würde, dass sie sich wahrhaftig lieben oder zumindest eine gefährliche, einmütige Leidenschaft empfinden, die sie einander einmütig und gefährlich annähert. Und doch sind sie kein Pärchen; wenn sich die beiden über etwas im Klaren sind, dann über das. Sie ist Argentinierin, er Chilene, und es ist besser, weitaus besser, wenn wir sie im Folgenden so nennen: die Argentinierin und der Chilene.

Sie wollten zu Fuß gehen, redeten darüber, wie angenehm es sei, große Entfernungen zu Fuß zurückzulegen, ja teilten die Leute in solche ein, die niemals große Entfernungen zu Fuß zurücklegen, und solche, die es sehr wohl tun und deshalb irgendwie besser sind. Sie wollten zu Fuß gehen, aber eine plötzliche Eingebung ließ sie ein Taxi anhalten, obwohl sie seit Monaten wussten – schon vor ihrer Ankunft in DF, in Mexiko-Stadt, hatte man ihnen Anweisungen und Warnungen mit auf den Weg gegeben –, dass man dort niemals ein Taxi auf der Straße nehmen soll, doch diesmal taten sie es, und nach einer kurzen Strecke schien ihr, dass der Fahrer von der Route abkam; sie sagte es leise dem Chilenen, der sie laut beruhigte, aber seine Worte konnten ihre Wirkung nicht entfalten, denn gleich darauf hielt das Taxi, und zwei Männer stiegen ein, worauf sich der Chilene mutig, tollkühn, verwirrt, kindisch und dumm verhielt. Er versetzte einem der Diebe einen Haken gegen die Nase und rang endlose Sekunden lang mit ihnen, während sie schrie *lass das, lass das, lass das*. Der Chilene ließ es sein, die Diebe tobten sich aus, schlugen hart zu, brachen ihm vielleicht etwas, aber das geschah vor langer Zeit, vor zehn Minuten schon. Inzwischen haben sie Geld und Kreditkarten abgegeben, die PIN aufgesagt, und seit nicht allzu langer Zeit, die ihnen wie eine Ewigkeit vorkommt, fahren sie schon mit zusammengepressten Augen weiter – Augen zu, ihr Scheißer, sagen die beiden Männer, und nun sind es drei, denn der Wagen hält an, der Fahrer steigt aus, und ans Steuer setzt sich ein dritter Dieb, der ihnen in einem Pick-up gefolgt war, und der neue Fahrer schlägt den Chilenen und betatscht die Argentinierin, und die beiden, die sich resigniert schlagen und begrapschen lassen, hätten gern gewusst, dass die Entführung bald zu Ende sein wird, dass sie bald schweigsam Arm in Arm eine Straße im Condesa-Viertel entlanghinken werden, denn sie hatten sie gefragt, wohin sie wollten, und auf die Antwort, ins Condesa, hatten die Diebe gesagt, dann setzen wir euch im Condesa ab, so böse sind wir nicht, wir wollen euch nicht zu weit vom Ziel abbringen, und kurz bevor sie aussteigen durften, steckten sie ihnen, kaum fassbar, hundert Pesos zu, damit sie im Taxi zurückfahren konnten, aber sie fuhren natürlich nicht im Taxi zurück, sondern stiegen in die U-Bahn, und mal weinte sie und ließ sich von ihm umarmen, mal hielt er verstört die Tränen zurück, und sie schob ihren Fuß zu seinem, wie im Taxi, wo die Entführer sie gezwungen hatten, voneinander abzurücken, sie jedoch ihre rechte Sandale auf den linken Fuß des Chilenen gestellt hatte.

Die U-Bahn bleibt eine ganze Weile, fast sechs, sieben Minuten lang, an einer Station stehen, wie so oft bei der Metro in Mexiko, doch diese Verzögerung, ganz normal und nicht befremdlich, ängstigt sie, kommt ihnen absichtlich und unnötig vor, bis die Türen zugehen, der Wagen anruckt und sie endlich ihre Station und das Haus erreichen, in dem sie mit zwei Freunden wohnt, denn die Argentinierin und der Chilene wohnen nicht zusammen, er lebt mit einer ecuadorianischen Schriftstellerin, sie mit einem Spanier und einem anderen Chilenen, die eigentlich gar keine Freunde sind oder doch, aber nicht aus diesem Grund wohnen sie zusammen, alle sind nur zeitweilig hier, alle sind Schriftsteller und zum Schreiben in Mexiko, mit einem Stipendium der mexikanischen Regierung, obwohl sie zum Schreiben eher selten kommen, doch als sie die Tür öffnen, schreibt der Spanier seltsamerweise gerade, ein magerer, herzlicher Kerl mit vielleicht allzu großen Augen, und der Chilene Nummer zwei ist nicht da – es hilft nichts, wir müssen ihn den Chilenen Nummer zwei nennen, diese Geschichte ist alles andere als vollkommen, denn es gibt zwei Chilenen in ihr, wo es nur einen einzigen geben sollte, am besten gar keinen, doch es gibt zwei, auch wenn Chilene Nummer zwei nicht da ist, Chilene Nummer eins und Nummer zwei sind auch keine Freunde, eigentlich eher Feinde oder waren es in Chile, doch nun sind sie gemeinsam in Mexiko und wissen beide, jeder auf seine Art, dass es absurd und unnötig wäre, weiterzustreiten, denn ihr Streit war im Übrigen ein stillschweigender, und nichts hindert sie daran, eine Versöhnung zu versuchen, obwohl beide ebenso wissen, dass sie niemals Freunde sein werden, und dieser Gedanke erleichtert sie gewissermaßen, er verbindet sie, wie sie auch der Alkohol verbindet, denn in der Gruppe sind sie beide zweifellos die größten Trinker, doch der Chilene Nummer zwei ist nicht da, als sie von der Entführung zurückkehren, nur der Spanier sitzt am Wohnzimmertisch, ins Schreiben vertieft, neben sich eine Colaflasche oder eine Colaflasche im Arm, könnte man sagen, und als sie ihm erzählen, was vorgefallen ist, unterbricht er seine Arbeit und zeigt sich erschüttert, nimmt Anteil, lässt sie erzählen, lockert die Atmosphäre mit einem passenden kleinen Scherz auf und hilft ihnen, die Telefonnummer herauszusuchen, unter der sie ihre Kreditkarten sperren lassen können – sie haben ihnen dreitausend Pesos, zwei Kreditkarten, zwei Handys, zwei Lederjacken, eine Silberkette und sogar eine Kamera abgenommen, denn der Chilene war noch einmal zurückgegangen, um seine Kamera zu holen – er wollte die Argentinierin fotografieren, denn die Argentinierin ist wunderschön, ein Klischee, aber was soll man machen, sie ist tatsächlich wunderschön, und natürlich kam ihm der Gedanke, wenn er nicht die Kamera geholt hätte, wären sie nicht in dieses Taxi gestiegen, wie sie auch jedes andere Eilen oder Trödeln vor der Entführung gerettet hätte.

Die Argentinierin und der Chilene erzählen dem Spanier, was vorgefallen ist, und beim Erzählen erleben sie es erneut und teilen die Erfahrung zum zweiten oder dritten Mal. Der Chilene fragt sich, ob der Vorfall sie enger zusammen- oder auseinanderbringen wird, und die Argentinierin fragt sich genau das Gleiche, aber keiner von beiden spricht es aus. Da kommt der Chilene Nummer zwei nach Hause, er kehrt von einer Party zurück und setzt sich, isst Hühnchen und redet drauflos, ohne zu merken, dass etwas vorgefallen ist, doch dann sieht er, dass das Gesicht des Chilenen Nummer eins stark geschwollen ist und er sich einen Eisbeutel aufgelegt hat, vielleicht war es ihm erst ganz natürlich erschienen, dass der Chilene Nummer eins sich einen Eisbeutel gegen das Gesicht hält, vielleicht ist es in seinem privaten Dichteruniversum normal, dass sich die Leute den Abend über einen Eisbeutel gegen das Gesicht halten, doch nein, es ist nicht normal, und da fragt er, was geschehen ist, und sagt dann, wie entsetzlich, mir wäre heute Nachmittag beinahe das Gleiche passiert, und ergeht sich in einer Erzählung über den möglichen Überfall, dessen Opfer er fast geworden wäre und dem er nur entronnen sei, weil er ganz plötzlich beschlossen habe, aus dem Taxi auszusteigen. Während sie reden, gießen sie in schnellen Schlucken Mezcal in sich hinein, und der Spanier und die Argentinierin rauchen einen Joint.

Jetzt trifft noch jemand ein, vielleicht ein Freund des Spaniers, und sie kommen wieder auf die Geschichte zurück, vor allem auf den letzten Teil, die letzte halbe Stunde im Taxi, für sie wie ein zweiter Teil, denn die Entführung dauerte eine Stunde; während der ersten Hälfte hatten sie um ihr Leben gefürchtet, während der zweiten nicht mehr, sie waren zwar halbtot vor Angst, hatten jedoch leise geahnt, dass sie die Diebe, so lange es auch dauern mochte, nicht umbringen würden, denn ihre Worte waren nicht mehr gewalttätig, oder doch, aber auf eine gelassene, gekünstelte Art – Argentinier haben wir schon überfallen, einen Chilenen noch nie, sagt der auf dem Beifahrersitz, und seine Bemerkung klingt nach aufrichtiger Neugier, er fängt an, den Chilenen nach der Lage in seinem Land zu befragen, und der Chilene antwortet höflich, als wären sie in einem Restaurant, Kellner und Kunde etwa, und der Kerl spricht so artikuliert, so erfahren in dieser Art Gespräch, dass der Chilene denkt, wenn er diese Geschichte jemals wird erzählen können, wird sie niemand glauben, ein Eindruck, der sich in den folgenden Minuten noch verstärkt, als der auf dem Rücksitz neben ihnen, der mit der Pistole, sagt, ich habe das Gefühl, ihr seid ein Pärchen und wollt es nur nicht zugeben, und sie im Chor antworten, nein, wir sind kein Pärchen, und der Dieb fragt, warum – warum seid ihr kein Pärchen, so hässlich ist er doch gar nicht, sagt er, hässlich schon, aber könnte schlimmer sein, und noch besser würdest du aussehen, wenn du dir die Zotteln abschneiden würdest, das ist doch siebziger Jahre, niemand trägt das Haar mehr so, sagt er zu ihm, dazu noch diese große Brille, ich tu dir einen Gefallen – er nimmt ihm die Brille ab und wirft sie aus dem Fenster, und dem Chilenen kommt flüchtig ein Woody-Allen-Film in den Sinn, den er gerade gesehen hat und in dem der Hauptfigur ständig jemand die Brille kaputt macht, der Chilene deutet ein Lächeln an, lächelt vielleicht innerlich, lächelt, wie man lächelt, wenn man Panik empfindet, aber er lächelt.

Ich kann dir das Haar nicht schneiden, denn wir haben keine Schere dabei, erinnere mich morgen an eine gute Schere, damit wir den Chilenen, die wir überfallen, die Haare schneiden können, denn von nun an überfallen wir bloß noch Chilenen, wir waren ungerecht, haben Unmengen von Argentiniern überfallen und nur diesen einen Scheißchilenen, von jetzt an spezialisieren wir uns auf Chilenen mit langen Zotteln, ich habe ein Messer, aber man kann Haare nicht mit dem Messer schneiden, Messer sind dazu da, bescheuerten Chilenen die Eier abzuschneiden, dein Freund ist kein Weichei, aber gerade die strammen Eier verliert man leicht, sag ihm, er soll ruhig Weichei bleiben, denn wegen seiner strammen Eier hätte ich dich glatt gevögelt, Argentinierin, was nicht heißt, dass du mir nicht gefällst, du bist ganz schön heiß, die heißeste Argentinierin, die ich kennengelernt habe, aber ich arbeite gerade, und wenn ich vögele, arbeite ich nicht, denn bestünde meine Arbeit im Vögeln, wäre ich Stricher, und obwohl du mein Gesicht nicht siehst, weißt du, dass ich kein Stricher bin, ich wünschte, du könntest mein Gesicht sehen, damit du siehst, dass ich ein schöner Dieb bin, der außerdem Haare schneiden kann, auch wenn er keine Schere dabeihat, und mit dem Messer kann ich sie dir nicht schneiden, Chilene, ich kann dir den Schwanz abschneiden, aber den brauchst du, um die Argentinierin zu vögeln, und mit der Pistole kann ich dir die Haare auch nicht schneiden, oder vielleicht doch, aber ich würde die Kugeln verballern, und die brauche ich, falls dir die Eier wieder stramm werden, und in dem Fall würde ich die Argentiniern allerdings vögeln, nachdem ich dich getötet habe, blöder Chilene, ich würde deine Freundin vögeln, ich will dich nicht töten, würde es aber tun, ich will sie auch nicht vögeln, würde es aber tun, denn sie ist wirklich heiß, die wäre was fürs beste Tabledance in DF, ich würde dich wählen, süße Argentinierin; wenn ich zu den Nutten gehe, nehme ich mir eine, die dir am ähnlichsten sieht, geile Argentinierin.

Der Fahrer fragt die Argentinierin, ob sie Boca-Juniors-Fan sei, und obwohl Zustimmung angebrachter zu sein scheint, sagt sie als Vélez-Anhängerin lieber die Wahrheit. Mit dem Chilenen gibt es kein Problem, er ist für Colo Colo, die einzige chilenische Mannschaft, die die Diebe kennen. Sie fragen nach Maradona, die Argentinierin antwortet etwas, worauf der Fahrer Unsinn faselt und sagt, Chicharito Hernández sei besser als Messi, und anschließend fragen sie, für welche mexikanische Mannschaft sie seien, und die Argentinierin sagt, sie verstehe nicht viel vom Fußball – eine Lüge, denn sie versteht eine Menge davon, weitaus mehr als der erbärmliche Dieb, der glaubt, Chicharito sei besser als Messi, doch der Chilene flüchtet sich nicht in eine ähnliche Lüge, sondern wird nervös und denkt angestrengt nach, eine endlose Sekunde lang, ob die Diebe für Pumas, für América oder für Cruz Azul sind oder vielleicht doch für Chivas von Guadalajara, denn er hat gehört, dass es auch in DF viele Chivas-Fans gibt, dann beschließt er aber doch, die Wahrheit zu sagen, und antwortet, er sei für Monterrey, denn dort spiele Chupete Suazo, und der

Fahrer hat nichts übrig für Monterrey, liebt aber Chupete Suazo und sagt zu seinen Kumpanen, wir bringen sie nicht um, Chupete Suazo zu Ehren schenken wir ihnen das Leben.

Wer ist Chupete Suazo, fragt Chilene Nummer zwei, der das zweifellos weiß, jedoch demonstrieren will, dass er sich nicht für Fußball interessiert. Eigentlich müsste Chilene Nummer eins antworten, aber der Spanier weiß gut über Fußball Bescheid und sagt, das sei ein chilenischer Mittelstürmer, der sehe fett und langsam aus, sei aber das Gegenteil, er spiele bei den Rayados, habe eine erfolgreiche Auswärtssaison bei Zaragoza gehabt, sei jedoch nach Mexiko zurückgekehrt, weil die Spanier nicht genügend Euros hinblättern konnten, um ihn endgültig zu verpflichten. Chilene Nummer zwei antwortet, ihm gehe es ebenso, er sei in Wirklichkeit dünn, aber die Leute hielten ihn für fett.

Der Chilene Nummer eins und die Argentinierin sitzen immer noch eng beieinander, bleiben aber zurückhaltend, denn obwohl alle wissen oder ahnen, dass sie zusammen sind, verstellen sie sich und haben eine Taktik entwickelt, damit man ihnen nicht auf die Schliche kommt, weniger aus Scham als aus Mutlosigkeit oder vielleicht, weil sich alles nicht mehr so einfach auf das Zusammen- oder Nichtzusammensein beschränken lässt, oder es ist vielleicht immer noch einfach, sie haben es nur nicht merken wollen, und es ist ziemlich absurd, dass sie nicht zusammen wohnen, denn sie schlafen, lesen und arbeiten zusammen, essen und schlafen zusammen – fast immer schläft er bei ihr, doch manchmal bleibt auch die Argentinierin in der Wohnung, die der Chilene mit der jungen Frau aus Ecuador teilt. Der Chilene und die Argentinierin wollen nur noch allein sein, doch der Abend zieht sich in die Länge, während sie Einzelheiten nachspüren, an die sie sich vorher nicht erinnert hatten, Erinnerungen, bei denen sie ein neues, erneuertes Einverständnis spüren. Schließlich sagt er, er wolle ins Bad, geht jedoch ins Zimmer der Argentinierin, die noch etwas länger im Wohnzimmer bleibt und sich dann auch zurückzieht.

Sie duscht lange und überredet ihn, ein Gleiches zu tun, damit sie sich die Entführung abspülen, sagt sie und denkt an die zupackenden Hände an ihrem Körper, die eigentlich nur zaghaft zupackten, und sie ist dankbar dafür, hatte das sogar den Dieben gesagt, als sie aus dem Auto stieg: danke. An diesem Abend hat sie das noch oft gesagt: danke, danke euch allen. Dem Spanier, der Anteil genommen hat, dem Chilenen, der nicht auf sie geachtet, in gewisser Weise aber auch Anteil genommen hat. Und ein weiteres Mal den Dieben, es zu wiederholen schadet nicht: danke, weil ihr uns nicht umgebracht habt und das Leben weitergehen kann.

Sie dankt auch dem Chilenen Nummer eins, während sie einander streicheln und wissen, dass sie sich in dieser Nacht nicht lieben, aber die Stunden eng beieinander verbringen werden, gefährlich eng, einmütig, im Gespräch. Vor dem Einschlafen sagt sie, danke, und er antwortet verzögert, jedoch überzeugt: danke. Und sie schlafen schlecht, aber sie schlafen. Und reden am nächsten Tag weiter, als hätten sie das ganze Leben vor sich, bereit für die Mühen der Liebe, und wenn sie jemand von außen sähe, jemand Ungeniertes, der noch an derlei Geschichten glaubt, sie sammelt und versucht, gut zu erzählen, jemand, der sie sähe und noch an die Liebe glaubte, der würde denken, dass sie zusammen bleiben, für lange Zeit.

DER CHILENISCHSTE MANN DER WELT

für Gonzalo Maier

Mitte 2011 hatte sie eine Beca Chile erhalten und war mit dem Stipendium zur Promotion nach Löwen aufgebrochen. Er unterrichtete in einem Privatgymnasium in Santiago, wollte aber mitgehen und eine Art Endgültigkeit mit ihr erleben, doch sie drehten es hin und her und beschlossen nach einer traurigen Nacht mit erbärmlichem Sex, dass sie sich besser trennten.

Während der ersten Monate war schwer zu sagen, ob er Elisa wirklich fehlte, trotz all der Signale, die sie sandte und die er richtig zu deuten glaubte – er war sich sicher, dass die langen Mails, die launischen, kokettierenden Nachrichten an der Facebook-Pinnwand und vor allem die unvergesslichen Nachmittagsnächte (Nachmittag bei ihm, Nacht bei ihr) mit virtuellem Sex per Skype nur die eine Deutung zuließen. Dem natürlichen Lauf der Dinge nach würde es eine Zeitlang so weitergehen, dann würde sich das Verhältnis abkühlen, sie würden einander vergessen und sich bestenfalls viele Jahre später wieder treffen, mit anderen Niederlagen im Leib, nun zu allem bereit. Aber eine Angestellte der Banco Santander in der Pedro Aguirre Cerda bot Rodrigo ein Girokonto und eine Kreditkarte an, und auf einmal wanderte er von einem Bildschirmfenster zum nächsten, kreuzte Kästchen an, die »ja« und »ich akzeptiere« besagten, gab den Code B4, C9 und F8 ein und brach Anfang Januar, ohne es jemandem zu sagen – ohne es ihr zu sagen –, nach Belgien auf.

In seinen Gedanken fand sich den ganzen Tag über, den er unterwegs war, kein roter Faden, keine Konstante. Auf dem Flug nach Paris setzten ihm die zahlreichen Turbulenzen zu, aber da er bisher wenig geflogen war und niemals eine längere Strecke, war er im Grunde dankbar für den Hauch des Abenteuers. Er empfand nicht wirklich Panik, ja stellte sich vor, wie er weltmännisch sagen würde, der Flug sei etwas heikel gewesen. Er hatte zwei Bücher im Rucksack, doch da er sich zum ersten Mal auf einem Flug vor so vielen Unterhaltungsoptionen sah, verbrachte er Stunden damit, sich für einen Film oder eine Serie zu entscheiden, sah nichts davon zu Ende, spielte aber mit überraschendem Erfolg mehrmals »Wer wird Millionär?«.

Während er über den Flughafen Charles de Gaulle zum Zug ging, überfiel ihn der eher komische oder konventionelle Gedanke, dass er gar kein Millionär werden wollte, nie einer hatte werden wollen. Und diese belanglose, beiläufige Einsicht, ein wenig albern, brachte ihn unvermutet auf ein kaum geschätztes, verrufenes Wort, das nun flüchtig aufblitzte oder zumindest etwas mehr Glanz bekam oder weniger trüb als üblich war oder zwar trüb, ernst und groß, aber nicht mehr peinlich: *Reife*. Daran musste er im Zug von Brüssel nach Löwen denken: Dass er das Limit seiner Karte fast völlig ausgeschöpft hatte, um ein Ticket nach Belgien zu kaufen und Elisa zu besuchen, hielt er unerklärlicherweise für ein Zeichen von Reife.

Und was geschah in Löwen? Das Schlimmste. Aber manchmal ist das Schlimmste das Beste. Zugegeben, Elisa hätte liebenswürdiger, weniger grausam sein können. Aber wenn sie liebenswürdiger gewesen wäre, hätte er es vielleicht nicht begriffen. Diesen Ausweg wollte sie ihm nicht lassen. Er rief sie vom Bahnhof an. Elisa hielt es für einen Scherz, aber sie kam näher, während sie sprachen, bis sie ihn von einer Ecke aus sehen konnte, hundert Schritt weit entfernt, sagte ihm jedoch nichts davon, und er redete weiter, auf seinem Koffer sitzend, steif und erwartungsvoll, sah zu Boden und dann zum Himmel, mit einer Mischung aus Zuversicht und Unschuld, die Elisa abstoßend fand – es gelang ihr nicht, ihre Gefühle zu ordnen, ihre Gedanken, aber eines stand fest: Sie wollte diese Tage nicht mit Rodrigo verbringen, weder diese noch andere, noch überhaupt welche. Vielleicht war sie immer noch ein wenig verliebt, ja liebte ihn, sie unterhielt sich gern mit ihm, aber dass er einfach so aufkreuzte wie in einem schlechten Film, bereit, zu umarmen und umarmt zu werden, und willens, sich in einen Star zu verwandeln, in einen Helden, der aus Liebe ans andere Ende der Welt fährt, das war für Elisa vor allem eine Beleidigung, eine Demütigung, keine Freude.

Während sie mit raschen Schritten nach Hause zurückkehrte, spürte sie ihr Handy unablässig in der Tasche vibrieren, antwortete aber erst eine halbe Stunde später, als sie schon im Bett lag, ausreichend geschützt: Ich hole dich nicht ab, ich will dich nicht sehen, ich habe einen Freund (gelogen), ich lebe mit ihm zusammen, will dich nie wieder sehen, sagte sie. Neunmal rief er noch an, neunmal antwortete sie das Gleiche und fügte am Ende hinzu, damit die Geschichte etwas wahrscheinlicher wirkte, ihr Freund sei Deutscher.

Natürlich gibt es andere Gründe, eine Parallelgeschichte, die ausführlich erklärt, warum sie ihn nie wiedersehen möchte; eine Geschichte, die von der Notwendigkeit einer echten Veränderung erzählt, davon, die kleine chilenische Welt der Nonnenschule hinter sich zu lassen, von ihrem Wunsch, zu neuen Horizonten aufzubrechen, kurzum, es ist logisch und heilsam, endgültig mit Rodrigo zu brechen, vielleicht nicht auf diese Weise, mag sein, es ist nicht gerecht, ihn da sitzen zu lassen, erwartungsvoll und steif, aber sie musste mit ihm brechen. Und wie sie da im Bett liegt und eine Platte hört, aus dem reichen Repertoire des Alternative (die neuste von Beach House zum Beispiel), verspürt sie Ruhe.

Rodrigo probiert einen schnellen, benommenen Spaziergang durch die Stadt. Er sieht, wie ihm scheint, zwanzig, dreißig schönere Frauen als Elisa und fragt sich, warum Hans – er beschließt, dass der Deutsche Hans heißt – ausgerechnet diese weder besonders sinnliche noch besonders dunkelhaarige Chilenin gewählt hat, und da fällt ihm ein, wie gut Elisa im Bett ist, und er kommt sich abscheulich vor. Er geht weiter, sieht aber nur noch eine schöne Stadt voll schöner Menschen und denkt dabei, dass Elisa eine Nutte ist und ähnliche Dinge, wie sie verschmähte Liebende sich vorstellen. Er streift ziellos umher, doch Löwen ist eine zu kleine Stadt, um ziellos umherzustreifen, bald ist er wieder am Bahnhof. Er bleibt vor Fonske stehen, fast das Einzige, was er von Elisa über die Stadt erfahren hat: dass es dort einen Brunnen mit einer Statue gibt: ein Junge, ein Student oder ein Mann, der in einem Buch die Formel der Glückseligkeit nachschlägt und sich Wasser (oder Bier) über den Kopf schüttet. Der Brunnen wirkt eher befremdlich als fröhlich auf ihn, ja sogar aggressiv oder grotesk, auch wenn er sich ironische Bemerkungen über die Glückseligkeit, die Glücksformel verkneift. Er starrt auf den Brunnen, der an dem Tag seltsamerweise abgeschaltet und ohne Wasser ist, raucht eine Zigarette, die erste, seit er aus dem Zug gestiegen ist, die erste auf europäischem Boden, eine chilenische Belmont auf Pilgerfahrt. Und obwohl ihm schon die ganze Zeit über entsetzlich kalt war, spürt er erst jetzt das eisige Zerren des Windes am Gesicht, am ganzen Körper, als wollte die Kälte tatsächlich die Knochen durchdringen. Er öffnet seinen Koffer, nimmt eine etwas weitere Hose und zieht sie über, ebenso einen Pullover, eine Mütze und Socken, Handschuhe hat er jedoch keine. Einen Augenblick lang stellt er sich im Eifer theatralischer Wut vor, dass er erfrieren wird, buchstäblich. Denkt an die Ironie des Schicksals, denn Elisa ist verfroren, die verfrorenste Freundin, die er je gehabt, die verfrorenste Frau, die er je kennengelernt hat, sogar im Sommer braucht sie nachts Jäckchen, Schals und Wärmflasche.

Wie er da in der Nähe des Bahnhofs neben einem kleinen Waffelstand sitzt, fällt ihm der Witz vom verfrorensten Mann der Welt ein, der einzige Witz, den sein Vater immer erzählte. Er muss an seinen Vater denken, vor einem Lagerfeuer auf dem breiten Strand von Pelluhue, vor vielen Jahren. Er war eher scheu und wortkarg, doch wenn er diesen Witz erzählte, verwandelte er sich, jeder Satz drang aus seinem Mund, als käme er aus einem mysteriösen, reibungslosen Räderwerk, und wie er da so klug sein Publikum vorbereitete, schon im Glanz der bevorstehenden Lacher, hätte man ihn für einen sprühenden, geistreichen Mann halten können, ja für einen Meister der langen Witze, die man auf so unterschiedliche Weise erzählen kann, denn es kommt nicht auf das Ende an, sondern auf den Einfallsreichtum des Erzählers, auf seinen Sinn für Einzelheiten, seine Fähigkeit, eine Abschweifung nach der anderen in die Luft zu zeichnen, ohne die Aufmerksamkeit der Zuhörer zu verlieren. Der Witz beginnt im patagonischen Punta Arenas, ein Kind weint vor Kälte, und seine verzweifelten Eltern hüllen es in Decken aus feuerländischer Wolle, doch es nützt nichts, sie müssen sich in mildere Breiten aufmachen, und so klettern sie auf der Suche nach Sonne die chilenische Landkarte hinauf, von Concepción nach Talca, nach Curicó, San Fernando, immer Richtung Norden, über Santiago, gelangen nach einem Haufen Abenteuern über La Serena und Antofagasta bis nach Arica, der Stadt des ewigen Frühlings, aber vergebens: Das Kind, das inzwischen schon ein Jugendlicher ist, friert immer noch. Als Erwachsener reist der verfrorenste Mann der Welt dann durch Lateinamerika, sucht nach dem geeigneten Klima, aber nicht einmal in Iquitos, in Guayaquil, in Maracaibo, Mexicali, nicht einmal in Rio de Janeiro verlässt ihn das Gefühl tiefer, schneidender Kälte, ebenso wenig in Arizona und Kalifornien, in Kairo und Tunis, Städte, die er bereist und in Decken gewickelt wieder verlässt, sich schüttelnd, zitternd, ewig klagend, doch stets liebenswürdig, denn so schlecht es ihm geht, der verfrorenste Mann der Welt bleibt immer höflich und freundlich, und als das gefürchtete Ende naht – denn der verfrorenste Mann der Welt, ein Chilene, erfriert schließlich –, zweifelt niemand daran, dass er direkt und ohne weitere Formalitäten in den Himmel kommen wird.

Kairo, Arizona, Tunis, Kalifornien, denkt Rodrigo fast lächelnd: Löwen. Seit Monaten schon hat er seinen Vater nicht gesehen, eine Dummheit hat sie auseinandergebracht. Sicher würde es ihm gefallen, denkt er, wenn sein Sohn in so einer Lage Mut zeigte. Nein, in Wirklichkeit weiß er nicht, was sein Vater über seine Lage denken würde. Er würde sich niemals eine Kreditkarte anschaffen, schon gar nicht so kopflos abertausend Kilometer reisen, nur um diesen Tritt in den Magen zu bekommen, den sein Sohn gerade erhalten hat. Was würde mein Vater in dieser Lage tun, fragt sich Rodrigo abermals naiv. Er weiß es nicht. Vielleicht sollte er sofort nach Chile zurückkehren oder, warum nicht, für immer bleiben, sich hier durchschlagen. Er beschließt einstweilen, nach Brüssel zurückzukehren.

Die Leute reisen von Löwen nach Brüssel, von Brüssel nach Antwerpen oder von Antwerpen nach Gent, aber die Strecken sind so kurz, dass sie den Namen Reise nicht verdienen. Und doch kommt Rodrigo die halbe Stunde Fahrt nach Brüssel wie eine Ewigkeit vor. Er denkt an Elisa und Hans, wie sie durch diese so europäische, so korrekte Universitätsstadt spazieren. Wieder kommt ihm Elisas Körper in den Sinn, er sieht sie vor sich, nach ihrer Blinddarmoperation, wie sie ihn mit einem sanften, schmerzlichen Lächeln empfängt. Und dann sieht er sie ganz nackt, wie sie eines Sonntagmorgens Wildrosenöl auf die Narbe schmiert. Und wie sie nachts, vielleicht am selben Sonntag, mit dem lauen Sperma spielerisch um die Narbe kreist, mit dem Zeigefinger so etwas wie Buchstaben malt, heiß und halbtot vor Lachen.

Er steigt aus dem Zug, geht ein paar Straßen weiter, sieht sich aber die Stadt nicht an, sondern denkt weiter an Elisa, an Hans, an Löwen, und erst vierzig Minuten später merkt er, dass er den Koffer im Zug vergessen hat. Er hatte ihn in eine Ecke gestellt, neben das Gepäck der anderen Passagiere, und ist einfach ausgestiegen, bloß mit dem Rucksack. Laut und energisch sagt er zu sich: Schwachkopf.

Er kauft Pommes frites in Bahnhofsnähe, beugt sich an einer Ecke darüber und isst sie. Als er sich wieder aufrichtet, verspürt er Schwindel, aber es ist noch etwas anderes. Er wollte Zigaretten kaufen und dann eine Weile umhergehen, muss wegen der Beschwerden jedoch anhalten, ein Schwindelgefühl, das er nie zuvor empfunden hat und das plötzlich anwächst, hervorbricht. Er spürt einfach, dass er fallen wird, wahrt mit größter Mühe ein minimales Gleichgewicht, um weitergehen zu können. Der Rucksack ist federleicht, aber er legt ihn ab und macht fünf Schritte, probeweise. Der Schwindel hält an, er muss stehen bleiben und sich am Schaufenster eines Schuhgeschäfts abstützen. Langsam schleppt er sich voran, von Schaufenster zu Schaufenster, wie ein ängstlicher Lehrling von Spiderman, blickt aus dem Augenwinkel ins Innere der Läden, auf die üppige Vielfalt von Schokoladen, Bieren, Lampen, auf Diätrestaurants und Geschäfte mit kuriosen Geschenkartikeln: Trommelstöcke, die zugleich Essstäbchen sind, eine Tasse in Form einer Kameralinse und unzählige Figürchen.

Eine Stunde später ist er kaum sieben Ecken weiter,

ergattert jedoch zum Glück bei einem Straßenverkäufer für zehn Euro einen blauen Regenschirm. Anfangs geht er noch immer unsicher, aber der Regenschirm gibt ihm Vertrauen, und nach wenigen Schritten hat er sich an das Wiegen gewöhnt. Erst da schaut oder visiert er die Stadt an, erst da versucht er, sie zu verstehen oder damit zu beginnen. Er denkt, dass all das ein Traum ist und dass er sich in der Nähe der Kathedrale auf der Plaza de Armas befindet, im peruanischen Viertel von Santiago de Chile. Nein, das denkt er nicht: Er denkt, dass er denkt, er befinde sich auf der Plaza de Armas. Er denkt, dass er denkt, alles sei ein Traum.

Allmählich schließen die Läden. Schwer festzustellen, ob es Tag oder Abend ist. Viertel nach fünf, und die Lichter der Wohnungen, der Autos sind bereits eingeschaltet. Er entfernt sich vom Zentrum, geht aber plötzlich in einen Waschsalon und beschließt, einen Moment dort zu bleiben, oder beschließt es nicht einmal, sondern setzt sich neben zwei Männer, die auf ihre Wäsche warten und lesen. Die Temperatur ist nicht sehr hoch, aber wenigstens ist es nicht kalt. Er weiß, es ist absurd, er hat kein Geld dafür und wird jede Münze brauchen, dennoch zieht er sich eine der Hosen aus, das zweite Hemd und das Paar zusätzlicher Socken. Nur mit Mühe begreift er, wie die Waschmaschinen funktionieren, die alt sind und sogar gefährlich aussehen, doch er verspürt eine dumme, überwältigende Genugtuung, als es ihm gelingt, den Mechanismus in Gang zu setzen. Er schaut den Drehungen der Wäsche zu, versunken oder erstarrt, so aufmerksam, als wäre es das Endspiel einer Meisterschaft im Fernsehen, ja vielleicht noch aufmerksamer, denn während er zusieht, wie die Wäsche hüpft, gegen die Scheibe gedrängt und vom Waschwasser überflutet wird, befällt ihn wie eine wichtige Entdeckung der Gedanke, dass diese Wäsche seine ist, dass sie ihm gehört, dass er diese Hosen, diese Socken hundertmal getragen hat und dass dieses verschossene Hemd einmal sein bestes gewesen war, das er sich für besondere Gelegenheiten aufgespart hatte; er sieht seinen Körper vor sich, wie er stolz dieses Hemd trägt, und das ist eine seltsame Vision, eitel, fast plump. Vielleicht seine kitschige Vorstellung von Läuterung.

Dann tritt er in eine Pizzeria mit dem Namen Bella Vita, die billig aussieht. Bülent bedient ihn, ein äußerst liebenswürdiger, lächelnder Türke, der ein wenig Französisch und ein wenig Niederländisch spricht, aber kein Wort Englisch, so dass sie sich ausschließlich mit Zeichen und Gemurmel verständigen, was vielleicht nur beweisen soll, dass keiner von ihnen stumm ist. Er isst eine Pizza Napoletana, die herrlich schmeckt, und bleibt sitzen, bestellt zum Abschluss einen Kaffee. Er weiß nicht, was tun, weiter umherwandern will er nicht, und er kann sich nicht entschließen, nach einem billigen Hotel, einer Pension Ausschau zu halten. Er versucht, Bülent zu fragen, ob es in dem Restaurant Wi-Fi gibt, aber eine Wi-Fi-Verbindung lässt sich mimisch schwer darstellen, und inzwischen ist er schon so hilflos, dass ihm nicht das Nächstliegende einfällt, nämlich einfach »Wi-Fi« auf alle möglichen Arten auszusprechen, bis Bülent versteht. Zum Glück kommt Piet herein, ein unglaublich großer Kerl mit einer dicken roten Hornbrille und einer Reihe von Piercings über der rechten Augenbraue. Piet spricht Englisch und auch ein wenig Spanisch, ist sogar schon in Chile gewesen, einen Monat lang, vor

Jahren. Rodrigo hat endlich jemanden, mit dem er reden kann.

Zwei Stunden später sind sie im Wohnzimmer von Piets schöner Wohnung gegenüber der Pizzeria. Während sein Gastgeber Kaffee kocht, sieht Rodrigo vom großen Fenster aus zu, wie Bülent mit Hilfe der Kellnerin und eines anderen Mannes das Lokal schließt. Rodrigo spürt so etwas wie das Pulsieren, den Schmerz oder die Aura des alltäglichen Lebens. Er schaltet sein Notebook ein und verbindet sich mit dem Internet, keine Nachrichten von Elisa, aber er erwartet auch keine. Er versucht, einen ehemaligen Schulfreund zu lokalisieren, der, wie er sich erinnert, seit ein paar Jahren in Brüssel lebt, hat ihn rasch auf Facebook gefunden, und er antwortet auch sofort, ist jedoch gerade in Chile und kümmert sich um seine kranke Mutter, zwar möchte er später sein Studium wieder aufnehmen, bleibt aber erst einmal in Santiago. Zehn Minuten später kommt eine Mail herein, in der sein Freund ihm empfiehlt, ruhig *Peket* zu trinken (»im Rausch bleibt man zivil, nur der Kater ist böse«), gebratenen Chicoree zu meiden (»nein zum gebratenen Chicoree, ja zu den *Boulettes de viande* und den *Moules-frites«),* außerdem Hotdogs mit warmem Sauerkraut zu probieren, in der Nähe der Grand Place Schokolade bei Galler zu kaufen und die Buchhandlung *Tropismes* zu besuchen, auf keinen Fall das Musikmuseum zu versäumen und auch nicht das von Magritte, und Rodrigo kommen all diese Details fern, fast unwirklich vor, denn er ist hier kein Tourist, war es nie gewesen. Er verzweifelt, das Limit seiner Kreditkarte ist so gut wie ausgeschöpft, und im Portemonnaie sind nur noch hundert Euro.

Da kommt Piets Verleger Bart, der in Utrecht lebt. Erst jetzt erfährt Rodrigo, dass Piet Schriftsteller ist, zwei Bände mit Erzählungen und einen Roman veröffentlicht hat. Ihm gefällt Piets Vorsicht, seine Schüchternheit. Er denkt, wenn er Schriftsteller wäre, würde er es auch nicht ausposaunen.

Bart ist sogar noch größer als Piet, ein Riese von fast zwei Metern. Mit einem Freund, der ebenfalls Bart heißt, führt er einen kleinen Verlag, in dem er aufstrebende Schriftsteller veröffentlicht, fast alle Erzähler, fast alle Holländer, aber auch einige Belgier. Der andere Bart lebt seltsamerweise in Kolumbien, weil er sich in eine Frau aus Popayán verliebt hat, aber er erledigt von dort aus alles online, und der hiesige Bart kümmert sich um den Vertrieb, im Wesentlichen an einige kleine Buchhandlungen, keine davon kommerziell, und organisiert ein paar Veranstaltungen und Vorträge, auf denen er selbst die Bücher verkauft.

Bart ist freundlich, erzählt seine Geschichte in recht flüssigem Englisch, doch auch mit Hilfe ausgeprägter Gestik, einem gewissen mimischen Talent, wenn ihm die Worte fehlen. Es ist fast zehn, sie gehen ein Stück spazieren. Rodrigo fühlt sich besser, er stützt sich auf den Regenschirm, aber mehr aus Vorsicht, denn aus Notwendigkeit. Sie gelangen zu La Vesa, einer etwas düsteren Kneipe, wo donnerstags Lyrik vorgetragen wird, aber heute ist nicht Donnerstag, sondern Dienstag, und die Stammkunden bleiben aus, besser so, denkt Rodrigo, der die Intimität genießt, die erprobte Kameradschaft, das vernünftige Plaudern mit seinen neuen Freunden, die kurzen, leicht ironisch aufgeladenen Sätze, die hin und wieder Laura fallen lässt, die italienische Kellnerin, die auf den ersten Blick nicht schön ist, aber von Minute zu Minute schöner wird, und daran ist nicht etwa der Alkohol schuld, man muss sie nur richtig ansehen, um ihre Schönheit zu entdecken. Seine Freunde trinken Orval, Rodrigo bestellt ein paar Gläser Wein, Piet fragt, ob er kein Bier möge, und er sagt, doch, aber ihm sei noch zu kalt, die Wärme des Weins sei ihm lieber, und sie reden über das belgische Bier, das beste auf der Welt. Piet sagt, so kalt sei es gar nicht, es habe schon viel schlimmere Winter gegeben. Da will Rodrigo ihnen den Witz vom verfrorensten Mann der Welt erzählen, aber er weiß nicht, was verfroren auf Englisch heißt, also sagt er »I am« und macht eine fröstelnde Geste, und Bart sagt »you're chilly«, und da kommt der Wurm rein, denn Rodrigo versteht »Chile«, ob er aus Chile sei, was sie doch eigentlich schon wussten, bis sie nach mehreren Missverständnissen, die lauthals belacht werden, endlich begreifen, dass es ein Witz über den *chilliest man on earth* ist, und Rodrigo fügt hinzu, dass der verfrorenste Mann der Welt *definitely* chilenisch ist, *the chilliest man on earth*, und er lacht herzhaft, zum ersten Mal lacht er auf belgischem Boden, wie er auf chilenischem lachen würde.

Anfangs hat Rodrigo nicht viel Vertrauen in den Witz, denn während er Sätze aneinanderknüpft, befürchtet er, dass es in Belgien oder Holland womöglich einen ähnlichen Witz gibt, ja dass es von dem Witz vielleicht so viele Versionen gibt wie Länder auf der Welt. Seine Zuhörer reagieren jedoch positiv, mit steigendem Interesse, lassen sich ganz auf die Geschichte ein. Sie amüsieren sich über die Aufzählung der Städte mit ihren seltsam klingenden Namen (»Arica sounds like Osaka«, sagt Bart), und als der verfrorenste Mann der Welt, der Chilene war, unter der sengenden Sonne Bangkoks erfriert, brechen die Freunde in erwartungsvolles Lachen aus und fassen sich zum Zeichen der Trauer an den Kopf.

Der verfrorenste Mann der Welt war ein guter Sohn, ein guter Vater, ein guter Christ gewesen, weshalb Petrus ihn fast umgehend im Himmel empfängt, doch sofort beginnen die Probleme: Es ist nicht zu fassen, obwohl es im Himmel weder Kälte noch Wärme gibt, zumindest nicht, wie wir sie kennen, und obwohl sich alle Zimmer in diesem großartigen Himmelshotel automatisch den Bedürfnissen der Gäste anpassen, ist dem Chilenen immer noch kalt, und auf seine liebenswerte, doch energische Weise klagt er weiter, bis selbst die gesegnete Geduld im Himmel ein Ende findet, alle sind es leid und einer Meinung: Der verfrorenste Mann der Welt braucht ein wirklich geeignetes Klima. Gottvater höchstpersönlich beschließt, ihn in die Hölle zu schicken, wo er unmöglich frieren kann. Aber trotz der unauslöschlichen Flammen, des entsetzlichen Feuerwassers, der gewaltigen Wärmpfannen und der menschlichen Hitze, die bei einem so großen Gedränge herrscht, ist dem verfrorensten Mann der Welt auch noch in der Hölle kalt; sein Fall spricht sich herum und kommt Satan zu Ohren, der ihn als unterhaltsame Herausforderung sieht und sofort beschließt, sich der Angelegenheit anzunehmen.

Eines Morgens führt Satan den Chilenen persönlich zum heißesten Ort, den man sich nur denken kann: zum Kern der Sonne. Satan muss in einen speziellen Anzug schlüpfen, sonst würde er verbrennen. Sie gelangen zu einer Zwei-Quadratmeter-Kammer, er öffnet die Tür, der Chilene tritt ein und bleibt drinnen, hoffnungsvoll und zutiefst dankbar. Wochen, Monate, Jahre vergehen, bis der Teufel eines Tages, von Neugier getrieben, dem Chilenen einen Besuch abstatten will. Er zieht sich wieder den Spezialanzug an, verstärkt ihn sogar um zwei Schichten, denn er ist bei seiner letzten Reise, scheint ihm, ein wenig angesengt worden. Kaum öffnet er die Tür der Kammer, hört er den Chilenen drinnen rufen: »Tür zu, bitte, es ist kalt.«

»Please close the door, it's chilly here«, sagt Rodrigo, und seine Darbietung ist ein Erfolg. Ich glaube, der verfrorenste Mann der Welt bist du, sagt Bart, und ich möchte, dass der verfrorenste Mann der Welt das beste Bier der Welt probiert. Piet schlägt eine Bar vor, die Hunderte von Biersorten im Angebot hat, aber am Ende entscheiden sie sich für ein näher gelegenes Lokal, in dem unter der Hand Westvleteren verkauft wird, das angeblich beste Bier der Welt, und auf dem Weg stützt sich Rodrigo auf den Regenschirm, weiß aber nicht, ob er ihn noch nötig hat, ihm scheint, dass er ihn wegwerfen kann, ihn nicht mehr braucht, dennoch benützt er ihn weiterhin, während er sich die Geschichte der Trappisten anhört, die das Bier brauen und nur in bescheidenen Mengen verkaufen, eine Geschichte, die er erstaunlich findet, und er wünscht sich, das Bier möge ihm hervorragend schmecken, und so ist es auch, obwohl sie sich zu dritt nur eines leisten, weil die Flasche zehn Euro kostet.

Um zwei Uhr morgens kehren sie in die Wohnung zurück, Arm in Arm, damit Rodrigo seinen Schirm nicht gebrauchen muss. Sie wirken betrunkener, als sie sind. Später trinken sie im Wohnzimmer noch ein wenig weiter, hören einander mit halbem Ohr zu, lachen. Du kannst hierbleiben, aber nur für heute, sagt Piet, und Rodrigo dankt ihm. Sie holen eine Matratze, während Bart sich auf einer Chaiselongue aus dem Antiquitätenladen ausstreckt und eine Decke über sich zieht. Rodrigo fragt sich, was tun, wenn Bart mitten in der Nacht Annäherungsversuche macht. Fragt sich, ob er ihn zurückweisen wird oder nicht, aber er schläft ein und Bart ebenfalls.

Früh wacht er auf, ist allein im Wohnzimmer. Er hat einen leichten Kater, der Kaffee tut ihm gut. Er blickt auf die Straße, blickt auf die Häuser, auf die leblose Fassade der Pizzeria. Er will sich von Piet verabschieden, öffnet die Schlafzimmertür einen Spalt und sieht, dass er neben Bart schläft, in lockerer Umarmung. Er hinterlässt ihnen einen Zettel mit Dankesworten und geht die vier Stockwerke hinunter. Er hat nicht den geringsten Plan, aber die Vorstellung beflügelt ihn, ohne Schirm zu gehen, und auf der Straße versucht er es, wie bei einem Happyend. Aber es misslingt, er fällt hin. Er fällt übel, hart, die doppelten Hosen bekommen einen Riss, sein Knie blutet. An der Ecke bleibt er stehen, denkt nach, starr vor Schmerz, während es zu regnen beginnt wie in einem Zeichentrickfilm, in dem eine Wolke den Protagonisten verfolgt, aber dieser Regen ist für alle da, nicht nur für ihn.

Es ist ein kalter, ergiebiger Regen, er sollte sich nach einem Unterstand umsehen. Ihm bleibt nur noch wenig Geld, aber es hilft nichts, er muss sich einen weiteren Schirm kaufen. Das ist der Moment, an dem er an Elisa denken und sie verfluchen müsste, aber er tut es nicht. Jetzt habe ich zwei Regenschirme, den blauen für das Gleichgewicht, den schwarzen für den Regen, sagt er laut, im gleichen gelassenen Ton, in dem er Vornamen, Nachnamen und Geburtsort aufsagen würde: Jetzt habe ich zwei Regenschirme, den blauen für das Gleichgewicht, den schwarzen für den Regen, wiederholt er, während er losgeht, ohne einen anderen Vorsatz als diesen: einfach gehen.

FAMILIENLEBEN

für Paula Canal

Es ist weder kalt noch warm, eine schüchterne, klare Sonne überwindet die Wolken, gelegentlich sieht der Himmel hervor, leergefegt und tatsächlich wie in Azur gemalt. Martín sitzt ganz hinten im Bus, hat die Kopfhörer aufgesetzt und wiegt den Kopf wie die jungen Leute, ist aber nicht mehr jung, ganz und gar nicht: er ist vierzig, hat eher langes Haar, leicht gelockt und schwarz, ein sehr weißes Gesicht – es wird noch Zeit sein, ihn näher zu beschreiben –, jetzt steigt er mit Rucksack und Aktenkoffer aus dem Bus und geht ein paar Ecken weiter, auf der Suche nach einer Adresse.

Die Arbeit besteht darin, sich um die Katze zu kümmern, ab und an zu saugen und morgens ein paar Zimmerpflanzen zu gießen, die zum Vertrocknen bestimmt zu sein scheinen. Ich werde selten aus dem Haus gehen, fast nie, denkt er mit einem Anflug von Freude: nur, um Essen für die Katze, um Essen für mich zu kaufen. Es gibt auch einen silbernen Fiat, den er ab und an bewegen soll (»damit er an die Luft kommt«, hatten sie ihm gesagt). Momentan ist noch die Familie da, es ist sieben Uhr abends, sie werden in aller Frühe aufbrechen, gegen halb fünf – hier die Familie in alphabetischer Reihenfolge:

– Bruno – spärlicher Bart, dunkelblond, groß, raucht schwarze Zigaretten, Literaturprofessor.

– Consuelo – Brunos Lebensgefährtin, nicht seine Frau, da sie nie geheiratet haben, doch sie benehmen sich wie ein Ehepaar, manchmal schlimmer als ein Ehepaar.

– Sofía, die Tochter.

Eben ist das Mädchen Richtung Treppe vorbeigelaufen, der Katze hinterher. Es grüßt Martín nicht, sieht ihn nicht an, heutzutage grüßen die Kinder nicht mehr, und vielleicht ist das gar nicht schlecht, denn die Erwachsenen grüßen viel zu viel. Bruno erklärt Martín ein paar Details seiner Aufgaben, während er mit Consuelo streitet, wie man am besten den Koffer packt. Später zeigt sie Martín mit einer Freundlichkeit, die ihn verstört, da er nicht an Freundlichkeit gewöhnt ist, das Katzenkörbchen, das Katzenklo mit dem Sand und ein Stück Filz, an dem sie ihre Krallen wetzen kann, obwohl Körbchen, Klo und Spielzeug kaum von Nutzen sind, weil die Katze schläft, wo es ihr gefällt, ihre Bedürfnisse im Vorgarten erledigt und die Sessel zerkratzt. Consuelo zeigt ihm auch, wie das Türchen funktioniert, durch das die Katze hinauskommt, aber nicht herein oder herein, aber nicht hinaus oder nach Belieben kommen und gehen kann – wir lassen sie immer offen, sagt Consuelo, damit sie frei ist, wie wir damals, als uns die Eltern die Hausschlüssel gegeben haben.

Martín findet das Türchen fabelhaft, er kennt so etwas nur aus Tom-und-Jerry-Filmen. Er will schon fragen, woher sie es haben, überlegt sich aber, dass Santiago womöglich voll von Türchen für Haustiere ist, er es nur nicht bemerkt hat.

Entschuldige, fragt er verspätet nach: Was hast du über unsere Eltern gesagt?

Wie bitte?

Du hast etwas von »unseren Eltern« gesagt.

Ach, dass es mit dem Türchen ist wie damals, als uns die Eltern den Hausschlüssel gegeben haben.

Das Lachen dauert zwei Sekunden. Martín geht hinaus, um zu rauchen, und sieht im Vorgarten einen leeren Fleck, zweieinhalb Quadratmeter zerrupfter Rasen, wo eigentlich Pflanzen oder ein Busch stehen müssten, aber gar nichts ist. Unauffällig schnippt er die Asche auf das Gras, macht die Kippe aus und denkt eine ganze Minute lang darüber nach, wo er sie hinwerfen soll. Schließlich versteckt er sie unter einem welken Strauch. Von der Schwelle aus sieht er ins Haus, denkt, dass es nicht groß ist, überschaubar, jedoch voller Details. Er wirft einen prüfenden Blick auf die Regale, das Elektropiano und die große Sanduhr auf einem englischen Beistelltischchen. Ihm fällt ein, dass er als Kind eine Vorliebe für Sanduhren gehabt hat, und dreht sie um – sie dauert zwölf Minuten, sagt das Mädchen, das die Katze zurückzuhalten versucht und von der obersten Stufe aus gleich fragt, ob er Martín sei – ja. Und ob er Schach spielen wolle – na gut.

Die Katze reißt sich vom Mädchen los. Sie ist von ungleichmäßigem Grau, das Fell kurz und dicht, der Körper schlank, die Reißzähne stehen ein wenig hervor. Das

Mädchen läuft mehrmals die Treppe hinauf und hinunter. Und die Katze, Mississippi, scheint zahm zu sein. Sie geht zu Martín, der sie streicheln möchte, doch zögert, er kennt sich mit Katzen nicht aus, nie hat er mit einer zusammengelebt.

Sofía kommt zurück, nun im Schlafanzug, sie hat Mühe, in ihren Hüttenschuhen zu laufen. Consuelo sagt, sie solle nicht stören und in ihr Zimmer gehen, aber das Mädchen trägt eine schwere Kiste, oder schwer für sie, und baut auf dem Wohnzimmertisch das Schachbrett auf. Sie ist sieben und hat gerade gelernt, wie die einzelnen Figuren ziehen, ebenso die Haltung und Posen beim Spiel. Sie sieht hübsch aus, wie sie die Stirn runzelt, das runde Gesicht in die Hände gestützt. Das Mädchen und Martín spielen, doch nach fünf Minuten ist klar, dass sie sich langweilen, er mehr als sie. Da schlägt er Sofi vor, sie sollten darum spielen, wer verliert, sie versteht zunächst nicht, bricht dann aber in ein sanftes, spöttisches Lachen aus – es gewinnt, wer verliert, das Ziel ist es, zuerst aufzugeben, Don Quijote und Dulcinea im Stich zu lassen, denn es ist ein Cervantes-Schach mit Windmühlen statt Türmen und verwegenen Sancho Panzas in vorderster Linie.

Wie blödsinnig, denkt Martín, ein literarisches Schach.

Die Figuren sehen stumpf und vulgär aus, und obwohl er nie voreilige Schlüsse zieht, erweckt nun das ganze Haus Nervosität in ihm oder Unbehagen, auch wenn es keinen offensichtlichen Grund dafür gibt. Gewiss entspricht der Platz eines jeden Gegenstands irgendeinem bemühten Designkonzept, und doch ist da ein Missverhältnis, eine latente Anomalie. Als wollten die Dinge nicht sein, wo sie sind, denkt Martín, der dennoch dankbar für die Gelegenheit ist, eine Zeitlang in diesem hellen Haus zu verbringen, so anders als die kleinen dunklen Zimmer, in denen er sonst wohnt.

Consuelo bringt das Mädchen ins Bett und singt ihr zum Einschlafen etwas vor. Obwohl er nur von ferne lauscht, hat Martín das Gefühl, als wäre es nicht für seine Ohren bestimmt, als wäre er ein Eindringling. Bruno bietet ihm Ravioli an, die sie schweigend essen, mit einem gewollt männlichen Heißhunger, im Stil von *na los, die Frauen sind weg, wir essen ohne Serviette*. Nach dem Kaffee schenkt Bruno zwei Wodka on the rocks ein, aber Martín macht lieber mit dem Wein weiter.

Wie heißt die Stadt, in die ihr zieht?, fragt Martín, um etwas zu sagen.

Saint-Étienne.

Wo wir gespielt haben?

Wer?

Die Nationalelf, Frankreich 98.

Ich weiß nicht. Es ist eine Industriestadt, ein bisschen heruntergekommen. Ich werde dort Literatur aus Lateinamerika unterrichten.

Und wo liegt das?

Saint-Étienne oder Lateinamerika?

Ein simpler, mehr als gewöhnlicher Witz, doch er funktioniert. Fast unabsichtlich dehnen sie ihr Gespräch nach Tisch aus, als entdeckten sie eine späte Wesensverwandtschaft. Das Mädchen oben schläft, und man hört etwas, was Consuelos Atem sein könnte oder ein sanftes Schnarchen. Martín merkt, dass er seit seiner Ankunft unablässig an sie gedacht hat, seit dem Moment, da er sie auf der Schwelle gesehen hat. Du wirst vier Monate hier wohnen, sagt Bruno, nutz die Zeit und vögele eine Nachbarin – viel lieber würde ich deine Frau vögeln, denkt Martín, und das denkt er so intensiv, dass er fürchtet, es laut gesagt zu haben. Mach dir eine schöne Zeit, Cousin, fährt Bruno in herzlichem Ton fort, leicht angetrunken, aber sie sind keine Cousins, nur ihre Väter – Martíns Vater ist kürzlich gestorben, und bei der Totenwache hatten sie sich wiedergesehen. Sich jetzt auf die Familie zu berufen ist sinnvoll und vielleicht die einzige Möglichkeit, unmittelbar Vertrauen zu schaffen. Ursprünglich hatten sie das Haus vermieten wollen, doch nur, wenn es die neuen Bewohner nicht allzu sehr veränderten. Das hatte nicht geklappt. Nach allen möglichen, fast schon verzweifelten Lösungsversuchen war Martín am Ende der Vertrauenswürdigste, den Bruno für das Haushüten hatte auftreiben können. Sie hatten sich nur selten gesehen, waren vielleicht sogar einmal Freunde gewesen, Kinder im selben Alter, die an einem Sonntag zusammen hatten spielen müssen.

Bruno erklärt ihm noch einmal, was sie schon am Telefon besprochen hatten. Er gibt ihm die Schlüssel, sie probieren sie aus, er erklärt, was die Türen für Marotten haben. Und wieder zählt er die Vorteile auf, hier zu wohnen, lässt aber diesmal die Nachbarin aus. Dann fragt er, ob er gern lese.

Ab und an, sagt Martín, aber es stimmt nicht. Dann wird er übertrieben aufrichtig:

Nein, ich lese nicht gern. Ein Buch lesen wäre das Letzte, was mir einfiele.

Tut mir leid, sagt Martín mit Blick auf die überquellenden Bücherregale, das ist, als würde ich in der Kirche loslassen, dass ich nicht an Gott glaube. Aber es gibt Schlimmeres. Noch Schlimmeres, als ich schon durchgemacht habe, sagt er mit einem entschuldigenden Lächeln.

Mach dir keine Gedanken, entgegnet Bruno, als begrüße er die Bemerkung: Das denken viele, sagen es bloß nicht. Dann sucht er ein paar Romane heraus und legt sie auf den englischen Beistelltisch neben die Sanduhr. Falls dich doch die Lust zum Lesen überkommen sollte, wird dich das hier vielleicht interessieren.

Warum sollte es? Sind das Bücher für Leute, die nicht lesen?

So ungefähr, ha (er sagt *ha,* aber ohne die Modulation eines Lachens). Einige sind Klassiker, andere eher zeitgenössisch, aber alle sind sie unterhaltsam (bei diesem Wort machte er sich keinerlei Mühe, den schulmeisterlichen Ton zu unterdrücken, fast als spräche er die Anführungszeichen mit). Martín bedankt sich und sagt gute Nacht.

Er sieht sich die Bücher nicht an, nicht einmal die Titel. Er denkt: Bücher für Leute, die nicht lesen. Er denkt: Bücher für Leute, die gerade ihren Vater verloren haben und zuvor schon die Mutter, Leute, die allein sind auf der Welt. Bücher für Leute, die an der Universität gescheitert sind, in der Arbeit, in der Liebe (das denkt er: in der Liebe). Bücher für Leute, die so oft gescheitert sind, dass mit Vierzig ein fremdes Haus zu hüten eine gute Perspektive für sie ist. Manche zählen Schäfchen, andere ihre Missgeschicke. Aber er schläft nicht, versinkt im Selbstmitleid, ein Kissen, auf dem er nicht bequem ruht.

Gerade als der Schlaf ihn übermannt, klingeln die Wecker, es ist fünf Uhr morgens. Martín steht auf, um der Familie mit dem Gepäck zu helfen. Sofi kommt mit hängendem Kopf herunter, entwickelt aber plötzlich, wer weiß wie, eine überbordende Energie. Mississippi ist nicht da, das Mädchen möchte sich verabschieden, weint zwei Minuten lang, und hört dann auf, als hätte sie einfach vergessen, warum sie weint. Als das Taxi kommt, will sie unbedingt ihre Cornflakes aufessen, rührt die Schüssel aber kaum an.

Bring alle Diebe um, verlangt sie von Martín, bevor sie ins Auto steigt.

Und was ist mit den Gespenstern?

Martín macht einen Scherz, sagt Consuelo sofort und wirft ihm einen nervösen Blick zu, im Haus gibt es keine Gespenster, deshalb haben wir es gekauft; man hat uns versichert, dass es hier keine Gespenster gibt. Und in dem Haus, in dem wir in Frankreich leben werden, auch nicht.

Kaum sind sie fort, wirft sich Martín auf das Ehebett, das noch lauwarm ist. In den Laken saugt er Consuelos Parfüm oder Duft ein und fällt bäuchlings in Schlaf, während er aus dem Kopfkissen inhaliert, als hätte er eine einzigartige, gefährliche Droge entdeckt. Auf der Straße beginnen die Geräusche, das Treiben der Menschen, die zur Arbeit gehen, die Schulbusse, das Motorengeheul der Fahrer, die unbedingt den Stau vermeiden möchten. Im Traum ist er im Wartezimmer einer Klinik, und ein Unbekannter fragt ihn, ob man schon Ergebnisse habe. Martín wartet auf etwas oder jemanden, auf was genau, fällt ihm im Traum nicht ein, und er wagt nicht, es sich einzugestehen, weiß nur, dass er nicht auf die Ergebnisse einer Prüfung wartet. Er versucht, sich zu erinnern, doch dann fällt ihm ein, dass es ein Traum ist, und er versucht aufzuwachen, doch beim Aufwachen ist er immer noch im Traum, und der Unbekannte wartet weiter auf seine Antwort. Da wacht er wirklich auf und ist enorm erleichtert, die Frage nicht beantworten zu müssen, überhaupt keine Frage. Die Katze am Fußende des Betts gähnt.

Er bringt seinen kleinen Koffer ins große Schlafzimmer, aber in den Schränken ist wenig Platz. Darin sind mehrere Säcke und Plastikkisten voll Kleidung, penibel eingepackt, aber manches liegt auch offen da. Er findet ein altes Pixies-T-Shirt mit dem Cover von *Surfer Rosa*. »You'll think I'm dead, but I'll sail away«, denkt er – aber das stammt natürlich von einer anderen Platte, er hat sich geirrt. Er versucht, sich Consuelo in dem T-Shirt vorzustellen, und es gelingt ihm nicht, aber es ist Größe M, es muss ihres sein, nicht Brunos. Jedenfalls zieht er es über, es sieht lustig aus, ist sehr eng. In diesem Aufzug, T-Shirt und Jogginghose, geht er zum nächsten Supermarkt und kauft Kaffee, Bier, Nudeln und Ketchup, außerdem Makrelendosen für Mississippi, denn er hat einen teuflischen Plan, nach dem die Katze Folgendes denken soll: Sie sind weg, haben mich mit einem Unbekannten allein gelassen, aber mir schmeckt es. Auf dem Rückweg zieht er die Tüten fast hinter sich her, es sind zu viele Querstraßen, er hätte besser den Wagen genommen, aber er hat panische Angst vor dem Fahren. Zu Hause räumt er in der Küche die Einkäufe weg, schaut auf die Cornflakes mit Milch, die das Mädchen zurückgelassen hat, und isst die Schüssel leer, während er denkt, dass er an fünf Fingern abzählen kann, wie oft er in seinem Leben Cornflakes gegessen hat.

Dann inspiziert er den ersten Stock, in dem sich Brunos Arbeitszimmer befindet, ein großer Raum, perfekt erhellt vom Oberlicht, die Bücher streng alphabetisch geordnet, zahllose Schreibutensilien, an der Wand die Bachelor-, Magister- und Doktorurkunden in gerader Linie, wie arrangiert zu einem heiteren Horizont. Anschließend sieht er sich das Zimmer des Mädchens an, die aufgehängten Zeichnungen, all den Schnickschnack, auf dem Bett ein paar Plüschtiere mit Namensschildern – sie hatte eine Menge von ihnen mitgenommen, einige aber in den Kleiderschrank und eine Truhe räumen müssen, dennoch bleiben fünf auf dem Bett, die sie unbedingt mit Schildern versehen musste, damit Martín sie beim Namen nennen kann (vor allem ein kaffeebrauner Bär im Trainingsanzug fällt ihm auf, der »Hund« heißt). Dann findet er im oberen Bad unter einem Stapel Zeitschriften Klaviernoten für Anfänger. Er geht hinunter, setzt sich vor das E-Piano, aber es funktioniert nicht; er versucht, es zu reparieren, ohne Erfolg. Dennoch spielt er nach den Noten, schlägt die Tasten an und zerstreut sich mit dem Gedanken, er sei ein bettelarmer Pianist, ein Pianist, der kein Geld hat, um die Stromrechnung zu zahlen, und auf diese Weise üben muss, Tag für Tag, aufs Geratewohl.

Die ersten beiden Wochen verstreichen ohne besondere Vorkommnisse. Das Leben entspricht seinen Erwartungen: Zu Anfang ziehen sich die Tage endlos in die Länge, aber er bewältigt sie mit festen Gewohnheiten – um neun steht er auf, füllt Mississippis Napf, und nach dem Frühstück (er isst weiterhin Cornflakes, entdeckt seine Vorliebe für Haferkissen) geht er in die Garage, lässt den Motor an und spielt ein wenig mit dem Gaspedal, wie ein Rennfahrer, der auf das Startzeichen wartet. Schüchtern bewegt er das Auto ein Stück, dann wagt er immer längere Spazierfahrten. Nach der Rückkehr stellt er die Nachrichten ein, schiebt die Fenstertür des Wohnzimmers auf, dreht die Sanduhr um, und während die Körner, die Sekunden fein und entschlossen hinabrieseln, raucht er die erste Zigarette des Tages.

Dann sieht er ein paar Stunden fern, was eine narkotische Wirkung auf ihn hat. Nach und nach wachsen ihm die Vormittagsprogramme mit ihrer Rhetorik ans Herz, er wird fast zum Experten, vergleicht, analysiert sie ernsthaft, ebenso die Promi-Shows, die ihm mehr Mühe bereiten, denn er kennt die Beteiligten nicht, hat sich nie für diese Welt interessiert, doch nach und nach kann er sie identifizieren. Mittags isst er Nudeln mit Ketchup im Bett und sieht fern dabei.

Der restliche Tag ist nicht festgelegt, meist geht er einfach drauflos und macht es sich dabei zur Regel, nicht zweimal im selben Café zu sitzen oder im selben Laden Zigaretten zu kaufen, keinerlei Vertrautheit soll entstehen. Er hat eine vage Ahnung, dass er dieses Leben vermissen wird, das zwar nicht das erträumte ist, aber ein gutes, eine fruchtbare, aufbauende Zeit, die fortdauern könnte oder sollte, aber an dem Nachmittag endet, an dem er feststellt, dass die Katze verschwunden ist. Zwei Tage lang hat er sie schon nicht mehr gesehen, und der

Teller mit dem Futter ist unberührt. Er fragt die Nachbarn: Keiner weiß etwas.

Ein paar Stunden lang ist er vor Verzweiflung wie gelähmt, weiß nicht, was tun. Dann beschließt er, einen Zettel aufzuhängen. Hastig sucht er ziellos im Computer nach einem Foto von Mississippi, findet aber keins, denn Bruno hat vor der Abreise die persönlichen Dateien von der Festplatte gelöscht. Aufgeregt durchsucht er das ganze Haus, und das Durcheinander, das Chaos, das er sät, bereitet ihm sogar eine Art Lust. Achtlos durchwühlt er Truhen, Säcke und Kisten, zieht blindlings Bücher heraus, Dutzende von Büchern, blättert wie ein Wahnsinniger darin oder schüttelt sie fast vor Wut. Er findet einen kleinen roten Koffer, im Schrank des Arbeitszimmers versteckt. Statt Geld oder Schmuck enthält er an die hundert Familienfotos, manche gerahmt, manche nicht, mit Datum auf der Rückseite, ja sogar mit kurzen Liebesbotschaften. Vor allem ein großformatiges Foto gefällt ihm, auf dem Consuelo posiert, errötend den Mund geöffnet. Er nimmt ein Zeugnis von Sofi aus dem Rahmen – ein Schwimmkurs –, steckt Consuelos Foto hinein und hängt es an die Wohnzimmerwand. Stunden könnte er, wie er denkt, dieses glatte, schwarze, glänzende Haar streicheln. Da er kein Foto von Mississippi gefunden hat, sucht er im Internet nach Bildern von grauen Katzen und wählt ein beliebiges aus. Er verfasst einen knappen Text, druckt ihn vierzigmal aus und klebt ihn an Laternenmasten und Bäume in der Straße.

Bei seiner Rückkehr bietet das Haus einen katastrophalen Anblick. Vor allem der erste Stock. Es ärgert ihn, dass er der Urheber dieser Unordnung ist. Er betrachtet die aufgerissenen Schubladen, die aufs Bett geworfenen Kleider, die zahllosen Puppen, Zeichnungen und Armbänder auf dem Boden, die verirrten Legosteine in den Ecken. Ihm scheint, als hätte er diesen Raum entweiht. Er kommt sich wie ein Dieb vor oder wie ein Polizist, ja denkt sogar an dieses schreckliche, extreme Wort: Hausdurchsuchung. Lustlos fängt er an, das Zimmer aufzuräumen, hält aber plötzlich inne, steckt sich eine Zigarette an, bläst sogar ein paar Rauchringe wie damals als Jugendlicher und stellt sich vor, dass das Mädchen eben noch hier mit ihren Freundinnen gespielt hat. Er stellt sich vor, dass er der Vater ist, die Tür öffnet und empört von dem Mädchen verlangt, sein Zimmer aufzuräumen, worauf sie nickt, aber weiterspielt. Er stellt sich vor, dass er ins Wohnzimmer geht und ihm eine wunderschöne Frau, eine Frau, die Consuelo ist oder Consuelo ähnelt, eine Tasse Kaffee reicht, die Brauen hebt, lächelt und dabei die Zähne zeigt. Da geht er ins Wohnzimmer, kocht sich den Kaffee selbst, trinkt ihn in raschen Schlucken, während er sich ein Leben mit Frau, Kindern und fester Arbeit vorstellt. Martín verspürt einen scharfen Stich in der Brust. Und ein Wort taucht auf, triumphierend, unvermeidlich inzwischen: Melancholie.

Er begnügt oder zerstreut sich mit der Erinnerung, wie auch er vor langer Zeit einmal Vater eines Mädchens gewesen war, im selben Alter, sieben Jahre. Er hatte damals, neunzehnjährig, bei seiner Mutter in Recoleta gewohnt, die noch nicht krank gewesen war. Eines Tages hörte er in der Küche, wie Elba sich beklagte, sie könne nie zu den Elternversammlungen in der Schule ihrer Tochter gehen. Weil er Elba sehr mochte und ihre Cami ebenfalls, schlug er vor, an ihrer Stelle teilzunehmen, vielleicht aus Abenteuerlust, wie er sie damals ständig verspürte. Er trug das Haar lang und sah noch sehr kindlich aus, auf keinen Fall wie ein Vater, aber er ging in die Schule und setzte sich hinten neben jemanden, der fast genauso jung aussah, allerdings schon etwas mehr nach einem Mann, wenn man so will, erfahrener.

Der Mann trägt auf dem rechten Arm eine kaffeebraune Tätowierung, kaum dunkler als seine Haut: JESÚS. Wie heißt du, fragt Martín. Als Antwort zeigt er auf die Tätowierung. Jesús ist sympathisch. Du siehst jung aus, sagt er zu Martín, du aber auch, bin schon als Knirps Papa geworden. Da schließt die Lehrerin die Tür und fängt zu reden an – ein paar Eltern kommen verspätet, die Tür klemmt einmal, zweimal, niemand sagt etwas, bis eine dicke blonde Frau in der dritten Reihe aufsteht, die Lehrerin unterbricht und sie mit bewundernswert lauter Stimme auf den Kopf zu fragt, wie das sein könne, was denn bei einem Erdbeben wäre, bei einem Feuer, was dann mit den Kindern geschehen würde.

Die Lehrerin schweigt wie jemand, der sich gut überlegen muss, was er sagt. Das ist der richtige Moment, ihre Arbeitgeber zu beschuldigen, das System, die Kommunalisierung des Bildungswesens, Pinochet, die Tatenlosigkeit des Mitte-links-Bündnisses, den Kapitalismus, kurzum, es ist beileibe nicht die Schuld der Lehrerin, die bereits verlangt hat, dass man die Tür repariert, aber sie denkt nicht schnell genug, ist nicht mutig. Die Stimmen werden immer mehr, sie lässt sie anschwellen, alle beschweren sich, alle schreien, und obendrein kommt noch ein Nachzügler, und wieder klemmt die Tür. Jesús schreit auch, und sogar Martín ist drauf und dran zu schreien, aber die Lehrerin erbittet sich Respekt, man solle sie zu Wort kommen lassen: Verzeihen Sie, das ist eine arme Schule, wir haben keine Mittel, ich verstehe Ihren Ärger, aber bedenken Sie, dass bei einem Feuer oder einem Erdbeben auch ich mit den Kindern hier eingeschlossen wäre – die Wirkung des Satzes hallt zwei, drei Sekunden nach, doch dann springt Martín zornig auf, zeigt mit dem Finger auf sie und sagt mit erstaunlichem Gefühl fürs Dramatische: Aber Sie sind nicht meine Tochter! Alle stimmen wütend mit ein, und er fühlt sich fabelhaft. Du warst klasse, beglückwünscht ihn Jesús nachher auf dem Weg zum Bus. Beim Abschied fragt Martín ihn, ob er an Jesus glaube. Und mit einem Lächeln antwortet er: Ich glaube an Jesús.

Sie sind nicht meine Tochter, sagt Martín jetzt wie ein Mantra vor sich hin. Abends schreibt er an Bruno: Alles in Ordnung.

Auf dem Rückweg vom Supermarkt entdeckt er eines Tages, dass sein Anschlag überklebt wurde. Er geht die Straße ab und stellt fest, dass genau dort, wo er seine Zettel aufgehängt hat, nun das Verschwinden eines Mischlings gemeldet wird, eine Kreuzung aus sibirischem Husky und Schäferhund, der auf den Namen Pancho hört. Eine Belohnung von zwanzigtausend Pesos ist ausgesetzt. Martín schreibt sich die Telefonnummer und den Namen Paz auf, Panchos Eigentümerin.

In der Küche steht eine Flasche Jack Daniel's. Martín trinkt nur Wein und Bier, ist an Destillate nicht gewöhnt, gießt sich aber unwillkürlich ein Glas ein und entdeckt mit jedem Schluck, dass Jack Daniel's ihm schmeckt, ihn fasziniert. Folglich ist er betrunken, als er beschließt, Paz anzurufen. Du hast deinen Hund über meine Katze geklebt, sagt er als Erstes, plump und heftig.

Es ist spätabends, halb elf. Paz wirkt überrascht, sagt jedoch, dass sie ihn verstehe. Er bereut seinen hitzigen Ton, und das Gespräch endet mit flauen Entschuldigungen beiderseits. Bevor Martín auflegt, hört er im Hintergrund eine Stimme, eine Beschwerde. Es ist die Stimme eines Kindes.

Am nächsten Morgen sieht Martín durchs Fenster eine junge Frau auf dem Fahrrad, die sich an die mühsame Arbeit macht, die Zettel zu verrücken. Er geht hinaus und beobachtet sie von weitem – sie ist nicht schön, denkt, beschließt er: sie ist bloß jung, um die zwanzig. Martín könnte ihr Vater sein (das denkt er allerdings nicht). Paz löst ihre Zettel und bringt sie weiter oben oder unten an. Sie faltet die angerissenen Ecken nach hinten und rückt auch Martíns Anschläge zurecht. Sie geht mit professionellem Geschick vor, und ihm kommt der Gedanke, dass sie sich ihr Geld damit verdient. Manche führen Hunde spazieren, denkt Martín, und sie gehört zu einer Patrouille, die nach entlaufenen Tieren sucht. Das ist nicht der Fall.

Er stellt sich ihr vor und entschuldigt sich wieder, so spät angerufen zu haben. Den Rest ihres Weges begleitet er sie. Anfangs ist sie zurückhaltend, doch das Gespräch nimmt langsam Gestalt an. Sie reden über Mississippi und über Pancho, über Haustiere im Allgemeinen, über die Verantwortung, ein Haustier zu besitzen, sogar über das Wort *Haustier,* das ihr nicht gefällt, sie findet es abschätzig. Während der Unterhaltung raucht Martín mehrere Zigaretten, will aber die Kippen nicht wegwerfen. Er sammelt sie in der Hand, als wären sie wertvoll. Da ist ein Mülleimer, sagt Paz auf einmal, und der Satz fällt an der Ecke, an der sie sich trennen müssen.

Am selben Abend ruft er sie an und sagt, er sei zwölf Querstraßen weit gegangen, um Mississippi zu suchen, und habe dabei auch nach Pancho Ausschau gehalten. Es klingt gelogen, stimmt jedoch. Sie bedankt sich, lässt das Gespräch jedoch stocken. Martín ruft nun täglich bei ihr an, aber ihre Unterhaltungen bleiben kurz, als reichten die wenigen Sätze, um eine gewisse Präsenz aufzubauen.

Eine Woche später sieht er nicht weit vom Haus entfernt einen Hund, der Pancho ähnelt. Vorsichtig nähert er sich, aber der Hund bekommt Angst. Er ruft Paz an. Das Reden macht ihm Mühe, was er zu sagen hat, klingt wieder nach Lüge, nach einem Vorwand, sie zu sehen. Doch Paz willigt ein. Sie treffen sich und streifen eine Weile durch die Nebenstraßen, bis sie ihren Sohn im Kindergarten abholen muss. Martín besteht darauf, sie zu begleiten. Ich kann nicht glauben, dass du einen Sohn hast, sagt er. Manchmal glaube ich es selbst nicht, entgegnet Paz.

Hast wohl einen Neuen, ist das Erste, was der Junge sagt, als er Martín sieht. Demonstrativ schleift er seinen kleinen Rucksack hinter sich her, ohne ihm in die Augen zu blicken, doch Paz erzählt, Martín habe vielleicht Pancho gesehen, und der Junge freut sich und will unbedingt weitersuchen. Sie gehen eine Menge Straßen ab, vermitteln den Eindruck einer Musterfamilie. Als sie das Haus von Paz erreichen, verabschieden sie sich. Beide wissen, dass sie sich wiedersehen werden, und vielleicht weiß es auch das Kind.

Mehr als ein Monat ist seit Mississippis Verschwinden vergangen, und Martín hat keine Hoffnung mehr, sie zu finden. Er verfasst sogar eine verworrene Mail an Bruno, voller Entschuldigungen, traut sich aber nicht, sie abzuschicken. Die Katze kehrt jedoch eines frühen Morgens zurück, hat kaum die Kraft, das Türchen aufzudrücken, ist voller Wunden und hat eine riesige Eiterbeule auf dem Rücken. Der Tierarzt ist pessimistisch, führt aber eine Notoperation durch und verschreibt Antibiotika, die Martín ihr täglich verabreichen muss. Er soll sie mit Babybrei füttern und alle acht Stunden die Wunden säubern. Der armen Katze geht es so schlecht, dass sie vor Schwäche nicht einmal miauen oder sich regen kann.

Er konzentriert sich ganz auf Mississippis Genesung. Jetzt liebt er sie und kümmert sich wahrhaftig. Ein paar Tage lang vergisst er, Paz anzurufen. Sie selbst ruft eines Morgens an, freut sich über die gute Nachricht. Eine halbe Stunde später sitzen sie neben der Katze, streicheln, bemitleiden sie.

Du hast gesagt, du lebst allein, aber das sieht aus wie das Haus einer Familie, sagt sie plötzlich mit Blick auf Consuelos Foto. Martín wird nervös und zögert mit der Antwort. Schließlich murmelt er mit gesenktem Kopf, als wäre die Erinnerung daran schmerzlich: Wir haben uns vor ein paar Monaten getrennt, vor einem Jahr ungefähr, meine Frau und die Kleine sind in eine Wohnung gezogen, und ich bin mit der Katze hiergeblieben.

Deine Frau ist schön, sagt Paz und betrachtet das Foto an der Wand. Aber sie ist nicht mehr meine Frau, entgegnet Martín. Aber sie ist schön, beharrt Paz. Und du hast mir nie erzählt, dass du eine Tochter hast.

Wir haben uns gerade erst kennengelernt, da gelten noch keine Wörter wie *nie* oder *immer,* sagt Martín. Und ich rede nicht gern darüber, fügt er hinzu. Es macht mich traurig. Ich bin über die Trennung noch nicht hinweg. Das Schlimmste ist, dass Consuelo mich das Mädchen nicht sehen lässt, sie will mehr Geld, sagt er. Sie blickt ihn erwartungsvoll an, mit halb geöffnetem Mund. Er sollte das Adrenalin spüren, das die Lügner antreibt, aber er lässt sich vom Anblick ihrer kleinen, leicht auseinanderstehenden Zähne ablenken, der leichten Adlernase, den dünnen, doch wohlgeformten Beinen, die ihm vollkommen erscheinen. Du bist sehr jung Vater geworden, sagt Paz. Ja, entgegnet er, als Knirps, und taucht ganz und gar in die Lüge ab.

Ich bin mit sechzehn Mutter geworden und war drauf und dran, abzutreiben, sagt Paz, vielleicht damit sich die Vertraulichkeiten die Waage halten. Warum hast du es nicht getan, fragt Martín. Es ist eine dumme, beleidigende Frage, aber sie bleibt gelassen. Weil in Chile die Abtreibung illegal ist, sagt sie äußerst ernst, doch dann lacht sie, und ihre Augen glänzen. Im selben Jahr, erklärt sie gleich darauf, sind meinen beiden besten Freundinnen schwanger geworden. Ich wollte am selben Ort wie sie abtreiben, aber im letzten Moment habe ich es bereut und beschlossen, es zu bekommen. Sie vögeln im Sessel, und zunächst sieht es nach einer guten Nummer aus, aber er kommt zu früh, entschuldigt sich. Keine Sorge, entgegnet sie, verglichen mit den Jungs in meinem Alter liegst du über dem Durchschnitt. Martín denkt an dieses Wort, *Jungs,* das er nie benützten würde und das bei ihr so angemessen, so natürlich klingt. Dann betrachtet er ihren nackten Körper. Im Gesicht und an den Armen hat sie kaum Sommersprossen, aber der restliche Körper ist voll davon, ihr Rücken übersät von rötlichen Tintenspritzern. Das gefällt ihm.

Sie sehen sich nun täglich, suchen weiter nach Pancho. Die Chance, ihn noch zu finden, ist verschwindend gering, doch Paz gibt die Hoffnung nicht auf. Dann gehen sie zu ihm nach Hause und behandeln gemeinsam Mississippi. Die Wunde heilt langsam, doch stetig, und auf dem Fleck, den der Arzt rasiert hat, wächst feineres, weniger dunkles Fell nach. Auch ihre Romanze macht Fortschritte, immer schnellere. Manchmal wünscht er sich das so und braucht es. Doch ebenso möchte er, dass alles ein Ende findet, dass er sich gezwungen sieht, die Wahrheit zu sagen, und alles zum Teufel geht. Eines Tages sieht Paz, dass Martín Consuelos Foto abgenommen hat. Sie verlangt von ihm, es wieder aufzuhängen. Er fragt nach dem Grund. Wir sollten nichts durcheinanderbringen, sagt sie. Er versteht nicht recht, hängt das Foto jedoch wieder auf. Wenn es dich stört, dass wir in dem Bett vögeln, in dem du mit deiner Frau geschlafen und gevögelt hast, sagt Paz, würde ich das verstehen. Er schüttelt heftig den Kopf und sagt, seit geraumer Zeit – diesen Ausdruck benutzt er, seit geraumer Zeit – denke er nicht mehr an seine Frau. Ehrlich, verzeih, dass ich so hartnäckig bin, sagt sie: Wenn es dir unangenehm ist, dass wir hier vögeln, musst du es nur sagen – wir haben ja kaum mehr gevögelt, entgegnet Martín, und sie schweigen, bis sie ihn fragt, ob er mit seiner Frau einmal auf dem Wohnzimmertisch gevögelt habe. Er verneint mit lüsternem Lächeln. Atemberaubend und vergnüglich geht das Spiel weiter. Sie fragt, ob seine Frau ihm einmal den Schwanz vor dem Blasen mit süßer Kondensmilch eingerieben oder ob es seiner Frau zufällig gefallen habe, wenn man ihr drei Finger in den Hintern steckt, oder ob sie ihn einmal gebeten habe, über ihrem Gesicht zu kommen, über ihren Brüsten, ihrem Hintern, ihrem Haar.

Eines Vormittags erscheint Paz mit einem Rosenstock und einer Bougainvillea, er besorgt sich eine Schaufel, und zusammen legen sie auf dem leeren Fleck vor dem Eingang einen Minigarten an. Er gräbt ungeschickt, Paz nimmt ihm die Schaufel aus der Hand, und in ein paar Minuten ist die Arbeit getan. Entschuldige, sagt Martín, eigentlich sollte der Mann die schwere Arbeit erledigen. Keine Sorge, antwortet sie und fügt lächelnd hinzu: Ich kam in der Demokratie zur Welt. Dann stürzt Martín sich völlig grundlos, vielleicht als Vorspiel für eine Beichte, in einen Monolog über die Vergangenheit, in dem er wahre Tupfer mit zwangsläufigen Lügen mischt und einen Weg sucht, aufrichtig zu sein oder weniger unaufrichtig. Er spricht über den Schmerz, über die Schwierigkeit, einfache, anhaltende Bindungen zu den Menschen einzugehen. Ich bin süchtig nach der Droge Einsamkeit, sagt er, ein Satz für eine Gedenktafel. Sie hört aufmerksam, mitleidig zu und nickt mehrmals, aber nach einer Pause, in der sie ihr Haar ordnet, setzt sie sich im Sessel zurecht, zieht die Turnschuhe aus und sagt wieder verschmitzt: Ich kam in der Demokratie zur Welt. Und als sie beim Mittagessen sieht, dass er das Hühnchen mit Messer und Gabel isst, sagt sie, sie esse lieber mit der Hand, weil sie in der Demokratie zur Welt gekommen sei. Der Satz passt zu allem, insbesondere im Bett. Wenn er ohne Kondom will, wenn er sie bittet, nicht so laut zu schreien oder nicht so ungeniert nackt durchs Wohnzimmer zu gehen, oder wenn sie so wild und geil auf Martín reitet, dass er nicht verhehlen kann, wie sehr ihm der Schwanz wehtut: immer sagt sie, dass sie in der Demokratie zur Welt gekommen ist, oder zuckt nur mit den Schultern und sagt: Demokratie!

Die Zeit läuft mit fröhlicher Gleichgültigkeit dahin. Manche Stunde, ja ganze Tage lang kann Martín vergessen, wer er wirklich ist. Er vergisst, dass er täuscht, dass er lügt, dass er schuldig ist. Zweimal ist er jedoch drauf und dran, die Wahrheit zu sagen. Aber die Wahrheit ist lang. Er würde viele Sätze dafür benötigen. Und es bleiben nur zwei Wochen. Nein! Eine Woche.

Jetzt fährt er nervös mit dem Wagen weiter. Es ist Freitag, morgen muss er Paz als Partner zu einer Hochzeit begleiten, und sie hat ihn gebeten, das Auto zu nehmen, so dass er nur einen Tag zum Üben hat, er muss wie ein routinierter Fahrer wirken oder zumindest nicht wie ein Anfänger. Zunächst geht alles gut. Wie so oft säuft ihm an einer roten Ampel der Motor ab, aber er kratzt seinen Mut zusammen und fährt bisweilen schon recht flüssig, einfach drauflos. Er findet Gefallen daran und beschließt, zum Einkaufszentrum zu fahren und Ersatz für die zwei Teller und drei Gläser zu kaufen, die er zerbrochen hat, aber er schafft es nicht, im richtigen Moment die Spur zu wechseln oder weiter vorne auszuscheren und bleibt zehn Minuten lang auf der Schnellstraße, bis es keine Ausfahrten mehr gibt. Er fährt weiter auf der

Landstraße Richtung Süden und kann nur noch einen gefährlichen U-Turn versuchen.

Auf dem Mittelstreifen bleibt er stehen, will sich erst beruhigen, schaltet das Radio aus, wartet geduldig auf seinen Moment, aber dann säuft der Motor wieder ab, und er ist auf Gedeih und Verderb einem Lastwagen ausgeliefert, der tatsächlich ausweichen muss und wild hupt. Er lässt den Wagen wieder an, wagt aber nicht, umzukehren. Also schlägt er die vorige Route ein und fährt Richtung Süden weiter, denkt immer wieder daran, erneut eine Kehrtwende zu probieren oder abzufahren, aber er ist wie erstarrt, halbtot vor Angst, kann nur endlose Minuten lang der geraden Linie folgen. Er gelangt zur Mautstelle, bremst abrupt, die Frau im Häuschen lächelt ihn an, aber er kann nicht zurücklächeln, kann nur weiterfahren, wie ein schwerfälliger Automat, all die Kilometer bis Rancagua.

Noch nie ist er in Rancagua gewesen, denkt er beschämt. Er steigt aus, betrachtet die Menschen, versucht, anhand des Treibens auf der Plaza de Armas die Uhrzeit zu erraten: zwölf – nein, elf. Es ist früh, aber er hat Hunger. Er kauft sich eine Empanada. Eine ganze Stunde bleibt er im geparkten Wagen sitzen, raucht, denkt an Paz. Ihn ärgern diese bedeutungsschweren, aufdringlich symbolischen Namen: Paz – Frieden, Consuelo – Trost. Sollte er wirklich einmal ein Kind haben, denkt er, wird er einen Namen erfinden, der gar nichts bedeutet. Dann fährt er vierundzwanzigmal um den Platz, zählt die Runden aber nicht, ein paar schwänzende Teenager werfen ihm schräge Blicke zu. Wieder parkt er, das Handy klingelt, und er sagt Paz, er sei im Supermarkt. Sie will ihn sehen. Er sagt, er könne nicht, er müsse das Mädchen von der Schule abholen. Darfst du endlich zu ihr?, fragt sie begeistert. Ja. Ein Waffenstillstand, erwidert er. Ich würde sie so gern kennenlernen, sagt Paz. Noch nicht, entgegnet Martín. Später.

Erst um vier Uhr nachmittags macht er sich auf den Rückweg. Diesmal ist die Fahrt ruhiger oder weniger angespannt. Jetzt habe ich wirklich das Autofahren gelernt, denkt er nachts vor dem Einschlafen mit einem Anflug von Stolz. Dennoch hält er am Samstag auf dem Weg zur Hochzeit den Wagen an, sagt, er spüre ein Beißen in den Augen – er weiß nicht, ob es das richtige Wort ist, aber er benutzt es. Paz setzt sich ans Steuer, sie hat keinen Führerschein dabei, aber das spielt keine Rolle. Er sieht ihr beim Fahren zu, wie sie sich auf die Straße konzentriert, den Sicherheitsgurt zwischen den Brüsten. Zum ersten Mal spürt er den Schmerz des künftigen Verlusts. Er trinkt, eine Menge. Und doch geht alles gut. Man findet ihn nett, er tanzt gut, macht Witze. Die Freundinnen beglückwünschen Paz. Sie zieht die roten Schuhe aus, tanzt barfuß, und er denkt, wie absurd, dass ich anfangs an ihrer Schönheit gezweifelt habe. Sie ist schön, ist frei, lustig, wunderbar. Er verspürt das Verlangen, ihr auf der Stelle, mitten auf der Tanzfläche zu sagen, dass alles verloren ist, unwiederbringlich. Dass die Familie am Mittwoch kommt. Er geht zum Tisch zurück, sieht zu, wie sie mit ihren Freundinnen tanzt, mit dem Bräutigam, mit dem Vater des Bräutigams. Martín bestellt noch einen Whisky, trinkt ihn in einem Zug, ihm gefällt dieses wunde Kratzen in der Kehle. Er blickt auf den Stuhl, auf dem Paz' Handtasche und ihre Schuhe liegen, und stellt sich vor, die roten Schuhe zu behalten, die Karikatur eines Fetischisten.

Am nächsten Tag der Kater. Um halb zwölf wacht er auf, eine seltsame Musik erklingt, so etwas wie New Age, Paz trällert beim Kochen dazu. Sie ist früh aufgestanden, hat eine Seebrasse und eine Unmenge Gemüse gekauft, rührt nun im Wok und tut einen Schuss Sojasoße hinzu. Nach dem Mittagessen liegen sie beide nackt im Bett, und Martín zählt die Sommersprossen auf Paz' Rücken, Hintern, Beinen: zweihundertdreiundzwanzig. Das ist der Augenblick, alles zu beichten; sie würde es, glaubt er, sogar verstehen. Sie würde wütend werden, sich lustig machen, ihn wochen-, monatelang nicht sehen, wäre verwirrt und was noch alles, würde ihm aber verzeihen. Schüchtern fängt er an, sucht den richtigen Ton, aber sie unterbricht ihn und geht den Jungen abholen, der bei Paz' Eltern ist.

Um fünf kommen sie wieder. Bisher hat sich der Junge Martín gegenüber verschlossen gezeigt, aber ausgerechnet jetzt taut er auf und fasst Vertrauen. Zum ersten Mal spielen sie zusammen – zuerst versuchen sie Mississippi zu animieren, die sich noch immer nicht erholt hat, geben es aber bald auf. Dann legt der Junge Tomaten und Orangen nebeneinander und sagt Martín, er wolle Orangensaft, der holt sich die Tomaten, und als er die erste aufschneiden will, ruft der Junge, neiiiin! Das wiederholen sie zwölf-, fünfzehnmal. Mit einer Variante: Vor dem Aufschneiden merkt Martín, dass es eine Tomate ist, und sagt wütend, man habe ihm im Laden Tomaten statt Orangen verkauft, und tut so, als ginge er sich empört beschweren, worauf der Junge glückstrahlend ausruft: neiiiin!

Dann spielen sie mit der Fernbedienung. Der Junge drückt einen Knopf, und Martín fällt hin, beißt sich in die Hand, stößt einen Schrei aus oder bleibt stumm. Und wenn ich wirklich stumm bliebe, denkt er, als der Junge im Schoß seiner Mutter einschläft.

Mich soll jemand leiser stellen, denkt Martín.

Mich soll jemand vorspulen, zurückspulen.

Mich soll jemand überspielen.

Mich soll jemand löschen.

Jetzt schlafen Paz, der Junge und Mississippi, und Martín hat sich schon seit Stunden im Arbeitszimmer eingesperrt und tut Gott weiß was, weint vielleicht.

Was sie als Erstes sehen, als sie aus dem Taxi steigen, überrascht sie angenehm. Consuelo sieht die Bougainvillea und den Rosenstock und will sofort Martín begrüßen und ihm für die Aufmerksamkeit danken. Dann wundern sie sich über Consuelos Fotos an der Wohnzimmerwand, und für den Bruchteil einer Sekunde denkt sie in ihrer Verblüffung sogar, dass das Foto schon immer dort gehangen hat, aber nein, natürlich nicht. Beunruhigt gehen sie durchs Haus, und mit jedem Zimmer wächst ihre Verwirrung. Es springt ins Auge, dass Martín Truhen und Schränke verschoben hat, und Minute für Minute entdecken sie neue Flecken auf den Vorhängen und Aschereste auf den Teppichen. Die Katze ist im Kinderzimmer und schläft auf den Plüschtieren. Sie untersuchen die noch nicht ganz verheilten Wunden und sind trotz allem dankbar, dass es ihr gutgeht. In der Küche finden sie gebrauchte Spritzen neben den Medikamenten und den Rezepten.

Martín ist nicht da, geht auch nicht ans Handy. Kein Zettel gibt auch nur den geringsten erklärenden Hinweis.

Sie begreifen nicht, was geschehen ist. Es ist schwer zu verstehen. Zuerst denken sie, dass Martín sie bestohlen hat, und Bruno geht beunruhigt seine Bibliothek durch, aber sie stellen keine größeren Verluste fest.

Er kommt sich dumm vor, weil er Martín vertraut hat. So viele Mails haben sie ausgetauscht, und er hat keinerlei Verdacht geschöpft. So etwas kommt vor, sagt Consuelo, aber sie sagt es ohne Überzeugung, mechanisch. Immer wieder ruft Bruno bei Martín an, hinterlässt Nachrichten auf der Mailbox, manche freundlich, manche zornig.

Ein paar Tage später klingelt es an der Tür, in aller Frühe. Consuelo öffnet. Ja bitte, fragt sie die junge Frau, die zusammenfährt, als sie sie erkennt. Ja bitte, wiederholt Consuelo. Sie zögert mit der Antwort. Noch einmal mustert sie Consuelo eingehend und entgegnet dann mit einer verächtlichen oder tieftraurigen Gebärde: nichts. Wer war es, fragt Bruno vom Schlafzimmer aus. Consuelo schließt die Tür und zögert einen Augenblick, bevor sie antwortet: niemand.

GEDÄCHTNISÜBUNG

Yasna hat ihrem Vater in die Brust geschossen und ihn dann mit dem Kopfkissen erstickt. Er ist Sportlehrer gewesen, sie ist gar nichts, niemand. Jetzt aber schon, jetzt ist sie jemand, der getötet hat, jemand, der im Gefängnis sitzt. Jemand, der auf seine Essensration wartet und an das Blut des Vaters denkt, dunkel und zähflüssig. Aber darüber schreibt sie nicht. Sie schreibt nur Liebesbriefe.

»Nur Liebesbriefe«, als wäre das wenig.

Aber es stimmt nicht, dass sie ihren Vater getötet hat. Dieses Verbrechen ist nie geschehen. Und sie schreibt auch keine Liebesbriefe, hat nie welche geschrieben, vielleicht weiß sie nichts über die Liebe, oder was sie weiß, missfällt ihr, was sie weiß, ist abscheulich. Wer da schreibt, ist ein anderer, jemand, der sich lebhaft an sie erinnert, aber nicht, weil sie ihm fehlte oder er sie sehen möchte, darum geht es nicht, sondern weil man ihn vor ein paar Monaten um eine Kriminalgeschichte gebeten hat, die am besten in Chile spielen solle, und sofort hat er an sie gedacht, an Yasna, an dieses ungeschehene Verbrechen, unter Dutzenden von Geschichten hätte er auswählen können, einige davon weitaus geschmeidiger und einfacher in einen Krimi zu verwandeln, aber Yasnas Geschichte, dachte er, hatte es verdient, erzählt zu werden, und erzählen konnte er sie, sie war nicht schwer zu erzählen.

Er machte sich Notizen, musste sich dann aber auf andere Aufträge konzentrieren, und die Wochen vergingen im Flug. Nun bleibt ihm nur noch ein einziger Tag, die Geschichte zu schreiben, der Tag, der gerade beginnt, es ist halb acht Uhr morgens und allzu kalt, denn wir stecken bereits mitten im Winter, also zieht er sich die Kleider über den Pyjama, fährt zur Tankstelle, um Petroleum zu kaufen, und denkt dabei selbstsicher und optimistisch, dass er den ganzen Vormittag zur Verfügung hat, um an den Aufzeichnungen zu arbeiten, dass er den ganzen Nachmittag vier, fünf Stunden durchschreiben und noch Zeit bleiben wird, abends mit einem Freund das peruanische Restaurant auszuprobieren, das im Viertel eröffnet hat.

Der unschuldige und zugleich unbrauchbarste Teil der Geschichte, den er nicht erzählen wird oder zumindest nicht in diesem Rahmen, der Teil, an den er sich nicht einmal richtig erinnert – denn seine Aufgabe besteht auch im Vergessen oder darin, vorzutäuschen, dass er sich an das Vergessene erinnert –, beginnt im Sommer, Ende der Achtziger, als sie beide vierzehn waren und er sich noch gar nicht für Literatur interessierte, sein einziges Interesse bestand damals im Grunde darin, schüchtern, aber auch hartnäckig bestimmten Frauen nachzulaufen. Aber »Frauen« ist übertrieben, denn sie waren noch keine, wie auch er noch kein Mann war, auch wenn Yasna weitaus mehr Frau war als er ein Mann.

Yasna verbrachte ihre Zeit in einem wuchernden Vorgarten zwischen Rosenstöcken, Rauten und Fuchsschwänzen auf einem Hocker, den Zeichenblock auf dem Schoß – was zeichnest du, fragte er eines Nachmittags über den Zaun, als er sich ein Herz genommen hatte, und sie lächelte, aber nicht aus eigenem Antrieb, es war ein Reflex. Als Antwort zeigte sie ihm den Block, und aus der Entfernung erkannte er vage die Skizze eines Gesichts, ob Mann oder Frau, wusste er nicht, aber ein Gesicht war es wohl.

Sie schlossen keine Freundschaft, redeten jedoch hin und wieder miteinander. Zwei Monate später lud sie ihn zu ihrem Geburtstag ein, und im Glückstaumel setzte er alles auf eine Karte und kaufte ihr in der Buchhandlung am Platz einen Globus. Am Abend der Feier ging er pünktlich aus dem Haus, traf aber Danilo, der mit einem Freund an der Ecke einen Joint rauchte, sie besaßen einen Haufen Gras, hatten vor einiger Zeit mit dem Anbau begonnen, sich aber noch nicht entschlossen, damit zu handeln. Er nahm vier, fünf tiefe Züge und verspürte sofort, wie das vertraute Gefühl in ihm aufstieg, obwohl er nicht häufig kiffte. Was hast du da, fragte Danilo, und auf diese Frage hatte er gewartet, die Tüte extra versteckt, damit sie ihn fragten: Die Welt, antwortete er strahlend. Vorsichtig lösten sie die Plastikhülle und suchten eine Weile nach Ländern. Danilo wollte Schweden finden, ohne Erfolg. So ein großes Land, sagte er und deutete auf die Sowjetunion, und er schenkte ihm noch einen Joint für den Weg.

Yasna schien das Fest als Einzige ernst zu nehmen in ihrem knielangen blauen Kleid, die Augen umrandet, die Wimpern gebogen und dunkel, auf den Lidern ein zaghafter Schatten Himmelblau. Seite für Seite wurde eine Kassette abgespielt, die längst aus der Mode war, nur nicht für die ungefähr fünfzehn Gäste, die sich im Wohnzimmer drängten. Man merkte, dass sie eng befreundet waren, denn mitten im Lied wechselten sie den Partner und sangen begeistert mit, obwohl sie keine Spur Englisch verstanden.

Er kam sich fehl am Platz vor, aber Yasna sah ihn alle zwei, alle fünf Minuten an, und der Rhythmus dieser Blicke wetteiferte mit seiner Trägheit nach dem Kiffen. Nachdem er zwei große Gläser Kem-Piña-Limonade hinuntergestürzt hatte, setzte er sich an den Esstisch, inzwischen wurde Duran Duran gespielt, wieder die volle Kassette: no-no-notorious. Sie tanzten merkwürdig dazu, eine Art Polka oder einen dieser alten Gesellschaftstänze. Alles kam ihm so lächerlich vor, aber mitgemacht hätte er trotzdem, hätte gut getanzt, dachte er auf einmal mit einem unerklärlichem Anflug von Groll, konzentrierte sich dann aber auf die Chips, die Erdnussflips, die ungleichmäßigen Käsewürfel, auf die Nüsse, ein paar Dutzend bunte Knusperkugeln, die ihm aus unerfindlichem Grund interessant vorkamen.

Er erinnert sich nicht mehr an die Einzelheiten, nur an den plötzlichen Hieb, den Stich des Hungers: den Durchhänger. Er musste sich dazu zwingen, in gewöhnlichem Tempo zu essen, aber als Yasna mit den Nachos und einer riesigen Schüssel Guacamole kam, verlor er die Beherrschung. Nachos mit Guacamole waren in Chile erst seit kurzem bekannt, er hatte sie noch nie probiert, hatte nicht einmal den Namen gekannt, aber nach dem ersten Bissen konnte er nicht mehr aufhören, obwohl er merkte, wie sie ihn anstarrten, ja sich mit dem Anstarren abzuwechseln schienen. Seine Finger klebten von Avocado, Tomate und Nacho-Fett, sein Mund schmerzte, zwischen den Zähnen steckten halb zerkaute Stückchen, nach denen er hartnäckig mit der Zunge angelte. Er aß die ganze Schüssel fast allein, ein Skandal. Und er wollte weiteressen.

Da ging die Tür zur Küche auf, und weißes Licht fiel ihm ins Gesicht. Ein eher dicker, kräftiger Mann erschien, das gegelte Haar vom Scheitel in zwei identische Hälften geteilt. Es war Yasnas Vater und neben ihm ein jüngerer Mann, recht ansehnlich, bis auf das Überbleibsel einer Hasenscharte, obwohl ihn dieser Makel fast noch attraktiver machte. Hier endet wohl der unschuldige Teil der Geschichte: als man ihn kräftig am Arm packt und er verzweifelt weiterzuessen versucht, und als er dann, nach einer langen, konfusen Reihe von bösen Blicken und Satzfetzen, von Geschubse und Gezerre, einen Tritt gegen den rechten Schenkel verspürt, dem Dutzende von Tritten in den Hintern, gegen die Knöchel, den Rücken folgen. Er liegt auf dem Boden, kämpft gegen den Schmerz an, im Hintergrund Yasnas Weinen und unverständliche Schreie. Er will sich verteidigen, kann aber nur mit Mühe seine Geschlechtsteile schützen. Wer da zuschlägt, ist der andere Mann, den Yasna später den *Helfer* nennen wird. Der Vater des Mädchens sieht sich das Schauspiel an und lacht, wie die schlechten Kerle in den schlechten Filmen lachen und manchmal auch in der Wirklichkeit.

Obwohl eigentlich nichts davon für seine Erzählung von Interesse ist, versucht er sich zu erinnern, ob es in jener Nacht kalt war (nein), ob der Mond schien (ein abnehmender), ob es Freitag oder Samstag war (es war Samstag), ob jemand in dem Durcheinander versucht hatte, ihm beizuspringen (nein). Eben hat er die Kanister gefüllt, ist jetzt im Tankstellenmarkt, trinkt Kaffee, kaut auf einem Käse-Schinken-Sandwich und blättert in der Zeitung, eine Zugabe zu Kaffee und Sandwich. Sie wollen einfach eine blutige lateinamerikanische Geschichte, denkt er, und notiert sich neben den Zeitungsmeldungen eine Reihe von Entscheidungen, die sich harmonisch und natürlich ergeben und einen ruhigen Tag versprechen: Der Vater soll Feliciano heißen, sie Joana, den Helfer und Danilo kann er nicht gebrauchen, ebenso wenig das Marihuana, vielleicht besser eine harte Droge, und obwohl er es zu abgedroschen findet, aus Feliciano einen Narco zu machen, hält er es doch für nötig, die Protagonisten eine Klasse herunterzustufen, denn die Mittelschicht – das denkt er ohne Ironie – ist ein Problem, wenn man lateinamerikanische Literatur schreiben will. Er braucht ein einfaches Viertel in Santiago, in dem es nicht seltsam wirkt, wenn Jugendliche auf den Plätzen koksen oder schnüffeln.

Ebenso wenig kann er gebrauchen, dass Feliciano Sportlehrer ist. Lieber stellt er ihn sich entlassen, gedemütigt, arbeitslos vor, Anfang der Achtziger oder später, wie er sich mit Hilfe der Arbeitsprogramme der Diktatur über Wasser hält, das ewig gleiche Stück Gehweg fegt oder sich als Spitzel betätigt, der verdächtige Bewegungen in der Nachbarschaft meldet oder vielleicht jemanden niedersticht. Oder als Militärpolizisten, der spät nach Hause kommt, schreiend sein Essen verlangt und dem es nichts ausmacht, seiner Tochter mit demselben Schlagstock zu drohen, mit dem er mittags Demonstranten niedergeknüppelt hat.

Inzwischen kommen ihm Zweifel, aber das ist nicht schlimm, gar nichts ist schlimm, denkt er. Es ist bloß eine Erzählung von zehn Seiten, höchstens fünfzehn, er muss sich nicht mit lästigen Umständen aufhalten, zwei, drei klingende Sätze, ein paar gut platzierte Adjektive lösen jedes Problem. Er parkt, holt die Kanister aus dem Kofferraum, und während er den Ofentank füllt, stellt er sich vor, wie Joana im Haus mit dem Vater darin überall Petroleum verteilt – zu effekthascherisch, scheint ihm, eine Pistole ist besser, vielleicht weil ihm einfällt, dass es bei Yasna zu Hause eine Waffe gab, denn als sie damals gesagt hatte, sie werde ihren Vater umbringen, hatte sie eine Waffe im Haus erwähnt.

Es gab eine Waffe, versteht sich, aber es war bloß eine Schrotflinte, die seit Jahren schon im Kleiderschrank lag, ein Relikt aus der Vergangenheit, als der Mann noch mit seinen Freunden aufs Land gefahren war, um Rebhühner und Kaninchen zu jagen. Nur ein einziges Mal hatte Yasna an einem Frühlingssonntag, als sie aus der Kirche kamen, sie war sieben Jahre alt, ihren Vater damit schießen sehen. Er war im Hof, kippte ein Bier hinunter und zielte mit sicherer Hand auf die Drachen am Himmel. Viermal traf er. Die Drachen gerieten ins Torkeln, bis sie abstürzten, ohne dass ihre Eigentümer begriffen, was da vor sich ging. Yasna dachte an diese fassungslosen Väter und Söhne aus anderen Vierteln, sagte aber nichts. Dann fragte sie ihn, ob man mit der Flinte jemanden umbringen könne, und er verneinte, sie tauge nur zur Jagd, »aber wenn du aus nächster Nähe auf den Kopf zielst«, korrigierte sich der Vater gleich darauf, »bläst du ihm den Verstand raus«.

Nach der Feier steckte dem Schriftsteller – der damals noch nicht einmal davon träumte, Schriftsteller zu werden, er träumte vielerlei, fast alles besser, als Schriftsteller zu werden – der Schrecken in den Gliedern, und er unternahm keinen Versuch, Yasna wiederzusehen, vermied vielmehr den Weg vorbei an dem Haus, vermied alle Straßen, die zu diesem Haus führten, ging auch nicht in die Kirche, da er wusste, dass er sie dort treffen konnte, doch das machte ihm wenig aus, denn damals glaubte er schon nicht mehr an Gott. Sechs Jahre vergingen, bevor sie sich aus Zufall wiederbegegneten, im Stadtzentrum. Yasnas Haar war nun glatter und länger, sie trug ein Kostüm, das man ihr bei der Arbeit gegeben hatte, während er als wandelndes Beispiel der damaligen Mode oder der Mode, die einem Literaturstudenten entsprach, Holzfällerhemd, Zottelmähne und klobige Schuhe trug. Damals war er bereits Schriftsteller, muss man gerechterweise sagen. Er hatte schon ein paar Erzählungen geschrieben, und ein Schriftsteller ist jemand, der schreibt, wie ein Mörder jemand ist, der mordet, ob einen oder mehrere, einen Unbekannten oder den eigenen Vater, jedenfalls mordet er. Und ebenso wenig ist es gerecht, zu behaupten, sie sei nichts, sei niemand gewesen, denn sie war Kassiererin in einer Bank; die Arbeit gefiel ihr nicht, aber sie kam auch nicht auf die Idee – nicht einmal heute –, dass es eine Arbeit geben könnte, die ihr gefiel. Während sie in einem Imbisslokal Nescafé tranken, sprachen sie über die Prügel damals, und sie versuchte zu erklären, wie es dazu gekommen war, auch wenn es, wie sie sagte, ihr selbst nicht ganz klar sei. Dann sprach sie aber vor allem über ihre Kindheit, über den Tod der Mutter bei einem Autounfall, sie hatte sie kaum gekannt, und erwähnte auch den Helfer, so hatte ihr Vater ihn ihr vorgestellt, als er mit ihm im Hof ein paar Korbstühle lackierte, obwohl er Tage oder vielleicht Wochen später wie nebenbei fallenließ, der Helfer sei eigentlich der Sohn eines verstorbenen Freundes, habe kein Zuhause mehr und werde eine Weile bei ihnen leben. Damals war der Helfer vierundzwanzig, verschlief einen Großteil des Vormittags, arbeitete oder studierte nicht, hütete aber manchmal das Mädchen, vor allem dienstags, wenn Yasnas Vater nach dem Training mit der Basketballmannschaft erst um Mitternacht nach Hause kam, und samstags, wenn es ein Match gab und er mit den Spielern anschließend ein paar Bier trank. Der Schriftsteller begriff nicht, warum sie ihm all das erzählte, als wüsste er nicht – und vielleicht wusste er es tatsächlich nicht, obwohl er damals schon Schriftsteller sein wollte, und ein Schriftsteller sollte das wissen –, dass die Leute einander kennenlernen, indem sie sich grundlos Dinge erzählen, fröhlich und verantwortungslos Wörter aneinanderreihen, bis sie auf gefährliches Terrain geraten, wo die Wörter die Lasur des Schweigens benötigen.

Mitten im Gespräch fragte er nach ihrer Telefonnummer, ob sie sich wiedersehen könnten, jetzt müsse er zu einer Party gehen. Yasna zuckte mit den Schultern, erwartete vielleicht, dass er sie zur Party einlud, obwohl sie keine Zeit hatte, aber er lud sie nicht ein, und sie wollte ihm ihre Nummer nicht geben, verbot ihm, bei ihr zu Hause aufzutauchen, obwohl der Helfer nicht mehr bei ihnen wohnte. Wie sehen wir uns dann wieder, fragte er noch einmal, und sie zuckte noch einmal mit den Schultern.

Aber sie hatte den Namen der Bank erwähnt, in der sie arbeitete und von der es nur drei Filialen gab, so dass er sie ein paar Wochen später wiedersah, und von da an trafen sie sich regelmäßig zum Mittagessen, fast immer in einer Hähnchenbraterei in der Calle Bandera, in einer Kneipe in der Teatinos oder, wenn einer der beiden mehr Geld in der Tasche hatte, im El Naturista. Er wollte immer noch mehr von ihr, aber sie wand sich, sprach von einem großzügigen, verständnisvollen Freund, der allem Anschein nach erfunden war. Manchmal sah er ihr lange bloß beim Reden zu und hörte nicht hin, betrachtete vor allem ihren Mund, ihre Zähne, vollkommen, mit Ausnahme der Tabakflecken an den Schneidezähnen. Er sah sie reden, ohne zuzuhören, bis sie lauter oder leiser wurde oder eine unverhoffte Information fallenließ wie damals, als er nicht die geringste Vorstellung hatte, wovon sie sprach, doch von einem Satz in die Gegenwart zurückgeholt wurde, auch wenn er nicht im Ton einer Beichte daherkam, im Gegenteil, sie sprach ohne jede Dramatik, als wäre es ein Scherz, als könnte so ein Satz ein Scherz sein. »Ich war nicht glücklich in meiner Kindheit«, lautete der Satz, und er verstand nicht, was er hätte verstehen sollen, was heute jeder verstanden hätte, aber sie das sagen zu hören, rüttelte oder weckte ihn zumindest auf.

Hatte sie tatsächlich dieses förmliche, literarische Wort »Kindheit« gebraucht? Vielleicht hatte sie »als Kind« gesagt, »als ich klein war«. Wie auch immer, vor einigen

Jahren, vor zehn, fünfzehn Jahren, vor dreißig auf jeden Fall, hätte man die ganze Geschichte erzählen, das Geheimnisvolle daran wahren, die dramatischen Effekte klug verteilen, für eine allmählich wachsende, beklemmende Spannung sorgen müssen. Die guten Erzähler beherrschten das, die schlechten ebenso, und hielten es nicht für unmoralisch, genossen es sogar, da es immer eine Art Vergnügen bereitet, eine Geschichte zu gestalten. Aber wozu soll heute das Geheimnisvolle gut sein, welche Art Vergnügen kann es noch geben, wenn dieser Satz bereits entschlüpft ist, der alles sagt, denn es gibt Sätze, die sich freigekämpft haben: die wir hören, lesen und schreiben gelernt haben. Fünfzehn Jahre, dreißig Jahre zuvor hätten die guten Erzähler, die schlechten ebenso, auf diesen Satz vertraut, um ein Geheimnis anzudeuten, das erst gegen Ende gelüftet werden würde, in einer Szene, in der der Helfer im Kinderzimmer, während der Vater schläft, die Brustwarzen eines zehnjährigen Mädchens befingert, das überrascht ist und wie bei einer symmetrischen Übung oder einem Spiegelspiel die Hand unter das T-Shirt des Helfers steckt und ihrerseits vollkommen unschuldig eine seiner Brustwarzen berührt.

Und noch eine Szene, zwei Tage später, der Vater ist gerade beim Basketball und der Helfer ruft sie, schließt die Tür, zieht ihr die Kleider aus, und das Mädchen wehrt sich nicht, bleibt eingesperrt im Zimmer zurück, wühlt in seinen Kleidern, die noch in Säcken sind, als wäre der Helfer, der seit Monaten dort lebt, gerade erst angekommen oder würde bald wieder gehen – das Mädchen probiert riesige T-Shirts und Jeans an und kommt um vor Verlangen, sich im Spiegel zu betrachten, aber im Zimmer des Helfers ist kein Spiegel, und so stellt sie einen kleinen Schwarzweißfernseher auf dem Nachttisch an, es läuft gerade eine Fernsehserie, nicht die Serie, die sie sonst sieht, und der Programmknopf ist überdreht, also lässt sie sich auf die Handlung ein, und während sie fernsieht, hört sie Stimmen im Wohnzimmer – der Helfer kommt mit zwei Kerlen herein und zieht ihr die Kleider aus, droht ihr mit einer Escudo-Bierflasche in seiner Linken, sie weint, und die Kerle lachen betrunken am Boden. Einer von ihnen sagt, »die hat doch nicht mal Titten oder Pelz unten, du Schwachkopf«, und der andere entgegnet, »aber zwei Löcher hat sie«.

Der Helfer ließ jedoch nicht zu, dass sie sie anfassten. »Die gehört mir allein«, sagte er und warf die beiden hinaus. Dann legte er irgendeine blödsinnige Musik auf, so etwas wie Pachuco, und befahl ihr zu tanzen. Sie warf sich trotzig weinend auf den Boden. »Verzeih«, tröstete er sie später, während er mit der Hand über den nackten Rücken des Mädchens fuhr, über den noch formlosen Hintern, die weißen Streichholzbeine. Er steckte ihr zwei Finger hinein, hielt inne, streichelte sie und beschimpfte sie mit Worten, die sie nie zuvor gehört hatte. Dann begann er mit der brutalen Pedanterie eines Lehrers ihr beizubringen, wie sie ihm einen blies, und bei jeder unwillkürlichen, gefährlichen Bewegung warnte er sie, wenn sie ihn beiße, bringe er sie um. »Beim nächsten Mal musst du runterschlucken«, sagte er ihr dann mit dieser hohen Stimme mancher chilenischer Männer, die nachsichtig klingen wollen.

Nie kam er in ihr, lieber auf ihrem Gesicht und, als Yasnas Körper Form annahm, auf ihren Brüsten, ihrem Hintern. Es war nicht klar, ob ihm diese Veränderungen gefielen, jedenfalls verlor er während der fünf Jahre, in denen er sie vergewaltigte, mehrmals das Interesse oder die Lust. Yasna war dankbar für die Ruhepausen, aber ihre Gefühle waren zweideutig, verworren, vielleicht stellte sie sich vor, dass sie dem Helfer gehörte, der sie nicht einmal mehr versprechen ließ, niemandem etwas zu erzählen. Der Vater kam von der Arbeit, machte sich einen Tee, begrüßte seine Tochter und den Helfer, fragte, ob sie etwas brauchten, gab ihm tausend Pesos, ihr fünfhundert, schloss sich dann stundenlang ein und sah Serien, Nachrichten, die Primetime-Show, wieder Nachrichten und zu Programmende die Sitcom *Cheers*, die ihn begeisterte, hörte manchmal Geräusche, und wenn sie allzu laut wurden, holte er sich den Kopfhörer und stöpselte ihn beim Fernseher ein.

Ausgerechnet der Helfer hatte Yasna gedrängt, ihren fünfzehnten Geburtstag zu feiern (»du hast es dir verdient, du bist ein gutes, normales Mädchen«, sagte er). Damals hatte er gerade für ein paar Monate das Interesse verloren und fasste sie nur gelegentlich an. Doch in der Nacht nach der Abreibung für den Schriftsteller, es war schon fast Morgen, sagte er Yasna betrunken und von Eifersucht zerfressen in unmissverständlichem Befehlston, dass sie von nun an im selben Zimmer schlafen würden, wie Mann und Frau, und erst da sagte der Vater, der auch völlig betrunken war, das sei unmöglich, er müsse aufhören, seine Schwester zu ficken – der Helfer protestierte, sie seien doch bloß Halbgeschwister, und so erfuhr sie von der Verwandtschaft. Außer sich schlug der Helfer mit Hass in den Augen auf Yasnas Vater ein, der auch sein Vater war, und versetzte sogar ihr einen Faustschlag gegen die linke Schläfe, bevor er ging.

Er sagte, er gehe für immer, und hielt am Ende Wort, aber während der folgenden Monate fürchtete sie ständig seine Rückkehr, wünschte sie sich manchmal auch. Eines Nachts hatte sie Angst und schlief im Nachthemd neben ihrem Vater. Zwei Nächte. In der dritten hielten sie sich beim Schlafen umarmt, auch in der vierten und fünften Nacht. In der Nacht Nummer sechs spürte sie, fast noch im Schlaf, wie früh am Morgen der Daumen ihres Vaters ihren Hintern abtastete. Vielleicht entschlüpfte ihr eine Träne, als sein dickes Glied zustieß, doch sie fing nicht zu weinen an, denn sie weinte nicht mehr, wie sie auch nicht mehr lächelte, wenn sie lächeln wollte. Was einem Lächeln entsprach oder dem, was sie tat, wenn sie die Lust dazu überkam, drückte sie anders aus, mit einem anderen Teil ihres Körpers oder allein im Kopf, in der Phantasie. Der Sex war nun wieder das, was er für sie immer gewesen war: rein mechanisch, beschwerlich, roh, aber vor allem mechanisch.

Der Schriftsteller isst zum Mittag nur eine Spargelsuppe, trinkt dazu ein halbes Glas Wein. Dann wirft er sich auf das Sofa neben dem Ofen, deckt sich zu. Er schläft nur zehn Minuten, mehr als ausreichend für einen bewegten Traum voll möglicher und unmöglicher Erlebnisse, den er beim Aufwachen sofort vergisst, doch eine Szene behält er in Erinnerung: Er fährt auf der vertrauten Landstraße Richtung San Antonio, aber sein Wagen hat das Lenkrad auf der rechten Seite, er scheint alles unter Kontrolle zu haben, doch als er sich der Mautstelle nähert, überfällt ihn Beklemmung, weil er nicht weiß, wie er der Frau im Häuschen seine Lage erklären soll. »Ich steige schnell aus«, denkt er im Traum, »und erkläre es ihr«, denn er fürchtet, dass die Frau vor Schreck umkommt, wenn sie den leeren Sitz sieht, wo eigentlich der Fahrer sein müsste. Immer lauter gellt ihm dieser Gedanke durch den Kopf: Beim Anblick des Wagens, den niemand fährt, wird die Kassiererin – eine ganz bestimmte, an die er sich immer erinnert, wegen ihrer Frisur und der seltsamen Nase, lang und krumm, aber nicht unbedingt hässlich – vor Schreck sterben. Er beschließt, ein paar Meter vorher anzuhalten, auszusteigen und die Hände zu heben, wie jemand, der beweisen will, dass er unbewaffnet ist, doch zu dieser Szene kommt es nicht, denn so nah das Häuschen ist, das Auto kann es nicht erreichen.

Er schreibt den Traum auf, verfälscht ihn jedoch, rundet ihn ab, wie er es immer tut. Er kann nicht umhin, seine Träume beim Aufschreiben zu verschönern, mit falschen Szenen zu dekorieren, mit plausibleren Sätzen oder mit völlig übertriebenen, die überraschende Entwicklungen, Schlussfolgerungen, Wendungen andeuten. In seiner Nacherzählung ist die Kassiererin Yasna, und tatsächlich ähneln sie sich indirekt, unterschwellig. Plötzlich begreift er den Einfall, die Verlagerung: Statt in einer Bank zu arbeiten, soll Joana Kassiererin an einer Mautstelle sein, einer der schlimmsten Jobs, die es gibt. Er stellt sich vor, wie sie die Hand ausstreckt, sich bemüht, alle Münzen zu erwischen, wie sie die Fahrer liebt oder hasst oder völlig gleichgültig bleibt. Er stellt sich den Geruch der Münzen an den Händen vor. Stellt sie sich barfuß und mit gespreizten Beinen vor, die einzige Freiheit, die sie sich in dieser Zelle erlauben kann, und später dann im Fernbus, auf der Fahrt nach Hause, wie sie am Fenster eindöst und dann den Mord plant, nun wirklich überzeugt, dass er, wie es in der Messe heißt, würdig und recht ist. Nach dem Verbrechen macht sie sich Richtung Süden auf, übernachtet in einer Pension in Puerto Montt und erreicht Dalcahue oder Quemchi, wo sie Arbeit suchen und alles vergessen möchte, doch in ihrer Verzweiflung begeht sie ein paar absurde Fehler.

Bei seinem letzten Treffen mit Yasna hätten sie beinahe miteinander geschlafen. Bisher hatten sie sich nur zum Mittagessen im Zentrum getroffen, und wenn er sie ins Kino oder zum Tanzen einlud, schob sie immer Ausreden vor und spielte auf diesen Freund an, den perfekten Lover, den sie sich erfunden hatte. Aber dann rief sie eines Tages an, kam beim Schriftsteller vorbei, sie sahen einen Film und wollten dann zur Plaza de Maipú gehen, änderten jedoch auf halbem Weg ihre Meinung und landeten bei Danilo, rauchten Gras und tranken Burgunder. Zu dritt lagen sie völlig high im Wohnzimmer auf dem Teppich, unbekümmert und glücklich, da versuchte Danilo, sie zu küssen, und sie schob ihn liebevoll weg. Später, eine halbe oder ganze Stunde später, sagte sie, in einer anderen, einer perfekten Welt würde sie mit beiden schlafen oder mit einem von ihnen, aber in dieser Scheißwelt könne sie mit keinem schlafen. In ihren Worten lagen eine Bedeutsamkeit und Eloquenz, die sie hätte faszinieren müssen, und vielleicht waren sie tatsächlich fasziniert, fühlten sich jedoch eher entrückt, verloren.

Kurz darauf ließ Danilo ein Lachen oder ein Niesen hören. Wenn du eine perfekte Welt willst, rauch noch einen, sagte er und ging in sein Zimmer, um fernzusehen. Sie blieben beide im Wohnzimmer zurück, und obwohl es keine Musik gab, fing Yasna zu tanzen an und zog sich kurzerhand Kleid und BH aus. Er küsste sie, berührte ihre Brüste, streichelte sie zwischen den Beinen, zog ihr den Slip aus und fuhr langsam mit der Zunge über ihren Flaum, der nicht schwarz war wie ihr Haar, sondern eher hellbraun. Doch plötzlich zog sie sich wieder an, entschuldigte sich, sie könne nicht, er solle ihr verzeihen, es sei nicht möglich. Warum, fragte er, und in seiner Frage schwang Verwirrung, aber auch Liebe mit – er erinnert sich nicht mehr, könnte sich gar nicht mehr erinnern, doch es schwang Liebe mit. Weil wir Freunde sind, sagte sie. So enge Freunde sind wir doch nicht, entgegnete er vollkommen ernst und wiederholte es viele Male. Yasna lachte herrlich, high, ein echtes, wundervolles Herauslachen, das nur allmählich abnahm und zehn, fünfzehn Minuten dauerte, bis sie mit Mühe den Weg zurück zu dem ernsten, gewichtigen Ton fand, mit dem sie ihm nun sagen musste, dass dies ein Abschied sei, sie dürften sich nie wiedersehen. Er wusste, dass es keinen Sinn hatte, Fragen zu stellen. Umschlungen saßen sie in einer Ecke. Er nahm Yasnas rechte Hand, knabberte in aller Ruhe ihre Fingernägel ab und aß sie. Er erinnert sich nicht mehr, aber während er sie ansah und an ihren Nägeln knabberte, dachte er, dass er sie nicht kannte, niemals kennen würde.

Bevor sie gingen, setzten sie sich eine Weile zu Danilo vor den Fernseher und sahen ein Tennismatch. Sie trank in atemberaubender Geschwindigkeit vier Tassen Tee und aß zwei Brötchen. Wo ist deine Mutter, fragte sie Danilo auf einmal. Bei einer Tante, gab er zurück. Und wo ist dein Vater. Ich habe keinen Vater, gab er zurück. Und da sagte sie: So ein Glück. Ich habe einen, aber ich werde ihn umbringen. Bei mir zu Hause steht eine Flinte, und ich werde meinen Vater umbringen, sagte sie. Ich werde ins Gefängnis gehen und glücklich sein.

Es ist drei Uhr nachmittags, er hat nicht mehr viel Zeit. Hastig schaltet er den Computer an, ärgert sich über all die Sekunden, die das System zum Hochfahren, das Textverarbeitungsprogramm zum Öffnen braucht. Sofort schreibt er in wenigen Minuten die ersten fünf Seiten, von dem Augenblick an, da der Inspektor am Tatort eintrifft und erst merkt, dass er schon dort gewesen, dass es Joanas Haus ist, als er auf den Dachboden geht und alte Kisten mit Kleidern aus ihrer gemeinsamen Zeit findet, denn in der Erzählung sind sie zusammen gewesen, wenn auch nicht für lange und heimlich dazu. Ebenso findet er den Globus, den er ihr geschenkt hat, aber ohne Ständer, außerdem einen Rucksack, der ihm inmitten des Wirrwarrs von Angelruten und -rollen, von Sandspielzeug, Schlafsäcken und verrosteten Manschettenknöpfen bekannt vorkommt. Er sucht und sucht, mehr von Nostalgie als von dem Wunsch getrieben, etwas zu finden, und dann, wie es in Büchern und Filmen geschieht und manchmal auch in der Wirklichkeit, findet er Beweisstücke, die für die anderen nichtssagend sind, für ihn jedoch nicht: eine Kiste mit Zeichnungen, mit aberhundert Zeichnungen, alles Portraits des Vaters, nach Datum und Reihenfolge geordnet, eines getreuer als das andere, zu Anfang mit Kohlestift gezeichnet, später die meisten mit einem feinen Tintenroller in Grün. Er betrachtet die betonten Umrisse, so heftig nachgemalt, dass sie oft das Blatt aufreißen, ihm fallen die übertriebenen Züge auf, die jedoch nie zur Karikatur werden, nie die Aura des Realistischen verlieren, begutachtet die Zeichnungen noch einmal, und erst jetzt fällt dem Inspektor auf, was er seit langem schon hätte wissen müssen, was er nicht zu lesen, nicht zu sagen, nicht zu tun vermocht hatte.

Im Eiltempo arbeitet er die mittleren Szenen aus und gibt sich große Mühe mit den letzten beiden Seiten, auf denen der Inspektor Joana in einer Pension in Dalcahue findet und ihr verspricht, sie zu beschützen. Sie erzählt in aller Anschaulichkeit das Verbrechen, so oft aufgeschoben in ihrem Leben, und beim Weinen wirkt sie ruhiger. Vielleicht bleiben sie am Ende doch zusammen, aber das lässt er offen. Der Schluss ist subtil, auf elegante Weise zweideutig, obwohl nicht ganz klar ist, was der Schriftsteller unter Zweideutigkeit, Subtilität und Eleganz versteht.

Es ist keine großartige Erzählung, aber er schickt sie kurz entschlossen ab und hat sogar schon einen Pisco Sour getrunken und Yucca mit scharfer Huancaína-Soße gegessen, bevor seine Freunde im Restaurant eintreffen.

Es ist keine großartige Erzählung, nein. Aber Yasna würde sie gefallen.

Yasna würde diese Erzählung gefallen, obwohl sie nicht liest, sie liest nicht gern. Wenn es ein Film wäre, würde sie ihn bis zu Ende ansehen. Und wenn er später erneut liefe und sie sich nicht mehr genau an ihn erinnern könnte oder sich sogar sehr gut erinnerte, würde sie ihn noch einmal sehen. Aber sie sieht gewöhnlich keine Filme und erinnert sich gewöhnlich auch nicht an den Schriftsteller, weiß nicht einmal, dass er Schriftsteller ist. Allerdings hat sie sich vor ein paar Monaten, als sie durch sein ehemaliges Viertel ging, an ihn erinnert.

Nachdem man ihren Vater für unheilbar erklärt hatte, war ihr empfohlen worden, ihm gegen die Schmerzen Marihuana zu geben, und sie dachte an Danilos Pflanzen, daher der Spaziergang, der nicht so ins Blaue ging, wie es den Anschein hatte. Sie gönnte sich den Luxus, ziellos umherzuschweifen, im Kreis zu gehen oder sogar ans Ende einer Straße zu gelangen und umzudrehen, als suchte sie eine Adresse; aber sie wusste noch genau, wo Danilo wohnte, wollte sich nur diesen Luxus gönnen, ein bescheidener Luxus an einem Nachmittag, an dem sie Zeit hatte: Ihr Vater schlief, war nun etwas ruhiger, hatte weniger Schmerzen als die Woche zuvor, sie konnte ausgehen, einen Spaziergang machen, trödeln.

Ich hoffe, du hast deinen Alten nicht getötet, sagte Danilo, als er sie schließlich wiedererkannte, und da sie sich nicht daran erinnerte, was sie am Abend damals vor fast zwanzig Jahren gesagt hatte, sah sie ihn beunruhigt und bestürzt an. Dann fiel ihr wieder dieser Plan ein, die Schrotflinte, der verrückte Nachmittag. Eine beklommene Freude überkam sie, als sie sich diese vergessenen Einzelheiten in Erinnerung rief, während Danilo sprach und scherzte. Ihr gefiel das Haus, das Ambiente, die Kameradschaft. Sie trank Kaffee mit Danilo, seiner Frau und seinem Sohn, einem Jungen mit dunkler Mähne, der wie ein Erwachsener redete. Nachdem die Frau Yasna eingehend gemustert hatte, fragte sie, wie sie es schaffe, so dünn zu bleiben. Ich bin immer dünn gewesen, entgegnete sie. Ich auch, sagte der Junge. Yasna kaufte eine Menge Marihuana, und Danilo schenkte ihr Samen dazu.

Es dauert noch etwas, bis die Pflanze blühen wird, sie gießt und betrachtet sie, während sie die Nachrichten im Radio hört. Ihr Vater vergewaltigt sie nicht mehr, könnte es nicht. Sie hat ihm nicht vergeben, ist an einen Punkt gelangt, an dem sie nicht mehr an Vergebung glaubt, auch nicht an Liebe oder Glück, aber vielleicht glaubt sie an den Tod, erwartet ihn zumindest. Während sie im Wohnzimmer die Möbel verrückt, denkt sie daran, wie ihr Leben aussehen wird, wenn er gestorben ist: ein abstraktes Gefühl der Befreiung, vielleicht allzu abstrakt und deshalb ermüdend. Sie stellt sich einen zwiespältigen Schmerz vor, eine friedliche, stille Katastrophe.

Von der Küche aus hört sie ihren Vater stöhnen, seine geschwächte Stimme, von der Krankheit entstellt. Manchmal schreit er sie an, schimpft mit ihr, aber sie hört nicht hin. Manchmal stößt er, vor allem wenn er high ist, ein ersticktes Lachen aus und sinnlose Satzfetzen. Yasna denkt an den Lebenswillen, an ihren Vater, der sich ans Leben klammert, wer weiß, warum. Sie bringt ihm noch einen Marihuanakeks, schaltet den Fernseher ein, setzt ihm die Kopfhörer auf. Eine Weile bleibt sie bei ihm und blättert in einer Zeitschrift. »Sie hat nicht an Gott geglaubt, aber nur mit seiner Hilfe konnte sie den Schmerz besiegen«, sagt ein berühmter Schauspieler über den Tod seiner Frau. »Ganz einfach: viel Wasser«, sagt ein Model auf einer anderen Seite. »Lass den Spott an dir abgleiten.« »Es ist ihre zweite Fernsehserie in diesem Jahr.« »Es lässt sich auf vielerlei Arten leben.« »Ich wusste nicht, auf was ich mich da eingelassen hatte.« »Mit den anstehenden Aufgaben fertig zu werden, kann Mühe kosten.«

Sie hört die Müllabfuhr, die Schreie der Müllmänner,

Hundegebell, das Rauschen der Lacher vom Band, die aus den Kopfhörern dringen, sie hört den Atem ihres Vaters und ihren eigenen, und nichts davon ändert etwas an dem Gefühl der Stille – nicht Frieden: Stille. Dann geht sie ins Wohnzimmer, dreht sich einen Joint und raucht ihn im Dunkeln.

INHALT